KB054400

# 복자는 울지 않았다

# 복자는 울지 않았다

초판 1쇄 발행 • 2014년 11월 10일

지은이 • 정낙추
펴낸이 • 황규관
책임편집 • 김은경
편집 • 엄기수

펴낸곳 • 도서출판 삶창
출판등록 • 2010년 11월 30일 제2010-000168호
주소 • 121-838 서울시 마포구 서교동 355-22 우암빌딩 4층
전화 • 02-848-3097   팩스 • 02-848-3094
홈페이지 • www.samchang.or.kr

ⓒ정낙추, 2014
ISBN 978-89-6655-044-9 03810

⊙ 이 책의 전부 또는 일부를 재사용하려면
  반드시 지은이와 삶창 양측의 동의를 받아야 합니다.
⊙ 책값은 뒤표지에 표시되어 있습니다.
⊙ 이 도서의 국립중앙도서관 출판시도서목록(CIP)은 서지정보유통지원시스템 홈페이지
  (http://seoji.nl.go.kr)와 국가자료공동목록시스템(http://www.nl.go.kr/kolisnet)에서
  이용하실 수 있습니다.(CIP제어번호 : CIP2014031292)

# 복자는 울지 않았다

정낙추 소설집

삶창

차
례

복자는 울지 않았다

사람 복장 터지는 줄 모르고 매미는 잘도 울어댄다. 그것도 한 두 마리가 아니다. 여러 마리가 편을 갈라서 소리를 메기고 받는다. 복자는 신경질이 나서 우물가의 커다란 양재기를 들어서 냅다 느티나무 밑동에 태질했다. 양재기 찌그러지는 소리에 매미 울음은 뚝 그치고 사각사각 바람에 흔들리는 느티나무 잎사귀 소리가 들릴 정도로 사방이 조용하다. 그러나 이런 조용함도 잠시다.

맴—.

약속이나 한 듯 또 매미들이 한껏 목청을 높인다. 맞도리깨질로 보리타작할 때 메기는 사람이 큰소리로 힘을 주면 받는 사람이 더 큰 목소리로 받듯이 매미 울음도 비슷하다. 메기고 받는 울음의 높낮이가 처음에는 낮았다가 점점 커져 더는 울음소리가 올라가지 못하게 되면 잠시 울음을 그치거나 아니면 다른 놈이 울음을 되받으니 복자네 집 여름 한낮은 늘 시끄럽다. 도대체 이 느티나무에 매미가 몇 마리나 붙었기에 울음소리가 온종일 그치지 않는단 말인가. 복자는 느티나무를 올려다봤다. 나이가 환갑쯤 된 느티나무는 퇴락은 했지만 마을에서 가장 오래된 이 기와집과 어울리게 풍채가 우람하다.

물 좋고 땅이 비옥하기로 소문난 수암골에서 최고 명당 터에 지었다는 이 집을 동네 사람들은 판사네 집이라고 불렀다. 안채는 오래전에 집주인이 다른 곳에 옮기느라 헐어버렸고 복자네가 사는 집은 바깥채다. 동네 사람들은 복자네를 두고 판사가 탄생한 집에서 사니 나중에 아들 쌍둥이도 판검사 되는 것은 따놓은 당상이라고 덕담 비슷하게 놀려댔다. 복자는 집주인 자손이 정말 판사 노릇을 했는지 어쨌는지 모르지만 솔직히 그런 놀림이 싫지 않았다. 안채면 어떻고 바깥채면 어떠랴. 집터가 명당이면 됐지. 이 집터에서 태어난 내 자식들도 집주인 자손들처럼 판검사가 되지 말라는 법이 없지 않은가.

그런 의뭉스런 희망을 품고 복자는 폐가가 다 된 이 집을 이십여 년 가까이 자기 집 손질하듯 정성껏 가꾸었다. 복자네가 이 낡은 기와집을 신식으로 뜯어고치지 않고 허물어진 곳만 고쳐가며 사는 것을 집주인은 매우 흡족하게 여겼다. 그러다 보니 싱크대는 고사하고 아직도 아궁이에 불을 지펴 쇠죽을 쑤고 커다란 가마솥에 목욕물을 덥히는 궁상을 떨지만, 공짜로 이 기와집에서 사는 생각을 하면 그까짓 건 참고 말고 할 건더기가 되지 못했다. 게다가 집을 잘 살펴달라는 대가로 다섯 마지기가 넘는 논밭을 거저 부쳐 먹으니 꿩 먹고 알 먹는 노릇이어서 남들 안 보는 데서 입 가리고 웃을 일인데 이따금 찾아오는 집주인이 복자네를 두고 집을 수호하는 성주 대접하니 기분 좋은 일이요, 쌍둥이 아들을 두고 인물이 훤하네, 눈에 총기가 있네, 하며 앞으로 큰 인물 될 상이라고 덕담을 해주니 귀에 걸린 입이 다물어지지 않았다.

구식 부엌의 불편을 견디는 것은 온전히 복자 몫이다. 천하태평에 급한 게 없는 남편 태근이야 아내 복자가 차려주는 밥이나 먹고 소처럼 일이나 하면 되니 입식 부엌이건 부뚜막 부엌이건 신경을 쓰지 않았고 읍내 큰집에서 고등학교에 다니는 아들 쌍둥이는 주말에 잠깐 다녀가니 낡은 한옥이 좋으니 싫으니 할 겨를이 없었다.

집과 사람도 인연이 있다더니 이 집이 그런 모양이다. 신혼 초에 공사판을 전전하던 남편 태근을 설득하여 고향으로 들어가 농사나 짓자고 할 때 복자는 아무도 돌보지 않아 귀신이 나옴 직한 낡은 집에 왠지 마음이 끌렸다. 집에 딸린 농토도 탐났지만 집터 주위에 고루고루 심어진 과실나무와 마당에 버티고 선 아름드리 느티나무를 보자마자 두말 서되 하지 않고 이 집에서 살겠다고 결정해버렸다. 비록 바깥채라고 할망정 열두 칸이나 되고 대문간 옆으로는 널찍한 마루가 있어 그 마루에 걸터앉으면 마을이 한눈에 들어와 좋았다. 또한, 흙바닥 부엌이지만 들창을 열고 내다보면 낮은 돌담 아래 채소밭이 딸린 뒤란과 오래된 장독대가 마음에 쏙 들었다. 오랫동안 사람의 손길이 닿지 않아서 그렇지 쓸고 닦으면 그런 대로 사람이 살 만하겠다고 복자는 생각했다.

복자의 생각은 틀리지 않았다. 오래된 집이지만 뼈대가 튼튼한 편이라 조금만 손질해도 금방 집이 살아나서 한두 해 지나다 보니 이제는 정이 들어 오히려 주인네가 나가라고 할까 봐 은근히 걱정을 하였다. 복자에게 이 집은 복덩어리다. 이 집에서 살기 시작하면서 오그라진 살림이 조금씩 펴기도 했지만 무엇보다 쌍둥이 아들을 만들었고 튼튼하게 키워냈기 때문이다.

복자는 또 한 번 양재기를 두들겨 매미 울음소리를 잠재우고 가만히 귀를 기울였다. 남편이 서울 김 사장네 밭에 로터리 치러 갔다가 올 때가 됐는데 트랙터 소리가 들리지 않는다. 몇 년만 열심히 돈을 모아 이 수암골에 땅 몇 마지기를 더 장만하면 남의 땅을 부쳐 먹지 않아도 될 텐데 요즘 들어 남편이 딴 데 정신을 팔고 있으니 울화가 나 구시렁댔다.

'이 인간이 또 서울 김 사장네 통나무집에서 노닥거리느라 해 가는 줄 모르고 자빠졌구먼.' 복자는 돌절구에 붉은 물고추와 마늘을 넣고 풍풍 짓찧어 만든 양념을 열무에 버무리기 시작했다.

알맞게 절여진 열무의 풋내와 양념이 어우러진 열무김치가 먹음 직스럽다. 복자는 서둘러 김치통에 열무김치를 담고 된장독에서 깻잎장아찌를 꺼냈다. 주말에 쌍둥이가 오면 큰집에 보낼 밑반찬들이다. 하숙비를 보내긴 하지만 조카들 뒷바라지를 해주는 고마운 읍내 큰동서 생각하면 이까짓 밑반찬 만들어 보내는 것은 일도 아니다. 깻잎장아찌를 꺼낸 된장독을 다독거리면서도 트랙터 소리가 들리나 귀를 활짝 열었으나 귓구멍 속엔 매미 울음만 가득하다.

"금메달감 쌍둥이에게 보내려고 또 솜씨를 부리십니까?"

"아이구, 깜짝이야."

복자가 허리를 펴고 뒤를 돌아보자 어느새 왔는지 통나무집 김 사장이 느티나무 그늘 평상에 앉아서 사람 좋은 얼굴로 웃고 있다. 매미 울음이 요란하여 사람이 들고 나는지 몰랐던 모양이다. 재작년에 서울에서 수암골로 이사를 온 김 사장은 오며 가며 복자네 집 느티나무 밑에서 쉬어갔다. 육십이 다 됐다고 하지만 곱상한 얼굴은 오십 대 중반으로 보인다. 금메달감이라는 말은 고등학교 유도선수인 쌍둥이를 두고 하는 말이었다. 신체가 건장한 태근이와 복자를 닮은 쌍둥이 아들을 보자마자 김 사장은 대뜸 올림픽 금메달감이라 불렀다.

"열무김치 맛 좀 봐도 되겠습니까?"

"그럼요."

12

김 사장은 체면 차림도 없이 손으로 열무김치를 집어 먹는다.

"쌍둥이 모친, 저하고 동업으로 서울에 식당이나 차립시다. 이런 김치 한 가지만 있어도 손님이 문전성시를 이룰 텐데 솜씨가 아깝네요. 밥하고 먹으면 더 맛있겠네요."

"아직 즘심을 못 자셨는가 보네요. 밥 한술 드릴까요?"

복자는 신이 났다. 김 사장의 칭찬이 늘어질 것을 생각하니 그의 부인 박 여사 얼굴이 떠올라 고소하다. 다른 것은 죄다 김 사장 부인한테 꿀리지만, 음식 솜씨 하나만큼은 자신 있다고 생각하는데 다른 사람도 아니고 김 사장이 드러내 놓고 칭찬을 해주니 신이 난다. 된장찌개를 대충 덥히고 금방 담근 열무김치에 깻잎장아찌, 나물 무침 몇 가지를 쟁반에 얹어 평상으로 내왔다. 입이 함박만큼 벌어진 김 사장은 스스럼없이 맛있게 밥을 먹었다. 먹는 모습에 복이 들어 있다더니 김 사장이 그 짝이다. 보기에는 얍삽하게 생겼는데 먹는 모습이나 행동은 수수하다.

김 사장이 수암골에 터를 잡을 때 땅 소개를 한 이장의 말에 의하면 그는 서울하고도 땅값이 최고로 비싸다는 강남에 빌딩이 여러 채 있어 다달이 집세로 들어오는 돈만 해도 억대가 넘으며 전국에 땅을 엄청나게 사 두었는데 그중에 이 수암골이 서울에서 가깝고 또 경치가 좋아서 아예 집을 짓고 살기로 작정했다는 것이었다. 김 사장에게 보비위하여 소개비를 챙기려고 간살을 떠는 이장의 말이라 다 믿기지는 않았지만 이사 오자마자 매물

로 나오는 수암골 땅을 족족 사는 걸 보면 빈말은 아닌 듯싶었
다. 복자는 김 사장이 이 수암골을 다 사고도 돈이 남을 만큼 부
자라는 소문이 사실로 여겨졌다.

　궁벽한 시골 땅을 도시 사람들이 사두는 게 어제오늘의 일은
아니지만 김 사장이 수암골의 땅을 사면 늘 동네의 화젯거리였
다. 다른 외지인들이 논밭을 사면 동네 사람들에게 임대를 주면
서 적든 많든 소작료를 요구하는데 김 사장은 달랐다. 땅을 판
사람이 농사를 짓겠다고 하면 소작료 없이 농사를 짓게 했고 싫
다고 하면 동네 사람 누구에게나 무상으로 경작하게 했다. 땅을
가지고 특세를 부리거나 유난을 떨지 않았다. 시골에 땅이나 낡
은 집을 사서 고쳐놓고 한 달에 한두 번 내려오는 도시인 중에는
자기 땅에 울타리를 쳐놓는가 하면 예전부터 사용하던 농로마저
내 땅이니 네 땅이니 하며 동네 사람들과 언쟁을 하는 경우가 많
은데 김 사장은 그러지 않았다. 그러다 보니 수암골에서 땅을 팔
려는 사람은 김 사장에게 달려갔고 소개비에 맛을 들인 이장은
동네 사람들에게 땅을 팔라고 슬슬 부추기까지 했다.

　"잘 먹었습니다."

　김 사장은 빈 밥그릇을 손수 샘가로 가져오며 열무김치가 시
원하고 맛있다는 말을 또 해댔다. 점심때가 훨씬 지났는데도 여
태 점심을 먹지 않은 모양이었다.

　"시장이 반찬이라는디 김 사장님이 시장허셨든 모냥이지요.

서울서 내려오시남요?"

"아닙니다. 웃샘골에서 옵니다."

"어디서요?"

매미가 자지러지게 울어대는 바람에 무슨 말인지 잘 알아듣지 못한 복자가 설거지를 멈추고 묻는데 대답은 어디서 나타났는지 동네 이장이 했다.

"아이구, 더운디 김 사장님 혼자서 웃샘골에 댕겨오십니까? 저한테 전화를 허시지요. 그러면 지가 동행하여 이번에 매물루 나온 웃샘골 개울에 붙어 있는 다랭이논과 그 위루 쭉 이어진 임야의 경계를 자세히 브리핑 해드릴 텐디요."

브리핑이라는 말에 복자는 픽 웃음이 나왔다. 어디서 귀 털고 주워들었는지 그럴 듯 써먹는 이장의 말솜씨도 못마땅하고 수수한 옷차림의 김 사장보다 깔끔하게 모시옷을 걸치고 부채를 할랑거리는 모습도 비위에 거슬렸다. 평상에 나란히 앉은 두 사람 중에 누가 봐도 이장이 돈 많은 부동산 사장님 같았다. 복자는 평소에도 농사는 늘 골골거리는 아내에게 맡기고 매일 면 소재지로 땅 냄새만 맡으러 다니는 이장을 마뜩잖게 여겼는데 이제는 김 사장을 등에 업고 마름 행세까지 하려는 그가 몹시 아니꼬웠다.

"웃샘골의 물이 참 좋습디다."

"그럼요. 그럼요. 아, 웃샘골 물이야 말루 이 수암골에서……

아니지, 전국적으로 봐두 최고의 물입지요. 사시사철 철철 흐르는 개울물은 그냥 마셔두 될 정도루 깨끗허구요, 또 물맛은 얼마나 좋은디요. 게다가 아무리 가물어두 한 번두 마른 적이 읎다니께요. 김 사장님이 처음 이 동네에 자리를 잡을 때 지가 브리핑했듯이 수암골엔 암물과 숫물이 있는디 웃샘골이 바루 암물에 해당헌다 이겁니다. 그래서 이 동네에 사는 여자들 치구 아들을 못 낳은 여자가 한 명두 읎습지요. 여기 쌍뎅이 엄마가 그걸 증명허지 않습니까요."

이장은 할랑대던 부채를 스르르 접더니 복자를 가리키며 웃었다. 김 사장은 지목당한 복자 대신 이장의 얼굴을 빤히 쳐다보았다. 복자는 기분이 상했지만, 또 웃음이 나왔다. 이번엔 속웃음이 아니라 웃음소리가 입 밖으로 새어나왔다.

"거봐요. 쌍뎅이 엄마두 인정허구 웃구 있잖어요."

복자가 웃은 것은 이장이 숨을 할딱거리며 브리핑에 열중하다 보니 틀니가 잇몸에서 벌어져 말할 때마다 하얀 가짜 이빨 박힌 분홍색 잇몸이 들어갔다 나왔다 하는 것을 혀로 밀어 올리는 모습 때문인데 그는 엉뚱하게 해석하고 있었다. 나잇값이나 하지. 환갑 진갑 다 잡수신 양반이 땅 소개해서 돈이 얼마나 생기기에 이 더위에 김 사장 환심을 사려고 저리 안달일까. 동네 사람들이 손가락질하는 줄도 모르고.

"지금은 웃샘골루 올라가는 길이 논둑이라 그렇지 번듯헌 길

16

을 맨들구 개발허면 펜션이나 별장 터루 불티나게 팔릴 거구요 가든이나 모텔을 채려두 손님들이 버글버글헐 겁니다. 안 그려요, 김 사장님?"

이장은 부채를 접었다 폈다 하며 확신에 찬 얼굴로 김 사장을 바라봤다. 오이장아찌같이 쭈그러진 얼굴의 입안에서는 혀가 틀니를 밀어 넣느라 연신 우물거렸다.

"예."

김 사장은 짧게 대답을 하고 자리에서 일어났다. 뭔가 할 말이 잔뜩 있는 것 같은 표정의 이장이 소 팔러 가는데 개 따라가듯이 줄레줄레 김 사장 뒤를 따라갔다. 복자는 그들이 마당을 채 벗어나기도 전에 양재기를 다시 한 번 느티나무 밑동에 태질하여 매미 소리를 잠재우며 이장의 뒤통수에 대고 주먹감자를 먹였다. 괜찮은 골짜기는 이미 보신탕집이니 닭백숙집들이 들어앉아 개울물을 농탕질치고 있는데 이장이라는 작자가 하는 짓이 웃샘골을 개발하여 가든을 차리고 펜션을 지으라고. 어이구, 인간하고는…… 부채질 그만하고 혼자 뙤약볕에서 밭 매는 마누라나 거들지.

말복이 지났다고 해도 더위는 여전히 기승을 부린다. 복자는 차광막 그늘에서 배추 묘판에 물을 주며 얼굴에서 목덜미로 줄줄 흐르는 땀을 닦았다. 바람 한 점 없는 마당은 한증막 같다. 요란하던 매미 울음이 잠시 그친 사이 건너편 서울 김 사장네 집 근처에서 배추밭 로터리 치는 남편의 트랙터 소리가 들렸다. 복자는 그늘에서도 덥다고 야단들인데 남편에게 몇 날을 두고 채근하여 배추밭 일을 오늘까지 다 마치도록 잔소리한 게 미안한 생각이 들었다. 그렇지만 할 수 없는 일이다. 농사라는 게 사람 사정 봐줘 가며 씨앗을 뿌리고 거두는 게 아니고 시절을 따라야 한다는 것을 누구보다 잘 알기 때문이었다.

시르죽은 것 같던 어린 배추 묘가 물맛을 보고 생생하게 살아나는 것을 보며 복자는 서둘러 새참을 준비하러 부엌으로 들어갔다. 열무김치에 콩국수를 할 참이다. 반죽해 놨던 밀가루로 칼국수를 밀고 불린 콩을 살짝 익혀 콩물을 만드는 손이 마치 바람난 여자의 발걸음같이 잽싸다. 우물에 담가뒀던 열무김치와 막걸리를 막 꺼내려는데 마당에서 트랙터 소리가 들렸다. 복자는 무슨 일이 생겼나 하고 얼른 돌아봤다. 남편 태근이가 땀범벅이 돼서 트랙터에서 내렸다.

"지금 새참을 갖구 가려는디 트랙터가 고장 났남?"

"아녀, 일 다 끝냈어."

"거 봐. 맘만 먹으면 금방 허는 일을 자꾸 미루구, 서울 집에서 노닥거리니께 내가 잔소리를 했지."

"시끄러! 얘기장단 늘어놓지 말구 어서 등물이나 좀 해줘."

태근이 어느새 땀과 흙먼지로 흠뻑 젖은 메리야스를 홀떡 벗고 우물가로 왔다. 복자는 남편의 떡 벌어진 몸집에 잠시 숨이 멎었다. 양쪽 어깨는 딴딴한 바가지 짝을 엎어 놓은 것같이 둥그스름하다. 알통이 불끈 솟은 팔뚝을 움직일 때마다 힘줄이 꿈틀대는 뱀 같다. 근육으로 뭉쳐진 가슴은 바윗덩어리보다 더 단단했고 군살이 없는 뱃가죽엔 고랑이 몇 개 파였다. 앞에서 봐도 뒤에서 봐도 군더더기 없는 남편의 반듯한 몸집은 언제나 복자의 가슴을 설레게 한다.

복자는 우물가에 엎드린 태근의 등에 물을 끼얹고 손으로 때를 밀기 시작했다. 두툼하고 평평한 떡판 같은 등짝은 보기와는 다르게 잘 구운 옹기같이 살결이 매끄럽다. 대충 때를 밀고 물을 끼얹을 때마다 시원하다며 몸을 뒤트는 모습에 복자는 손바닥으로 장난삼아 등짝을 찰싹찰싹 갈겼다. 그만하라고 하면서도 태근은 복자의 장난이 싫지 않은 눈치다. 자꾸 일어섰다 엎드리는 바람에 등물이 등마루를 타고 바지춤으로 흐르자 태근은 갑자기 바지를 벗는 시늉을 하며 히죽 웃었다. 느닷없는 행동에 눈이 아찔하고 엉덩이가 시큰해진 복자는 질겁하며 말리는 시늉을 했다.

"미쳤어. 뻘건 대낮에."

"왜 그려, 보는 사람도 없는디."

복자가 한 아름도 넘는 태근의 등짝을 안아 엎드리게 하고 다시 등을 밀기 시작하는데 느티나무 옆에서 누가 훔쳐보는 것 같아 머리를 숙이면서 샛눈으로 보니 서울 김 사장 부인 박 여사다. 저, 여우 같은 여편네가 웬일로…… 못 본 척하며 등짝을 밀던 복자는 갑자기 꿍꿍이가 생겼다. 흥, 제깟 것이 내 남편을 두고 아무리 꼬리를 쳐봐라. 뻘건 대낮에 이렇게 튼튼하게 잘생긴 남자의 등짝을 밀 수 있나. 복자는 보란 듯이 이번에는 털이 무성한 태근의 겨드랑 속으로 손을 집어넣어 닦는 체했다. 아무것도 모르는 태근이 간지럽다며 밤일 할 때 내는 가쁜 숨소리를 내며 히히댔다. 봐라, 두 눈으로 똑똑히 봐라. 나는 촌구석에서 땅강아지로 살지만 이런 남자하고 재미있게 산다. 내가 머리에 수건 쓰고 흙범벅 땀범벅으로 밭 맬 때 분단장 곱게 하고 머리에 꽃무늬 박힌 스카프를 두른 채 밭둑에 서서 남편에게 사랑받으려면 조금 꾸며야 한다고 야죽거렸지만 꾸미지 않고도 나는 이렇게 사랑받는다. 복자는 바가지로 물을 뜨며 느티나무 쪽으로 고개를 돌렸다. 빼빼 마른 김 사장 부인이 천치처럼 벌린 입을 다물지 못하고 있다가 눈이 마주치자 당황한 듯 고개를 숙였다.

"아이구, 사모님, 언제 오셨시요?"

"뭣이, 사모님이 오셨다구."

김 사장 부인은 대답을 못 하고 있는데 엉뚱하게 태근이 벌떡 일어나며 여자처럼 가슴을 가렸다. 솥뚜껑처럼 커다란 손으로 힘줘 급하게 가슴을 가린다고 했지만 채 가려지지 않은 구릿빛

20

젖가슴이 불끈 솟아올랐다.

"아니 여자두 아니면서 왜 젖가슴은 가리구 난리를 떤대요. 어서 엎드려요. 등이다 비누질허게."

복자는 샛눈으로 그녀를 흘겨보면서 깍짓동처럼 커다란 태근의 등짝을 밀쳐 억지로 엎드리게 했다. 이러지도 저러지도 못한 태근은 뭐라고 입속말로 웅얼거리며 엎드렸다. 복자는 보란 듯이 평평한 태근의 등짝에 비누질을 하면서 슬쩍슬쩍 박 여사를 돌아봤다. 그녀는 똑바로 바라보기도, 그렇다고 돌아가기도 멋쩍어서 그런지 안절부절못했다. 오금을 박을 때 단단히 박아야지. 복자는 회심의 미소를 지으며 태근의 엉덩이 쪽으로 비누질을 해댔다. 태근이 몸을 뒤틀며 소리를 질렀다.

"아, 그만 좀 허여."

"이제 물만 끼얹으면 돼요."

복자는 바가지로 물을 떠서 남편의 등짝에 끼얹으며 옷을 젖지 않게 하려는 듯이 허리에 걸친 바지춤을 새끼똥구멍이 다 보이도록 엉덩이 쪽으로 밀어 내렸다. 보기에도 딴딴해 뵈고 만져도 딴딴한 엉덩짝이 반쯤 못 미치게 드러났다. 침을 꼴깍 삼키게 하는 엉덩짝이다. 태근이 땅을 짚지 않은 한 손으론 바지춤을 자꾸 올렸으나 복자는 아랑곳하지 않고 보는 사람이 다 시원하도록 등짝에 끼얹은 물을 근육으로 다져진 어깻죽지에서부터 엉덩짝까지 손으로 훔쳤다.

"아이고, 남자들이란 으른이 돼두 어느 때는 애들 같다니께요. 안 그려요, 사모님?"

복자는 태근이 바지를 움켜쥐고 도망치듯 집안으로 들어가는 뒷모습을 가리키며 박 여사를 돌아봤다. 나팔꽃처럼 활짝 핀 복자의 얼굴에 비해 박 여사의 얼굴은 일그러져 있었다. 오도 가도 못하고 어정쩡하게 서 있던 박 여사가 평상에 걸터앉는 걸 보고 복자는 얼른 부엌에서 미숫가루를 타 내왔다. 매미가 요란하게 울어 젖혀 두 사람 사이의 서먹함을 메워줬다.

박 여사는 미숫가루 잔을 들면서 복자의 얼굴을 자세히 훑어 봤다. 예쁜 구석도 미운 구석도 없는 그저 그런 얼굴이다. 아무렇게나 묶은 생머리는 윤기가 흐르고 화장을 하지 않은 그을린 얼굴엔 잡티 하나 없다. 복자의 몸은 금방 물기를 털어낸 애호박처럼 싱그럽다. 적당히 살이 붙은 몸집에선 뚱뚱한 느낌보다 오히려 풍만함과 건강함이 풍긴다. 박 여사는 속으로 한숨을 쉬었다. 나이를 몇 살 더 먹은 것 빼고는 그 무엇 하나 꿀릴 게 없는데도 복자 앞에서 왜 자꾸 주눅이 들까. 아까 일도 그렇다. 내가 못 올 데를 온 것도 아니고 못 볼 것을 본 것도 아닌데 자신은 얼굴을 붉히며 쩔쩔맸고, 복자는 남편의 등짝과 엉덩짝을 가지고 은근히 즐기면서 놀려댔다. 박 여사는 복자가 매사에 자신감이 넘치는 것은 태근이 때문이라는 생각이 미치자 떡 벌어진 가슴과 굵은 팔뚝, 단단해 뵈는 엉덩이와 장딴지가 눈앞에서 어른거렸다. 음심을 품은 것은 아니지만 언젠가부터 자꾸 근육으로 뭉쳐진 태근이의 건장한 몸에 눈길이 간 건 사실이다. 그걸 눈치를 채다니 보통내기가 아니다. 박 여사는 일밖에 모르는 빙충이로 여겼던 복자를 다시 한 번 짯짯이 바라보았다.

복자는 아무 일도 없었다는 듯이 평상 귀퉁이에 따다 놓은 옥수수 껍질을 벗기며 웃고 있다. 박 여사가 시침을 뚝 떼고 옥수수 껍질 벗기는 일을 거드는 사이 어느새 서쪽 하늘은 온통 북새로 붉게 번졌다. 날씨는 조금 서늘했고 매미는 쉬엄쉬엄 울었다. 저녁을 한다며 일어서는 박 여사에게 복자는 여느 때처럼 열무김치와 가지나물을 담은 반찬통을 쥐어줬다. 박 여사가 마당 옆 돌담을 돌아서 개울을 건너는 것을 바라보던 복자는 얼굴 가득 미소를 지으며 부엌문을 열었다.

"아, 여태까지 사모님허구 무슨 이야기를 그렇게 했나?"

방 안에서 태근이 부엌으로 달린 쪽문을 열며 짜증 섞인 소리로 물었다. 문틈으로 바깥을 엿봤다고 실토하는 중이다. 복자는 딴청을 피웠다.

"저녁은 새참 주려구 만든 콩국수루 때우는 게 어뗘? 괜찮지?"

"맘대루 혀."

"시원한 막걸리두 한잔 올릴까요?"

"맘대루 혀."

속웃음을 지으며 억지로 내는 복자의 간드러진 목소리와는 딴판으로 태근은 퉁명스레 대답했다. 복자는 서둘러 먹음직한 콩국수에 열무김치를 곁들인 저녁상을 차려 마루로 내왔다. 두 사람이 마주 앉은 마루에서는 땅거미가 젖어드는 마을이 한눈에 들어왔다. 꾸불꾸불 이어진 개울을 경계 삼아 양쪽에 삼십여 호 남짓 되는 집들은 몇 채를 빼고는 모두 낡았다. 낡은 집에 사는 사람들은 모두 늙은이들뿐이다. 아들 며느리와 같이 사는 노인들은 손가락을 꼽을 지경이고 대개가 자식들을 객지에 보내고 홀로 사는 노인들이다. 어디 그뿐이랴. 집을 놔두고 경로당에서 살다시피 하는 홀아비 노인도 있고 늘그막에 집 나간 며느리 대신 홀아비 아들에 손자까지 건사하는 안노인도 한둘이 아니다. 마을에서는 태근이 또래가 제일 젊은 축에 든다. 그러다 보니 마을에서 아기 울음소리 끊긴 지는 까마득한 옛날이고 상여 나갈 때 흔드는 요령 소리나 자주 듣게 됐다.

나지막한 산을 끼고 옹기종기 모인 집들의 창문에서 하나 둘 불빛이 새어 나오기 시작하는 걸 보면서 복자는 심드렁하게 한 마디 던졌다.

"세월 막는 장사 읎지. 저녁이 되니께 찬바람 난 걸 확실히 느끼겠네. 안 그려?"

"물러."

"글피쯤 배차 묘를 옮겨 심능 게 어뗘?"

24

"자네 맘대루 허여. 언젠 내 맘대루 했남."

부은 얼굴로 콩국수와 막걸리를 걸귀처럼 먹던 태근이 마지못해 대답했다. 골이 단단히 난 모양이다. 복자는 아까 자기가 한 행동이 고소하면서도 은근히 부아가 났다. 짐작한 대로다. 서울 여편네한테 홀린 게 틀림없다. 복자는 저녁상을 물리고 방으로 들어가는 태근의 뒤통수에 대고 뭐라고 한마디를 하려다 참았다. 티를 내선 안 되지. 도둑은 겉으로 잡지 말고 속으로 잡으라는 말이 있지 않은가.

설거지를 하고 방에 들어가니 태근은 벽에 기대어 텔레비전 리모컨을 가지고 연방 채널을 바꾸고 있다. 다른 때 같으면 밥숟갈을 놓자마자 등짝이 방바닥 신세를 지고 있을 텐데 심술을 부리고 있다. 복자는 모른 척하며 작은 경대 앞에 앉아 얼굴에 로션을 찍어 발랐다.

"어디 밤마실 갈 데라두 있남? 화장을 다 허구."

채널을 이리저리 돌렸다가 소리를 높였다가 줄였다가 하며 애처럼 심술을 부리던 태근이 볼 부은 소리를 해댔다. 복자는 대답 대신 손바닥에 로션을 듬뿍 쏟아 남편의 얼굴에 철썩 묻혔다. 태근이 짐짓 놀라 고개를 돌렸다.

"가만히 좀 있어. 찬바람 나서 꺼칠혀지는 얼굴 부드럽게 해준다는디두 야단이네."

남편의 넓적한 얼굴을 쳐다보며 복자가 콧소리를 냈다. 태근은 못 이기는 척하며 벽에 기댄 등을 스르르 방바닥으로 눕혔다. 얼굴을 다독이느라 구부리면서 복자의 커다란 젖가슴이 태근이 눈앞에서 출렁거렸다. 쌍둥이를 먹이고도 젖이 남아돌아서 한 말짜리 우유통이라고 동네방네 소문난 젖통이다. 태근은 침을 꼴깍 삼키며 못 이기는 척 손을 뻗어 복자를 밀쳤다. 아직도 탱탱한 젖가슴이 손바닥에 밀착됐다. 그 순간 까칠한 수염을 쓰다듬던 복자의 손이 은근슬쩍 남편의 넓적한 가슴으로 옮겨왔다.

"갠지러 죽겠구먼 왜 이런디야."

"얼라, 먼저 신호 보낸 사람이 누군디 딴소리 헌디야."

"신호는 지가 먼저 보내구 둘러치기는."

들뜬 목소리를 주고받던 두 사람은 누가 먼저랄 것도 없이 한데 엉클어졌다. 태근은 손을 뻗어 전깃불을 껐다. 불을 껐지만 모기장 바른 문살문을 통해 들어온 달빛으로 방 안은 훤했다. 태근은 굵은 팔로 복자를 으스러져라 껴안았다.

"잠깐만, 저늠의 텔레비 좀 끄구."

혼자 왕왕거리는 텔레비전을 끄려고 리모컨을 찾는 복자의 손을 태근은 우악스럽게 잡아끌어 자신의 물건에 갖다 댔다. 아귀가 벅찰 만큼 큼직한 물건이 복자의 손안에서 요동을 쳤다. 태근이 화통 삶아 먹은 기차처럼 콧김을 씩씩대며 복자의 얼굴을 입술로 더듬었다. 복자는 남편의 옷을 벗기기 시작했다. 딴딴한 근육질의 몸은 벌써 땀으로 미끈둥거렸다. 한아름도 넘는 두툼한 등짝과 불끈 솟은 엉덩짝을 끌어안은 복자의 입에서는 숨 가쁜 신음이 흘러나왔다.

태근은 난폭하게 복자의 옷을 벗겼다. 희미한 달빛 속에 박통 같은 젖가슴이 둥실 드러났다. 젖통은 금방이라도 짜면 젖이 콸콸 나올 것같이 탱탱했다. 태근은 가마솥 뚜껑보다 큰 손으로 감싸고도 남는 젖무덤에 얼굴을 묻었다. 젖가슴에서는 풀 냄새 비슷하기도 하고 새곰새곰하게 익은 열무김치 같은 냄새가 풍겼다. 바짝 땅겨지는 아랫도리를 달래느라 태근의 입에서도 앓는 소리가 새어나왔다.

복자와 태근의 몸은 칡넝쿨처럼 얼크러졌다. 방 안은 두 사람의 씩씩대는 열기로 뜨거웠다. 이따금 문살문을 통해 들어오는 바람도 열탕 같은 방 안을 식히지 못했다. 한참을 자리를 바꿔가며 뒹굴던 두 사람은 짐승 우는 소리를 내며 제각기 나가떨어졌다. 한동안 희미한 어둠 속에서 쥐 오줌이 얼룩진 천장을 바라보던 복자가 주섬주섬 속옷을 꿰입는 동안 혼자 떠들어대던 텔레비전에서는 일기예보를 하고 있었다.

"다음 주에 비 소식이 있을 모냥이네. 그때 배차 묘를 심으면 좋겠네."

복자가 리모컨으로 텔레비전을 끄면서 남편을 돌아봤다. 어느새 잠이 들었는지 태근은 벌거벗은 몸으로 네 활개를 펴고 곯아

떨어졌다. 모기장을 바른 문살문을 통해 바람이 들어와 방 안은 서늘했다. 복자는 홑이불을 당겨 남편의 시든 아랫도리를 덮어 주었다.

미끈유월, 어정칠월, 동동팔월이라더니 온종일 동동거려도 일한 터가 나지 않는다. 김장밭의 배추 묘를 다 옮겨 심었다고 해도 할 일이 태산이다. 늦물 고추를 따서 말려야 하고, 녹두가 튀기 전에 익는 대로 따야 하고 그야말로 복자의 손은 열이 있어도 모자랄 지경이다. 설렁구월이 오기 전에 어서 밭곡식을 거둬들여야 논배미로 달려가 나락 수확을 할 텐데 거드는 사람이 없으니 죽을 맛이다. 이럴 때 태근이 거들어주면 좋으련만 애초부터 밭일은 여자 몫으로 알고 강 건너 불 보듯 하는 위인이니 잔소리하는 입만 아프다.

복자는 구시렁대며 녹두를 따다가 건너편 김 사장네 통나무집을 바라봤다. 짐작대로 태근이 잔디밭이 잘 가꿔진 김 사장네 안마당에서 어정거리고 있었다. 틀림없이 하찮은 일을 두고 김 사장 부인이 호출했을 테고 태근은 얼씨구나 하고 달려갔을 것이다. 복자는 여우 같은 여편네가 밉살맞기도 하지만 종도 아니고 머슴도 아닌데 부른다고 우르르 달려가는 남편의 꼬락서니가 한심스러워 화가 치밀었다.

처음엔 복자도 김 사장 부인과 사이가 좋았었다. 지금도 드러내 놓고 틀어진 사이는 아니지만 속으로 마뜩잖게 여긴 것은 아

28

니었다. 우선 복자네 집과 서울 김 사장네 통나무집이 동네에서 제일 가까워서 자연스럽게 친해진 점도 있지만 복자보다 예닐곱 살 더 먹은 그녀는 붙임성이 좋을뿐더러 시골 생활이 처음이니 모르는 것이 있으면 도와달라고 솔직히 얘기하는 모습이 마음에 들어서였다. 거기다가 한 필지가 천 평이 넘는 동네에서 제일 기름진 밭을 거저 부쳐 먹게 됐으니 알랑방귀는 뀌지 않더라도 괜히 멀리할 이유가 없었다.

그녀가 밥 먹고 하는 일은 고작 얼굴에 분칠하는 것과 천연염색을 한다며 천 쪼가리에 쪽물이나 꼭두서니를 물들이는 게 전부였다. 물감에 담근 천을 뒤적거리거나 건져서 짜는 천연염색이란 게 복자에겐 애들 소꿉장난같이 쉬워빠진 일인데도 그녀는 힘들다는 소리를 입에 달고 다녔다. 툭하면 오라 가라 해서 거들러 가보면 무슨 파티에 초청받은 귀부인처럼 촘촘히 레이스 달린 예쁜 옷을 입고 손은 출장을 보냈는지 입으로 염색을 하고 있었다. 사흘에 피죽 한 그릇 못 먹은 사람같이 빼빼 마른 그녀가 가장 많이 하는 말은 예쁘다는 말이었다. 그녀의 세상에는 예쁜 것밖에 없는 듯 보였다.

그녀는 세상 물정 모르는 팔자 늘어진 여자였고 돈 걱정 없이 사는 철딱서니 없는 소녀로 보였다. 말과 행동만이 그런 것이 아니었다. 한 세상 곱게 살아서 그런지 나이도 가늠할 수 없었다. 얼굴이 아무리 젊게 보여도 목이나 손을 보면 대충 나이를 짐작할 수 있는데 그녀에게서는 그것도 통하지 않았다. 그런 연유로 처음 수암골에 이사를 왔을 때 동네 여자들 입에서는 별별 말들이 다 떠돌았다. 본처가 아니고 후처라는 말도 있었고 첩실이라는 말도 있었다. 그녀도 귀가 있으니 그런 소문을 들었을 텐데 그녀는 가타부타 말하지 않았다. 복자가 확실하게 알고 있는 것은 자식 둘을 미국에서 공부시키고 있다는 것뿐이다.

동네 여자들이 그녀를 공주처럼 행세한다고 입질에 올려도 복자에겐 서울서 이사 온 이웃일 뿐이었다. 그녀는 자기 팔자대로 살고 나는 내 팔자대로 사는 것으로 생각했다. 시간은 많고 할 일이 없는 그녀가 구운 빵 쪼가리와 커피를 싸들고 동네 일터를 찾아다니는 모습도 동네 사람들과 친해지려고 그러는 것으로 좋게 여겼고 농촌 사정을 잘 몰라 더러 엉뚱한 실수를 저질러도 딴뜻 없이 웃고 말았다. 땅을 거저 부쳐 먹는 복자의 입장에서는 오히려 감싸고 싶었다. 그런 복자와 김 사장 부인의 관계가 남들 모르게 은근히 틀어지게 된 것은 남편 태근이 때문이다.

복자네 내외가 김 사장 내외와 어지간히 가까이 지내면서부터 태근은 달라지기 시작했다. 두 집 식구가 스스럼없이 왕래하는 것이야 이웃이니 그러려니 했지만 언제부턴가 남편은 틈만 나면 김 사장네 집 출입이 잦았다. 김 사장이 집에 있을 때는 물론이고 부인이 혼자 있어도 거리낌 없이 드나드는 남편이 복자는 못마땅했다. 아무리 김 사장네 땅을 거저 부쳐 먹기로 툭하면 들랑

날랑하는 머슴처럼 달려가서 허드렛일을 해주는 것도 싫었지만, 더군다나 김 사장 부인이 혼자 있는데 가서 하릴없이 그녀의 말동무가 되어 시시덕거리는 것이 영 마뜩잖았다. 쓸개를 빼서 느티나무에 걸어두었던지 아니면 눈치를 걷어다 천 리 밖에 내던지지 않은 다음에야 여편네 혼자 있는 집구석에서 무슨 들을 말이 그리 많으며 또 거들어줄 일이 그리 많단 말인가. 복자는 속이 부글거렸다.

그뿐이 아니었다. 태근은 김 사장네서 노닥거리다 온 날에는 안 하던 짓거리를 해댔다. 일회용 커피 맛을 타박하며 원두커피 타령에 커피잔이 모양 없다는 엉뚱한 트집을 하는가 하면 밥상 앞에서는 뚝배기보다 장맛은 좋다고 빈정거렸다. 어느 때는 뜬금없이 복자의 검게 그을린 얼굴을 바라보며 한숨을 내쉬기도 하고 옷차림까지 참견했다. 기가 막혔다. 한두 해 몸을 비비고 산 사이도 아닌데 뜬금없이 먹새 타령에 입새 타령이라니. 홀린 게 분명했다.

그녀는 툭하면 남편을 불러 커피에 양주 대접을 하며 남자는 쌍둥이 아빠같이 기골이 장대해야 한다고 추켜세우는가 하면 농담 반 진담 반으로 복자에 비해 태근이 손해 보는 결혼을 했다고 조잘댔다. 말뿐이 아니었다. 복자가 눈을 시퍼렇게 뜨고 쳐다보고 있는데도 일하다 온 태근의 땀을 닦아주는 시늉을 하며 하얀 손수건으로 이마를 토닥거리기까지 했다. 듣기 좋은 말과 보기 좋은 행동도 한두 번이지 그때마다 복자의 속은 뒤틀렸다. 그렇다고 말끝마다 토를 달 수도 없고 끄덩이를 맞맬 수도 없는 노릇이니 잔소리는 자연스레 태근에게로 갔다. 어느 때는 천치처럼 웃기만 하는 남편이 그녀보다 더 밉살맞았다.

모른 체하고 집으로 가려던 복자는 발길을 김 사장네 통나무 집으로 돌렸다. 시시덕거리며 염색 물통에서 건진 천을 마주 잡고 짜던 두 사람의 눈길이 복자를 향했다. 복자는 머리에 인 녹두 자루를 잘 가꾼 잔디밭에 팽개치듯 내려놨다. 호들갑 떠는 박 여사와는 달리 태근은 엉거주춤한 표정이다. 복자는 머리에 쓴 수건을 벗어 땀을 닦으며 한마디 던졌다.

"밥을 굶으셨나 워째 이런디야. 째그만 천 쪼가리를 으른 두 명이 비틀어 짜구. 이리 줘봐요. 내가 짜줄 텡께."

복자는 천을 낚아채 미운 놈 팔모가지를 비틀듯 힘껏 짜서 활활 털어 빨랫줄에 널었다. 쑥물이 잘 든 천은 청명한 초가을 하늘과 제법 어울렸다. 입으로만 천연염색을 하는 줄 알았더니 눈썰미는 있는 편이었다. 복자는 연한 색과 짙은 색으로 구분하여 쑥물을 들인 천을 만져봤다. 촉감이 좋았다.

"장정이 어지간히 헐 일두 읊능가 보네. 여자들 허는 짓거리를 허구 있게."

복자는 박 여사가 촐랑대며 집으로 들어간 사이 남편에게 눈을 흘겼다.

"헐 일이 읎어서 내가 여기 온 줄 아남."

"그럼 뭐여? 넘은 손이 열이 있어두 모자라 난리를 피는디."

"나두 헐 일 다 했다구. 벼가 얼마나 익었능가 논을 한 바퀴 돌구 오는디 사모님이 불러서 잠깐 들려는디, 왜 뿔이 났디야."

태근은 태평한 얼굴로 느러터지게 대답했다. 복자는 남편의 말을 가로채려다 말고 입을 다물었다. 박 여사가 해사한 얼굴로 커피를 들고 나왔기 때문이다. 남편의 말마따나 원두커피는 향도 좋고 커피잔도 고급스럽다. 복자는 서쪽으로 기운 햇살이 커다란 유리창에 반사되어 더욱 붉게 비치는 통나무집을 바라보며 혼자 입속말을 해댔다. 돈 없고 시간 없어서 못 하지 나도 돈 많고 이렇게 좋은 집에서 살면 이런 고급 잔에 커피나 타 먹으면서 입에 예쁘다는 말을 달고 다니겠다.

"쌍둥이 엄마, 쑥물 예쁘게 들였지? 꼭두서니 색깔도 곱고."

"사모님 솜씨가 날루 날루 좋아지네요."

태근이가 얼른 말을 받았다. 굼뜬 인간이 이런 때는 말참견이 날래다.

"어머, 태근 씨 보기에도 정말 내 솜씨가 나날이 좋아진 것 같아요?"

이것 봐라. 나보고는 쌍둥이 엄마라고 하더니 남편보고는 태근 씨라고 부르네. 이 여우 같은 여편네가 지금 나를 약 올리려고 수작을 부리고 있네. 복자는 천불나는 속내를 감추고 박 여사를 보며 웃음을 지었다.

"쌍둥 엄마, 이 쑥색 천으로 태근 씨 생활한복 한 벌 지으면 어떨까. 촘촘히 누벼서 연한 색으로는 바지저고리를 짓고 짙은 색으로 조끼를 지어 입으면 근사하겠지? 태근 씨는 몸태가 좋아서 잘 어울릴 거야. 다음에 서울 가면 한 벌 지어올게."

태근이 벌어진 입을 다물지 못하는 것을 보고 복자는 얼른 대답했다.

"아이구, 고마우셔라. 쌍둥 아베는 사모님 말씀대루 몸집이 좋아서 무슨 옷을 입어두 잘 어울리구 말구요. 사모님, 이왕이면 저두 한 벌 지어줘요. 커플 룩으루 입게."

"커플 룩?"

박 여사는 눈을 동그랗게 뜨고 복자를 쳐다보며 반문했다. 촌것이 커플 룩을 다 알고 있다는 표정이었다.

"커플 룩이 무슨 소리디야?"

"무슨 소리긴, 사랑허는 사람들이 똑같은 색깔루 맞춰 입는 옷을 두구 허는 미국 말이여."

복자는 태근에게 핀잔 비슷하게 말하며 쑥물이 곱게 든 천을 가슴에 두르는 시늉을 했다. 천에서는 쌉쌀하고 향긋한 쑥 냄새가 풍겼다.

"저이허구 나허구 이 쑥색으루 생활한복을 해 입구 읍내에 나가면 사람들이 다 쳐다볼 겨. 나두 옷태가 넘 못지않으니께. 안 그려요? 사모님."

"······."

"생활한복에는 머리를 이렇게 틀어 올리는 게 낫겠죠?"

복자는 손으로 머리를 틀어 올려 보였다. 우두망찰하고 서 있는 박 여사를 바라보는 복자의 달덩이 같은 얼굴에서는 함박웃음이 피어올랐다. 복자가 고맙다는 말을 연방 해대며 일방적으로 생활한복 한 벌을 해주는 것으로 결정해버리니 박 여사는 꼼짝없이 당한 꼴이다. 박 여사는 숨소리가 쌕쌕 거칠어지는 것을 간신히 참았다. 촌것이라고 무시했더니 저 물건이 눈치도 빠른데다 의뭉스럽기까지 한 여간내기가 아니다.

복자는 수다를 떨다가 태근을 앞세우고 자리에서 일어났다. 해가 많이 기울었고 골짜기에는 푸르스름한 안개가 엷게 띠를 둘렀다. 녹두 자루를 어깨에 멘 태근과 복자는 천천히 언덕을 내려왔다. 여름내 무성하던 길섶의 풀들이 제법 누런색이다.

"왜 그러능가?"

"뭐가?"

"사모님에게다 허는 짓 말여."

"당신 옷 한 벌 해준다구 해서 나두 한 벌 해달라구 헌 것뿐이여."

"오늘두 저번처럼 작심허구 사모님 데리구 놀었지?"

"베락 맞을 소리 허구 있네."

35
복자는 울지 않았다

"엎었다 잦혔다 콩가루에 인절미 둥글리듯 했잖어."

"내가 언제."

복자는 건성으로 대답을 하면서 마을을 내려다봤다. 차부집 옆에 사는 봉태 할머니가 날짐승이 쪼아 먹지 못하게 수수 이삭에 망사 자루를 씌우느라 꼬부랑 허리로 수숫대를 잡고 안간힘을 쓰고 있다. 며느리는 집 나가고 술독에 빠진 아들과 손자를 건사하는 팔십 다 된 노인네가 무슨 영화를 누리자고 수수 모가지 하나에도 저리 알뜰 정성을 바칠까. 갑자기 코끝이 찡해진 복자는 마른 코를 풀었다.


팔월 열나흘은 복자에게 가장 바쁜 날이다. 차례를 지내는 읍내 큰집에서 추석 음식을 장만한다고 해도 덜렁 과일 상자나 고기 몇 칼 끊어서 얼굴을 내밀 수 없는 노릇이다. 쌍둥이 조카를 친자식처럼 챙겨주는 큰동서 생각하면 햇곡식으로 만든 음식에서부터 이것저것 바리바리 차에 싣고 가도 아깝지 않다. 복자는 새벽부터 일어나 송편을 빚고 해콩으로 두부를 했다. 몇 가지 전을 부치고 청포묵을 쑤고 나물을 무쳐 큰집에 가져갈 것과 서울 집주인이 오면 보낼 것을 구분하니 벌써 해가 중천이다. 쌍둥이 아들은 아침부터 엄마 왜 안 오느냐고 성화고 태근은 고물 트럭을 깨끗이 세차한 뒤 옷을 갈아입고 마당에서 서성이고 있다. 힘이 들긴 하지만 복자의 마음도 들떴다. 없이 살지만, 우애 좋은 동기간들과 만나 이야기꽃을 피우다 보면 추석 명절이 후딱 지날 것이다.

얼굴에 대충 크림을 찍어 바르고 옷을 갈아입는데 정성껏 차린 음식과 햇곡식을 차에 실은 태근이 늘쩡거린다고 투덜댔다. 벌써 마을의 몇 집 마당에는 낯선 차가 주차해 있다. 객지에서 명절을 쇠러 온 자손들일 게다. 추석이라고 해도 찾아오는 사람 하나 없는 집이 수암골에 몇 집 있다는 걸 알면서도 복자는 명절이 있다는 게 고맙게 느껴졌다. 사람살이가 다 똑같을 수는 없지 않은가.

동기간들과 차례를 지내고 성묘를 하는 것으로 추석 명절은 끝났다. 이제 제각기 일상으로 돌아가는 일만 남았다. 복자는 서둘러 집에 갈 채비를 하였다. 햇덧은 없고 가을걷이 할 일은 첩첩인데 엉덩이 무거운 태근은 큰집에서 하루쯤 더 묵어가자고 뭉그적거렸다. 복자는 남편을 채근하여 집으로 향했다. 누런 들판이 마음을 자꾸 재촉했다. 마을은 언제 객지에 나갔던 사람들이 다녀갔었느냐는 듯이 텅 비었다. 비질한 마당처럼 구름 한 점 없는 푸른 가을 하늘 아래서 동구 밖을 하염없이 바라보는 노인네들이 죽음을 기다리는 늙은 짐승 같다. 이런 풍경이 어디 한두 해 겪는 일인가. 객지살이하는 자식들을 볼 요량으로 애들처럼 명절을 손꼽아 기다리던 노인들은 휑하니 떠난 자식들의 빈자리를 한동안 쓸쓸히 되새김질할 것이다.

복자는 서울 집주인에게 주려고 따로 보관했던 송편과 전을
데우면서 자꾸 동구 밖을 내다봤다. 추석 뒷날이면 으레 성묘를
하고 들렀던 서울 집주인이 올해는 이틀이 지나도 꿩 구워먹은
소식이다. 집주인이 오늘내일 온다고 해도 추석 음식을 싸 보내
기는 이미 물 건너갔으니 맛이 변하기 전에 동네 어른들에게 돌
리는 게 낫지 싶었다. 마을 노인들에게 대접할 음식을 챙기면서
도 복자의 시선은 동구 밖을 떠나지 못했다. 생각대로 마을 경로
당에는 노인들이 모여 앉아 해 세월을 하고 있었다.

"아이구, 올해두 쌍뎅이 어매가 또 추석 음식을 갖구 왔구먼."

"추석은 잘 쇠구?"

"쌍뎅이는 근강허게 공부 잘허지?"

"명절 동안에 내 집 메느리는 대접해 보내구 쌍뎅이 어매한티
대접받네."

"각 집 살림허면 자식두 손님이여."

"누가 아니랴. 손님 중이서두 상손님이지."

"쌍뎅이 어매는 수암골 동네 메느리여."

노인들은 입을 오물거리며 복자에게 덕담을 쏟아냈다.

"명절은 잘 보내셨죠?"

"늙은이들 명절이라는 게 별거 있나. 자식새끼들 얼굴 보는 것
이지."

"오자마자 갈 궁리나 허는 것들."

"말은 저렇게 허면서두 저 할멈은 보탱이 보탱이 챙겨 보내느라구 난리 피우면서."

"그럼 어떡혀. 속상해두 몸땡이 아프면 즌화헐 디가 거기밖이 읎는디."

젊은 것들 험담이 시작되자 노인들의 얼굴엔 화색이 돌고 목소리가 명랑해졌다. 그리움은 미움이고 미움은 사랑이다. 사랑타령은 한동안 계속됐다.

"참, 그 소문이 사실이여?"

"무슨 소문?"

"순금이네 소문 말이여. 순금이 큰오래비가 어매 아배허구 대판 싸웠디야."

"얼마나 싸웠는지 성묘두 안 허구 추석날 아침에 서울루 올라 갔디야."

"아배는 머리 싸매구 드러눕구 어매는 울구불구 난리두 아니래야."

"그래서 순금이 어매가 시르죽었구먼."

"순금이 큰오래비는 사람 얌전허잖어. 직장두 존디 댕기구."

"뭣 땜이 명절에 부자간이 싸웠디야?"

"땅 땜이 그랬디야."

"무슨 땅?"

"순금이 아배가 웃샘골 논을 팔았는디 아들이 의논 않구 팔았다구 야단헌 모냥이여."

"땅은 지가 장만했남. 아배가 장만헌 땅, 아배가 파는디 자식새끼들이 웬 지랄이여."

"누가 아니랴."

"늙어서 농사질 수 읎으면 팔어서 쓰다 죽어야지 땅뙈기 놔둬서 뭣혀."

"객지 사는 자식들이 농사일을 거들어주길 허나, 돈을 넉넉히 보내주나."

"싸운 이유는 따루 있디야."

"땅을 팔 때는 똥값을 받었는디 몇 다리 건너가서 지금은 금값이래야."

"다랭이논이 뭣 땜이 금값이 됐디야?"

"거기가 개발된디야."

복자는 지난여름 이장이 김 사장에게 웃샘골이 어쩌고저쩌고 하며 씨부렁대던 말이 퍼뜩 생각났다. 내일모레 상여 탈 노인들도 다 아는 동네 소식을 복자네 내외만 모르는 꼴이다. 동네에서 땅을 팔고 사는 것이 새삼스러운 게 아닌 줄 알면서도 복자의 마음은 왠지 편치 않았다. 웃샘골 개발 얘기는 오래전부터 있었다. 경관이 수려한 골짜기에 관광단지를 만든다는 이야기도 있었고 수암골 옆에 붙은 구억말 야산에 골프장이 들어선다는 말도 떠돌았다. 지금은 그때처럼 풍문으로 돌리기에는 뭔가 꺼림칙했다. 웃샘골에 팔아먹을 논뙈기 한 평 없는데도 이상하게 신경이 쓰였다. 사람들이 땅을 팔든 말든 개발이 되든 말든 알게 뭐람. 고개를 흔들면서도 경로당을 나서는 복자의 눈길은 멀리 웃샘골 쪽으로 향했다. 펑퍼짐한 야산을 낀 웃샘골 안쪽으로 불끈 솟은 수암산에는 단풍이 제법 들기 시작했다.

집에 돌아온 복자는 안마당에서 콤바인을 수리하고 있는 태근에게 궁금 보따리를 풀어놓았다.

"웃샘골이 개발된다는 소리 들었어?"

"그 소문은 예전부터 있었잖어."

"요새 말이여."

"금시초문이네. 밥 먹으면 일만 허는 복자 씨네 머슴이 뭘 알 겄습니까."

"웃샘골 논 판 것 땜이 순금이 아버지허구 큰오빠가 대판 싸웠다는디."

"부자지간에 싸우지 말라는 법이 있는 것두 아니닝께."

"어째 순금이 아버지가 땅 판 것을 동네 사람들이 나중에 알았을까?"

"땅 파는 사람이 동네방네 댕기면서 광고허라는 법두 읎으닝께."

태근은 돌아보지도 않고 두꺼비 파리 채듯 널름널름 말대답을 했다. 궁금증이란 눈 씻고 찾아봐도 없는 위인이다. 뚱하니 서 있는 복자를 아랑곳하지 않고 태근은 콤바인 부속을 갈아 끼우는 데 열중이다.

"올해는 서울 집임자두 다녀가지 않구."

"사정이 있겠지."

"혹시 추석날 다녀간 게 아닐까? 우덜이 큰집에 있는 동안."

"그랬으면 마루에 다녀간 표시루 선물이 있을 텐디."

"그 말두 맞는 말이네."

"나는 맞는 말만 허는 사람이여."

복자는 말문이 막혔다. 태근이 똠방똠방 말대답을 하는 것을 보면 기분이 좋은 것 같기도 하고 어찌 보면 귀찮아서 건성으로 내뱉는 것 같았다. 복자가 태근의 곁으로 다가서며 물었다.

"김 사장네는 서울서 왔능가?"

"……"

"추석 쇠러 며칠날 서울루 갔디야?"

"……"

"왜 사람 말에 대답을 안 헌디야."

"내가 그걸 어떻게 알어."

태근이 언성을 높였다. 복자는 무르춤해졌다. 여태까지 딸기 따듯 말대답을 하던 남편의 모습이 아니었다. 복자는 별것도 아닌 말에 화를 내는 태근이 아니꼬워 일부러 비위를 긁었다.

"당신이 김 사장네 소식을 모르다니."

"내가 그 집 식구두 아닌디 그걸 왜 나한티 물어."

"식구나 진배읎지. 그 집 여편네가 부르면 쪼르르 달려가구."

"그럼 이웃 간에 왕래두 허지 말란 말이여."

"전에는 그 집 식구들이 서울 갔다가 내려오는 날을 훤히 꿰구 있었잖어."

"귀 아퍼!"

"김 사장네 식구들이 서울 갔다 늦게 내려오면 궁금해서 발싸심 해쌓더니 이번에는 왜 잠잠허디야. 별일 다 보겠네."

"지금 뭐라구 씨부리는 거여."

태근이 연장을 내동댕이치면서 눈을 허옇게 치뜨고 일어서는 것을 보고 복자는 잽싸게 부엌으로 도망쳤다. 이 정도에서 멈춰야지 더 건드렸다가는 무슨 일을 당할지 모른다. 순둥이 같아도 성질나면 물불 안 가리는 위인이다. 입을 삐죽 내밀고 점심 준비하던 복자는 족제비처럼 문틈으로 밖을 내다봤다. 태근은 아무 일 없었다는 듯이 콤바인 위에 올라가 시운전을 하고 있었다.

복자네 내외가 들판에서 산 지가 벌써 여드레째다. 태근이 콤바인으로 나락을 베어 탈곡하면 나락 포대를 운반하는 것은 복자 몫이다. 장정도 힘든 일을 복자는 척척 해낸다. 벼 포대를 논둑에 쌓는 일이라면 그나마 쉬울 텐데 나락 주인들이 근력 없는 노인들이다 보니 어느 때는 마당까지 운반하여 널어주기까지 한다. 거저 해주는 일은 아니지만 여간 고된 일이 아니다. 열 사람이 지은 농사를 한 사람이 거둬들인다는 말처럼 동네 가을걷이를 복자네 내외가 다하는 셈이다.

복자는 콤바인 조수석에서 나락 포대를 잡고 마을을 바라봤다. 단풍 든 붉은 산은 이미 가을빛을 잃어가고 마을의 밭들도 김장밭을 빼고는 푸른색은 자취를 감췄다. 배추 묘를 기르고 옮겨 심고 가꾸느라 고생은 했지만, 제값을 받고 밭떼기로 팔아넘긴 김장밭을 바라보던 복자가 미소를 지으며 태근을 돌아봤다. 태근은 잘 익은 나락이 스르렁스르렁 베어져 기계 속으로 들어가 알곡으로 탈곡되는 것에 몰두해 온종일 소 물린 사람처럼 말이 없다. 콤바인이 지나간 논은 깎은 머리처럼 단정하고 논배미는 절단된 볏짚이 가지런하다. 들판이라고 해봤자 충충 다랑논이지만 그 논배미를 가득 채웠던 황금빛 나락이 남편의 손에 야금야금 탈곡되어 빈 들판으로 바뀌는 중이다.

복자는 웃샘골 쪽으로 눈을 돌렸다. 한 이틀만 그쪽에서 살면 올해 타작은 끝이라고 생각하며 겨울이 오기 전에 할 일들을 계산하는데 논임자 봉태 할머니가 논둑에서 꼬부랑 허리로 수건을 흔들었다. 봉태 할머니는 막걸리에 시어빠진 김치와 삶은 고구마가 고작인 새참 그릇을 농로 한가운데 펼쳤다.

"늙은네 농사지어주느라 고생 많네. 쌍뎅이네가 거들어주지 않으면 수암골에서 농사지을 사람이 몇이나 되겠나. 증말 고맙

44

네. 새참이라구 막걸리뿐이니."

봉태 할머니는 막걸리병을 건네며 한 말을 하고 또 했다. 이걸 장만하느라고 한나절은 동동거렸을 것이다. 복자는 입에 넣은 고구마가 목이 메어 막걸리를 조금 따라 마셨다. 남편이 막걸리 잔을 들다 말고 뜨악한 표정으로 복자를 쳐다보며 물었다.

"웬 고급 차가 여기루 온디야?"

"어디?"

"자네 등 뒤에 다 왔네."

빵―. 클랙슨 소리에 복자가 깜짝 놀라 일어섰다. 파리가 낙상할 정도로 매끈한 고급 승용차 안에서는 운전수와 옆 좌석에 앉은 사람이 자기들끼리 뭐라 이야기를 하다가 자리를 비키라고 손을 까불었다.

"저런 본디 배운 디 웂는 잡늠들을……."

태근이 벌떡 일어서는 것을 보고 복자는 얼른 새참 보자기를 길옆으로 치우며 남편을 가로막고 나섰다. 그 사이 승용차는 휑하니 먼지를 일으키며 웃샘골 쪽으로 내뺐다.

"저런 천벌 받을 늠들을 보게나."

봉태 할머니의 말을 받아 남편은 차가 사라진 골짜기를 쳐다보며 씩씩댔다.

"당신은 왜 가루막구 나서능가? 저런 것들은 뿐때를 봬줘야 허는디."

"사람 같잖은 것들허구 말 섞으면 뭘 해. 시간만 뺏기지. 그런디, 웬 고급 차가 웃샘골루 간디야."

"요새 웃샘골루 가는 차들이 얼마나 많다구. 하루에두 서울서 내려오는 차, 읍내서 오는 차가 몇 대씩 들랑거리는디. 논이서 나락 베느라구 처음 본 모냥이네."

새참 보퉁이를 챙기며 심드렁하게 던지는 봉태 할머니의 말에 복자는 남편 얼굴을 쳐다봤다. 태근은 고개를 흔들면서 콤바인에 올라탔다.

"웃샘골로 웬 차들이 몰려간디야?"

"글쎄, 내일부터 웃샘골이서 나락을 베니 연유를 알 수 있겠지."

태근은 쓴 얼굴로 콤바인 시동을 걸며 한마디 던졌다. 짧은 가을 해가 산마루에 걸치면서 하늘은 홍시를 주물러 놓은 것같이 붉게 번졌고 하늬바람은 결이 높아졌다. 저무는 들판 한가운데서 물방개처럼 빙빙 돌며 다랑논의 벼를 베던 콤바인이 드디어 멈췄다. 나락을 전부 벤 들판은 멀끔했다. 복자네 내외는 벼 포대를 한곳에 쌓아놓고 앞서거니 뒤서거니 마을로 향했다. 적막한 마을의 집들에서 하나 둘 불빛이 켜지기 시작했다.

"내일은 새벽부터 웃샘골이서 나락을 베야겠네. 하늬바람이 잘 부니 이슬이 내리지 않을 것 같아."

"그럼 새벽밥을 해야겠네. 그런디 아까 봉태 할머니가 헌 말이 증말일까?"

"무슨 말?"

"웃샘골루 자가용들이 연락부절루 돌아댕긴다는 말."

    복자의 궁금증은 이튿날 나락을 베러 가기 전에 풀렸다. 지난밤에 마을에서 제법 잘사는 축에 드는 병국이 아버지가 목을 맨 것 때문이었다. 멀쩡하던 노인네 초상으로 마을은 발칵 뒤집혔다. 복자네 내외도 나락 베기를 멈추고 초상집으로 달려갔다. 초상집은 썰렁했다. 병국이 어머니만 얼이 빠진 채 마른 눈물을 찍어내고 있었다. 태근의 초등학교 동창생인 큰아들 병국이와 동생들은 아직 서울에서 내려오지 않았고 읍내에 사는 병국이 삼촌들만 마당에서 손님처럼 어정거리고 있었다. 마당 귀퉁이에서는 남정네들 서너 명이 누가 들을세라 쉬쉬거리며 수군댔고 복자와 동네 아낙 몇은 부엌에서 초상 치를 준비를 하며 쑥덕거렸다.

"어제까지 멀쩡허든 아저씨가 뭣 땜에 목을 매셨대요?"

"땅 때문에 그랬디야."

"웃샘골에 있는 산 판 것 땜에 편헌 날이 읎었디야."

"이 집은 순금이네처럼 땅을 일찍 팔지두 않았잖어요."

"순금이네는 부동산 업자한티 속어서 땅을 똥값으루 판 것 땜에 아들허구 싸웠지만 병국이네는 돈을 많이 받어서 식구들끼리 맨날 싸웠다구 허더먼."

"돈 많이 받었으면 좋지 왜 싸운대요?"

"물르는 소리 말어. 돈 머릿수가 커지면 욕심두 커지는 법이여."

"산 팔은 돈을 노나메기를 헐려구 허는디, 병국이는 큰아들이니께 지가 많이 가지려구 허구, 둘째 병식이는 어림읎다구 허구, 막내 병천이는 지가 기중 뭇 사니께 더 가져야 된다구 허구, 시집간 병순이허구 병숙이두 즤들두 몫을 달라구 졸라대면서 맨날 즌화질허는 바람에 하루 한날 편헌 날이 읎었디야."

"자식들만 그 야단 핀 것두 아니더먼. 읍내에 사는 병국이 작은아배 월생이허구 월국이두 교대루 댕기면서 즤들 몫을 내놓으라구 난리를 폈디야."

"며칠 전이는 둘이 한꺼번에 와서 살림까지 쳤디야."

"그것뿐이 아니어, 병국이 고모 월단이두 와서 아버지 시전지물(世傳之物)을 큰오빠 혼저 차지헐러냐구 허며 마루 복판을 손바닥으루 두드리면서 아이고땜을 했다는구먼."

"느닷없이 큰돈이 생기면 그렇게 될까?"

"아무두 물르는 일이여. 죽은 병국이 아배만 알지."

"그래두, 나는 그런 돈 좀 생겼으면 좋겄네."

사잣밥을 안치면서 누군가가 희떠운 소리를 할 때 밖이 소란했다. 객지 사는 자손들이 온 모양이었다. 병국이 어머니 울음소리에 딸년들의 울음이 보태졌다. 몇 안 되는 마을 사람들이 구경

48

꾼처럼 모여들어 자식들의 얼굴을 훑었다. 고개를 푹 숙이고 방 안으로 들어가는 병국이의 뒤통수에 대고 입바른 동네 사람이 한마디 던졌다.

"울기는 왜 울구, 고개는 왜 숙인디야."

초혼은 마을에서 나이가 가장 많은 홀아비 노인 절구영감이 불렀다. 대문 밖에 차린 상 위에는 밥, 동전, 짚신이 세 개씩 놓 였다. 젊어서 돌절구를 팔러 다녔다는 꾀죄죄한 모습의 절구영 감이 지붕 대신 마당 둔덕에서 수암산 쪽을 향해 흰옷을 흔들며 사자를 불렀다.

"해동 조선 충청도…… 수암리 칠십이 번지 신사생 최월수, 복―. 복―. 복―."

절구영감의 목소리는 가늘게 떨렸다. 마을 사람들의 눈은 사 잣밥 앞에 선 맏상주 병국이에게로 옮겨졌다. 병국이는 고개를 꺾은 채 미동도 하지 않았다.

장례는 삼일장으로 잡혔다. 초상집은 온 마을 사람이 다 모여 야 마당 한구석도 못 차지할 텐데 그나마 자식들과 동기간의 얼 굴을 보고 오는 조문객들로 제법 붐볐다. 죽음이야 어떤 방식을 택했던지 곡소리가 나지 않는다는 것만 빼면 겉으로는 여느 초 상집과 다를 바 없었다. 먹는 귀퉁이 웃는 귀퉁이라는 말처럼 웃 고 먹고 떠드는 사람들도 더러 있었다. 복자와 태근이는 으레 하 는 것처럼 안팎일을 도맡아 했다. 음식 수발은 복자의 요량으로 준비했고 상여꾼 모집에서 산역 준비까지 바깥일은 두루두루 태근의 몫이었다. 이따금 태근이와 눈을 마주친 병국이는 고마움과 미안함이 뒤섞인 표정으로 무슨 말인가 하려다가 고개를 푹 숙였다. 태근은 그런 병국이 자꾸 마음에 걸렸다.

해가 기울면서 날씨는 제법 선득해졌다. 멀리서 온 문상객들은 자리를 뜨고 마당에는 동네 사람들과 읍내에서 온 일가붙이들이 조용조용 얘기들을 나누고 있었다. 복자는 아낙 몇과 부엌에서 저녁상을 준비하고 있었다. 설설 끓는 김칫국의 간을 보는데 낯익은 목소리가 귀에 들렸다.

"아이고, 이게 무슨 변고여. 멀쩡허던 사람이 이승을 하직허다니."

이장이었다. 이장은 상제들과 맞절을 하며 언죽번죽 사설을 늘어놓았다.

"청천벽력 같은 일을 당해 황망허겄지만 그래두 산 사람은 살어야지. 너무들 상심허지 말게. 돌아가신 부친이 나하구 동갑이여. 내가 누구보다 그 친구 심정을 잘 알지. 자네들이 낙심천만 허구 있으면 저승이서두 아마 서운해헐 거여. 근력들 차리구 우선은 장례나 잘 모시게."

얼음에 배 밀듯이 한바탕 말부조를 한 이장이 차일 밑에 자리를 잡았다. 저녁상을 받은 사람들이 엉거주춤 일어나 인사를 했다. 이장은 앉자마자 또 입을 열기 시작했다.

"망인이 곡기를 놨다는 연락을 아침이 받었는디, 그때 내가 어

디 있었능가 허면 서울시청 앞에 있는 호텔 커피숍에 있었어. 중
요헌 약속이 있으니 당장 내려올 수두 읎구. 손님을 만나 대화를
나누는디 비둘기 맘이 콩밭에 있는 것처럼 온통 내 맘이 이곳에
있으니 어디 일이 제대루 풀리겄능가. 그래서 다음으루 밀구 시
방 부랴부랴 달려왔는디두 이렇게 늦었네."

"아이구, 이장님 고생허셨시요. 말씀허시느라구 입이 바짝 말
렀을 테니 우선 약주루 입을 축이시구 말씀허시죠."

젊은 축에 드는 동네 사람이 이장에게 술잔을 권했다. 복자는
두부를 길쭉하게 썰어 넣은 김칫국을 밥그릇 옆에 하나씩 놓았
다. 이장은 덜걱거리는 틀니를 입안으로 밀어 넣으며 술잔을 단
숨에 들이켜고 김칫국을 후루룩 마셨다. 밥이 입으로 들어가는
지 코로 들어가는지 모르게 쉴 없이 늘어놓는 이장의 말 탓에 초
상집엔 이장 혼자 있는 것 같았다.

"쌍뎅이 어매, 여기 김칫국 좀 한 대접 더 갖다줘요."

이장이 부엌을 향해 소리를 질렀다. 복자는 은근히 치미는 부
아를 꾹꾹 누르며 김칫국 한 대접을 이장 밥상에 탕, 하고 놓았
다. 거칠게 놓는 바람에 김칫국물이 대접에서 쫄렁거리다가 상
위로 넘쳤다.

"아니, 조심성 읎이 이게 무슨 짓이여."

이장이 흠칫 뒤로 물러나며 복자를 나무랐다. 복자는 곱지 않
은 시선으로 이장을 바라보며 말대꾸를 했다.

"조심성이 읎다니요. 조심성 읎는 것은 동네 어른인 이장님이시네요. 사람들이 있건 읎건 툭허면 쌍뎅이 어매라구 부르는디, 그것두 한두 번이지요. 애들 이름을 부르든가 아니면 아주머니라구 부르면 어디가 덧나남요. 동네에서 제일 식자(識者)가 높구 서울 출입이 잦은 분이 어찌 언사는 함부루 허신대요. 이 댁 초상이 호상(好喪)이 아닌 줄 뻔히 아시면서 제일 목소리 크게 말씀을 많이 허신 분이 누군가 한번 둘러봐요. 동네 사람들은 다들 말을 애끼구 있는디 이장님만 신 난 사람 같구만요. 이장님께서 본을 잘 뵈어야 직들두 조심성 있게 행동을 허지요."

복자가 자기 할 말을 다 하고 부엌으로 들어가자 부엌에서 바깥을 내다보던 아낙들이 고소한 얼굴로 복자의 팔뚝을 꼬집었다. 복자는 쌍둥이 엄마라고 불러서 심사가 뒤틀린 게 아니었다. 동네 땅 소개라면 먹던 밥숟갈도 팽개치고 나서는 이장이 다른 집도 아니고 땅 때문에 생목숨을 끊은 초상집에서 염치없이 떠드는 것이 못마땅해서였다. 조용하던 수암골에 땅 투기 바람이 불어 사람들이 들뜨고 집집마다 가정불화가 생긴 것도 이장 탓이라면 탓이었다. 누구 하나 거들떠보지 않던 산골 다랑논과 잡목 우거졌던 산이 어느 날 갑자기 돈벼락을 맞은 꼴이 되다 보니 마을 사람은 너 나 할 것 없이 제정신이 아니었다. 어떤 집은 남보다 돈을 적게 받고 팔아서 속을 끓이고, 어떤 집은 동기간에 돈을 많이 차지하려고 싸우다 원수지간이 되고, 땅이 없는 집은 샘이 나서 이웃 간에 말도 않고 지내게 되었다. 복자는 이런 분란을 만든 게 이장이라고 생각했다.

그동안 쉬쉬하며 입소문 나지 않은 얘기들이 초상집 귀퉁이에서 하나 둘 드러났다. 그 중심에는 꼭 이장이 틀어박혔다. 평소에도 다 늙어 땅 뒀다가 어디에 써먹을 거냐며 팔아서 예금해 놓고 이자 뜯어 먹고 편히 살다 죽는 게 상책이라고 희떠운 소리를 해대던 이장이었다. 동네 이장이 아니면 땅임자에서부터 땅 평수까지 소상하게 알 턱이 없었다. 그는 그렇게 동네를 들쑤셔놓고 정작 땅 소개할 때는 쏙 빠져 모르쇠 하는 시늉을 했다. 복자는 그 교활함이 더 괘씸했다. 요리조리 저울질하던 몇 사람을 빼놓고는 거의가 웃샘골 땅을 헐값에 팔아넘긴 것도 이장의 농간이고 이참에 이장이 한 몫 잡아 서울에 집을 샀다고 떠도는 말도 사실인 듯싶었다. 이장 마누라가 만날 혼자서 들일을 하는 것도 다 내숭을 떠는 것이라는 사람도 있었다. 웃샘골 땅을 가지고 부동산 업자들과 이장이 어떤 술수를 부리고 동네 사람들이 얼마나 억울해하는지를 알게 된 복자는 이장과 마주칠 때마다 오며 가며 눈을 흘겼다. 동네 사람들이 이 귀퉁이 저 모퉁이에서 쑥덕거리든 말든 이장은 번드르르한 말로 동네 이장 노릇을 톡톡히 했다.

초상집은 사흘 내내 부동산 이야기로 넘쳐났다. 땅 때문에 생목숨을 끊은 송장이 문지방을 넘지 않았는데도 죽은 사람은 까마득 잊고 웃샘골 다랑논을 사고판 부동산 업자가 몇 번 재주를 넘어 얼마의 돈이 벌었다는 이야기에 모두 홀려 더러는 찬탄을 하며 침을 흘리고 더러는 분을 삭이지 못했다. 그 틈새에서 다랑논의 나락 수확을 걱정하는 것은 복자와 태근이뿐이었다.

상여 나가는 날은 청명했다. 만장 하나 없는 상여 행렬 뒤로 곡소리 없는 상제들과 동네 사람들이 줄레줄레 따랐다. 곡소리 대신 상두꾼이 부르는 구슬픈 상엿소리만 바람결 따라 하늘가에 떠돌다가 사라졌다. 모든 일은 빠르게 진행됐다. 상여꾼들의 발걸음도 급한 용무가 있는 것처럼 빨랐고 산역 일을 하는 사람들도 도지 맡은 것처럼 빠르게 해치웠다. 주검을 어서 묻고 자리를 뜨려고 맘먹은 사람들 같았다. 망자는 산소 자리로 남긴 산자락 귀퉁이에 자신이 먼저 누웠다. 붉은 흙은 유난히 부드러워 평생 농사밖에 모르고 산 농사꾼의 유순한 마음 같았다. 하관할 때도, 봉분을 다 만들고 성분제를 지낼 때도, 상제들은 건울음 한 꼭지 울지 않았다. 형제들끼리 서로 외면하며 먼산바라기만 할 뿐이었다.

태근의 눈길은 자꾸 맏상주 병국에게로 쏠렸다. 벙어리처럼 입을 닫은 그는 사람들을 피해 막 색이 바랜 갈참나무 옆에서 이따금 어깨를 들먹였다. 그때마다 바람이 불어 갈참나무 잎이 잠시 소란스러웠다. 복자는 태근이더러 병국이에게 가보라는 눈치를 자꾸 보냈다. 태근은 한참을 머뭇거리다가 병국의 어깨를 감싸 일으켜 세웠다. 봉분 하나 달랑 남겨 놓고 산역꾼들과 동네 사람들이 하산을 하기 시작했다. 상제들도 말없이 앞서거니 뒤서거니 천천히 따랐다. 마을로 가는 길엔 웃샘골로 향하는 고급 차들이 꼬리에 꼬리를 물고 지나갔다.

초상을 치르는 통에 어떻게 보냈는지조차 모르게 가을이 빠르게 지났다. 웃샘골에서 나락을 베는 이틀 동안 복자와 태근이 눈에 진물이 나도록 본 것은 고급 승용차들뿐이었다. 하루에도 수십 대씩 들랑거리는 고급 차에서 오르내리는 사람들은 도회지 냄새가 물씬 풍기는 사내들과 여자들이었다. 그런 사람들 뒤에는 어디선가 본 것 같은 읍내 사내들이 굽실거리며 뒤따랐다. 가끔 이장의 모습도 보였다.

동네 사람들은 병국이 아버지가 돌아가신 뒤로는 웃샘골 땅 애기를 숨어서 속닥거렸다. 초상을 치른 뒤 병국이 형제들이 돈을 어찌어찌 노나메기를 했다는 말이 돌았지만 모두 모르는 척했고 홀로된 병국이 어머니도 그 애기만은 입을 꼭 다물었다. 오래갈 싸움을 주검이 해결한 꼴이었다. 그러나 초겨울이 닥쳐도, 사람이 죽어나갔어도 웃샘골을 들랑거리는 차들은 좀체 줄지 않았다.

태근이 마늘밭에 짚을 덮으러 나간 오후다. 복자가 토방에 앉아 김장 배추를 다듬는데 낯선 사람 둘이 느티나무 아래서 밭은

기침을 하며 다가섰다. 처음 보는 얼굴이다. 복자는 엉거주춤 일어났다. 얼굴이 송장처럼 하얀 중년의 여자가 물었다.

"장태근 씨 댁 맞죠?"

"그런디요."

"장태근 씨는 댁에 안 계신가요? 안주인 되시나요?"

금테 안경을 낀 오십 대 중반의 사내가 거듭 물으며 느티나무를 바라봤다.

"예, 밭에 일허러 나갔는디…… 어디서 오셨는지요?"

"여기도 마을이 한눈에 들어와서 좋지만 건너편 통나무집에서 바라보는 경치는 더 일품이에요. 이 느티나무 좀 봐요. 지금은 나뭇잎이 다 져서 그렇지 한여름에는 장관이라니까요."

"김 사장의 땅 보는 눈은 알아줘야 한다니까."

그들은 복자의 물음엔 대답하지 않고 집 주위와 마을을 바라보며 한동안 말을 주고받았다.

"어디서 오신 분들인지요?"

멀뚱히 선 복자가 다시 묻자 그때야 사내가 대답했다.

"김 사장한테 무슨 말씀 듣지 못하셨나요?"

"무슨 말씀을……."

"김 사장이 바빠서 차마 말씀을 드리지 못하고 미국으로 가셨나 보네요. 저희가 건너편 통나무집을 구입한 사람들입니다."

"예? 그, 그러니께, 손님들이 서울 김 사장님네 통나무집을 샀단 말씀인가요? 증말요? 언제요? 김 사장님이 우리한티 얘기두 안 허구 집을 팔을 리가 읎는디…… 김 사장님이 미국 가셨다는 소리는 뭔 말씀이대요?"

한 대 얻어맞은 사람처럼 복자는 정신을 못 차리고 얼떨결에 이 말 저 말 섞어서 물었다. 목소리는 조금 높았고 떨렸다. 김장 배추를 만지작거리던 여자가 허둥대는 복자를 향해 배시시 웃으며 지나가는 말투로 한마디 던지고 사내가 받았다.

"추석 전 일인데 아직 모르셨구나."

"김 사장이 한식구처럼 지낸다더니 차마 말 꺼내기가 그랬나 봐요. 당분간 미국에서 지낼 거라고 했는데."

"아, 예…… 저는 처음 듣는 말씀이라 조금 놀랐네요. 서울 김 사장님과 하두 가깝게 지내서요. 저두 물르게 엉뚱헌 말이 튀어나왔네요. 김 사장님께서 집을 파시는디 우리한티 꼭 알릴 필요는 읎죠. 그럼요. 또 미안해 헐 이유두 읎구요. 처음 뵙겠습니다. 누추허지만 여기 마루에 좀 앉으시지요."

그제야 일의 내막을 어렴풋이 알아차리고 평정심을 찾은 복자가 목소리를 낮추고 몸을 조아리며 말했다. 복자는 필요 이상으로 굽실대며 지는 햇볕이 동그마니 차지한 마룻바닥을 맨손으로 훔쳤다. 사내는 복자와 여자를 번갈아 쳐다보며 뜸을 들이다 한마디 더 물었다.

"괜찮습니다. 그럼 이 집도 팔렸다는 것을 모르시겠네요?"

"예? 이, 이 집두요?"

"예, 이 집도 김 사장이 소유했다가 저희에게 매매했기 때문에 미안해서 더욱 말을 못한 것 같네요."

"아니, 이, 이 집이 팔렸단 말인가요? 그, 그럼…… 이 집임자가 김 사장이었단 말인가요? 어, 언제요? 이 집을 정말 김 사장님이 샀다가 손님들헌티 팔았단 말인가요?"

얼굴이 하얗게 질린 복자가 더듬거리며 묻고 또 묻는 말에 그들은 오히려 의아스런 표정을 지으며 복자네가 사는 이 기와집을 지난여름에 김 사장이 샀고 추석 전에 자기들이 샀다고 자세히 이야기했다. 복자는 도통 그들의 말이 믿기지 않았다. 이십 년 가까이 살아온 이 집을 집주인이 복자네 모르게 팔았다는 것도 믿기지 않았지만, 더구나 서울 김 사장이 지난여름에 샀다니. 모두 빈말 같았다. 김 사장 부인의 철딱서니 없는 행동은 그렇다 쳐도 복자네와 스스럼없이 지내던 김 사장이 이 집을 사고서도 구린 냄새를 피우지 않았다는 걸 믿을 수 없었다. 여자가 동정 반, 한심 반으로 복자를 쳐다보며 사내에게 말을 건넸다.

"어쩜 이렇게 까마득 몰랐을까?"

허둥대는 복자의 모습에 조금 머쓱한 사내가 한참 딴전을 피우다가 천천히 입을 열었다. 목소리는 낮았지만 단호했다.

"올겨울은 지나시고 꽃 피는 춘삼월에는 집을 비워주셔야 하겠습니다. 물론 이 집에 딸려서 부쳐 먹는 논밭이랑 김 사장네

밭도 포함해서. 내년 봄엔 이곳에 대규모 펜션 단지가 들어설 예정이니까요."

사내는 얼굴색 하나 변하지 않고 또박또박 글을 읽듯 말했다. 근엄한 표정은 아니지만 미안한 내색도 없었다. 복자는 멍청이처럼 벌린 입을 다물지 못했다. 서울 김 사장네 통나무집이 팔렸다는 것이 주먹으로 얻어맞았다고 하면 복자가 이십여 년 가까이 살았던 이 집이 팔렸다는 것은 망치로 얻어맞은 꼴이었다. 멍하니 서 있는 복자에게 변변한 인사를 건네지도 않고 그들은 건너편 통나무집으로 향했다. 아름드리 느티나무를 돌아가면서 종알대는 여자의 말이 희미하게 복자의 귓속으로 들어왔다.

"이장이 중간 다리를 놓았는데 입을 싹 닫은 모양이네요."

복자는 뜬 걸음으로 달려가 밭일하는 태근이를 집에 데리고 왔다. 영문 모르고 집으로 끌려오다시피 한 태근은 숨을 몰아쉬며 쏟아내는 복자의 말에 자세히 말해보라며 짜증을 냈다. 복자는 큰일났다는 소리를 하며 자신의 말귀를 못 알아듣는 남편에게 앞뒤 없이 한 말을 하고 또 해대며 씩씩댔다.

"당신 내 말 똑바루 들어. 이장, 이 인간부터 요절을 내야 혀. 그냥 물러나면 우덜은 우스운 사람 꼴이 되니께."

"이장은 뭐구, 요절은 뭐여?"

"서울 김 사장네 통나무집이 팔렸디야."

"증말?"

"이 집두 팔렸디야."

"이 집두?"

"그랴. 그것두 지난여름에 김 사장이 샀다가 다른 서울 사람에게 팔었디야."

"설마."

"설마가 사람 잡는다는 소리 뭇 들었어."

"올겨울만 넘기구 이 집을 비우래야."

"누가?"

"아이구, 복장 터져. 누군 누구여. 이 집을 산 서울 것들이 그러지."

"만나봤어?"

"밤새 울구 누구 죽었느냐구 허네. 여태 얘기허니께 그때는 귓구멍이 맥혔었나."

"이 집임자는 그럴 사람들이 아닌디."

"사람 속을 누가 알어."

"김 사장네 내외두 왔던가?"

"그이들이 왔으면 속 내막이나 알지."

"김 사장두 그렇구 사모님두 우덜한티 그럴 사람들이 아닌디."

"사모님은 무슨 얼어죽을 사모님이여. 이 판국에."

"확실히 모르니께 막말은 허지 말어."

"지금 누구 편을 드는 거여?"

60

"편을 드는 게 아니라 믿기지 않어서 그려."

"태평성대네. 이미 눈 코 입이 다 그려졌는디 믿구 말구가 어딨어. 이장이 중신애비 노릇을 헌 모냥이여."

"무슨 중신?"

"이 집을 팔구 사는 디 소개를 했단 말이여."

"진짜?"

"이 집을 샀다는 것들이 주구받는 말을 내 귓구녕으루 똑똑히 들었단 말이여. 지난여름에 이장허구 김 사장이 마당에서 웃샘골이 어떻구 브리핑이 어떻구 헐 때 내가 알어봤어야 허는디 귓전으루 흘린 게 잘못이지."

"김 사장네는 추석 전에 서울 가서 아직 안 왔잖어."

"오구 안 오구가 무슨 상관이여. 그이들은 지금 미국에서 산디야."

"이삿짐을 하나두 안 챙겼는디 언제 미국으루 이사 갔단 말이여?

"무슨 이삿짐?"

"통나무집에 좀 비싼 물건이 많으냐구. 고급 가구며 텔레비전허구 냉장고허구⋯⋯."

"있는 것들은 사람의 오장육부두 사구팔구 허는 세상인디 그까짓 살림살이가 대수여. 돈만 있으면 물건을 사기 싫어 뭇 사는 세상인 줄 몰르는가 보네."

"허긴."

"요새 며칠 이장 코빼기가 안 보이드니 다 이유가 있었어. 보기만 해봐라. 내가 그냥 두나."

"이장을 요절낸다구 엎어진 물을 주워담을 수는 읎잖어."

"부처님이 따루 읎구먼. 당신은 밸두 읎어? 엎질러진 물을 주워담을 수 읎으면 사발루 면상이라두 갈겨야지."

복자는 자신도 모르게 손을 홰홰 내저었다. 멀거니 복자를 바라보던 태근은 김 사장 전화번호를 찾아 통화를 시도했다. 전화통 속에서는 없는 번호라며 친절하게 안내하는 여자의 목소리만 거듭 들렸다. 맥 빠진 태근은 건너편 통나무집으로 시선을 돌렸다. 널찍한 잔디밭에서 한동안 어정거리던 낯선 사람들이 승용차에 오르는 모습이 흐리게 보였다.

토방에 널브러진 배추를 팽개친 복자는 저녁도 뜨는 둥 마는 둥이다. 입에선 신세 한탄에 당장 집을 비워줄 걱정을 얹어 김 사장과 이장한테 무시당했다는 말뿐이었다. 태근이 생각해도 김 사장이 속인 것은 없지만 농락당한 기분은 지울 수 없었다. 태근은 살갑게 굴던 김 사장 부인의 얼굴이 떠올라 고개를 흔들었다. 통나무집이야 자기 집이니 팔거나 말거나 상관없지만, 지난여름에 이 집을 샀으면서도 말 한마디 없었다는 게 섭섭했다. 서운한 건 이 집주인도 마찬가지였다. 이십 년 가까이 살았는데 전화 한통 없이 집을 팔다니. 이장도 마찬가지다. 아무리 땅 소개에 맛이 들었다고 해도 한 동네 살면서 이 집에 사는 사람 몰래 흥정을 붙이고 아닌 보살 하다니. 모든 걸 믿고 싶지 않았다.

태근이 상한 속을 달래며 서울 집주인에게 전화를 걸었다. 죽은 자식 불알 만지는 격이지만 확인을 하고 싶었다. 모든 게 사실이었다. 미리 연락하지 못한 것은 이장이 잘 설명하겠다고 해서 그랬다며 그동안 고마웠다는 건조한 목소리가 전화기 속에서 아득하게 들렸다. 자기 집 자기 맘대로 파는데 누가 뭐라 하겠는가. 태근은 방고래가 꺼지게 한숨을 쉬며 마음을 추스르려고 애썼다. 옆에서 숨죽여 통화 내용을 엿듣던 복자의 얼굴이 일그러졌다. 분을 삭이지 못한 복자의 입에서는 생전 들어보지 못한 악담이 쏟아졌다. 이장이 옆에 있으면 금방이라도 잡아먹을 것 같았다.

태근은 복자를 달랬다. 김 사장이나 집주인이 섭섭하긴 하지만 손해를 끼친 것도 아니고 어쩌면 여러 해 동안 땅을 거저 부쳐 먹은 우리가 득을 본 것 아닌가. 없는 설움이 바로 이런 꼴 아니겠느냐. 그래도 땅뙈기가 조금 있고 모은 돈도 있으니 죽기야 하겠는가. 팔기 싫은 집을 이장이 억지로 팔게 했겠느냐. 태근은 자신에게 하고 싶은 말을 마디숨을 쉬며 천천히 했다. 잠자코 듣던 복자가 고개를 꺾었다. 방 안이 조용하자 느티나무 잔가지 사이를 빠져나온 바람이 창호지 문을 흔들었다. 스산했다. 매일 듣는 바람 소리가 아니었다. 돌부처처럼 앉아 있던 복자가 옷을 입은 채 드러누우면서 한마디 던졌다.

"그래두 이장은 한번 들어서 태질헐 겨."


밤새 잠을 설친 탓으로 아침 입맛이 깔깔하다. 태근이 몇 숟갈 뜨다가 수저를 놓았다. 복자도 덩달아 수저를 놓았다. 둘 다 말이 없다. 하루 사이에 삶이 푸석푸석해졌다. 대충 설거지를 한 복자가 마을 길을 나섰다. 초겨울 하늘이 잔뜩 흐렸다. 개울 건너 뙈기밭에서 김장 무를 뽑던 노인이 잠시 허리를 폈다. 늘 이런 죽은 풍경이지만 새삼스러웠다.

복자가 경로당 문을 열자 노인들이 기다렸다는 듯이 반긴다. 봉태 할머니가 꼬부랑 허리로 일어서서 손을 잡았다.

"쌍뎅이네 사는 집이 팔렸다는 것이 참말이여?"

동네에 소문이 팽 돌았는가 보다. 여기저기서 질문이 쏟아졌다.

"사는 사람두 물르게 집을 파는 경우가 세상천지 어딨디야."

"팔어두 살던 사람보구 사라구 해본 뒤에 팔어야지."

"지난여름에 팔렸다며?"

"서울 통나무집 주인이 여간 숭물이 아니네. 쌍뎅이네 몰래 사놓구 천연덕스런 낯짝을 허구 댕겼으니."

"나는 서울 집 남자보다 해해거리는 여편네가 영 맘에 안 들더라구."

"누가 아니랴."

"서울 것들두 그렇지만 판사네두 너무헌 거 아녀."

"다 쓰러져가는 집을 쌍뎅이네가 고쳐가며 산 게 몇 년인디."

"쌍뎅이네가 안 살았으면 그 집은 벌써 부서졌을 겨."

"그 집두 이장이 소개를 했다는구먼."

"땅 냄새 맡는 디는 아마 구신두 울구 갈 겨."

"요새는 어딜 돌아댕기는지 이장 낯짝을 통 볼 수 읎더구먼."

"이장 마누라두 바깥출입을 안 허는 모냥이여."

"내외가 짠 게로구먼. 쌍뎅이네 집을 산 사람들이 오면 동네가
시끄러울 테니 잠시 피허자구."

"부쳐 먹던 땅은 어떻게 허기루 했는가?"

"그 집을 부수구 펜션인가 뭔가 짓는다는디 농사짓게 허겄어."

"개울 건너 땅은 모조리 팔렸디야."

"그럼 쌍뎅이네는 어디루 간디야."

"집을 새루 지으려면 집터를 구해야 헐 텐디. 이 동네 땅값은
장마에 오이 넌출 오르듯 올랐으니 걱정되겄네."

"동네 빈집을 사서 고쳐 사는 것두 괜찮을 텐디."

"빈집이 어딨어? 동네 빈집은 부동산 업자들 손에 벌써 다 넘
어갔는디."

"그럼 이 동네를 뜬단 말이여."

"그러면 우덜 농사는 누가 지어준디야."

"당장 내년 못자리가 걱정이네."

"농사철이 되두 서울 자식들은 들여다보지 않을 텐디."

노인들의 말이 끝이 없다. 처음엔 복자네를 걱정하던 말이 자기들 농사 얘기로 옮기더니 복자는 안중에도 없었다. 하릴없는 노인들에게 일감이 생긴 것이다. 경로당 안은 활기를 띠었다. 일근력은 없어도 말 근력은 젊은이들 못지않다. 복자는 그런 노인들이 밉지 않았다. 코끝이 찡해졌다. 노인들 말처럼 어쩌면 이 동네를 뜰지 모른다는 생각이 들었기 때문이다. 복자도 안다. 이미 동네 땅값이 천장같이 올랐는데 집터를 사고 집을 새로 짓는다는 것이 쉽지 않다는 것을.

복자가 온 김에 노인들에게 점심이나 해드리려고 일어설 때 태근이 들어섰다. 혹시 복자가 이장과 시비라도 할까 봐 뒤따라온 듯했다. 태근이 방 안을 흘끔 둘러본 뒤 이장이 없는 걸 확인하고 대충 인사를 했다. 엉거주춤 서 있던 태근이 자리에 앉자 여태 안노인들에게 밀려 입을 다물고 앉았던 바깥노인들이 말문을 열었다.

"너무 낙심허지 말게. 죽으라는 법은 읎으닝께."

"누구를 탓허겄는가. 읎는 살림을 탓해야지."

"자네들같이 부지런허구 심성 고운 사람들이야 어딜 가면 못 살겄능가."

"세상이 살기 좋아졌다구 해두 농사꾼들에겐 옛날이나 지금이나 변헌 게 별루 읎지. 암, 읎구 말구. 경자유전(耕者有田)이라는 말이 있지만, 그 말두 사실은 농사꾼 홀리는 말이여. 땅은 농사 짓는 사람이 소유해라. 말이야 좋지. 이런 문자를 누가 지어냈겠어? 가난해서 배우지 뭇허구 배우지 뭇해서 땅 파먹는 농사꾼들이 지어냈겠어? 아녀, 유식헌 부자들이 지어낸 말이여."

"왜 아니겠나. 다 농사꾼들 달래느라 지어낸 말이지. 농자천하지대본(農者天下之大本)이라는 말은 얼마나 듣기 좋은가. 속으루 골병들어 서러운디 대본은 무슨 얼어죽을 대본이여."

"예전보다 요새는 농사꾼들이 땅 장만허기가 더 어려운 세상이여. 농사꾼들이 땅을 늘리려구 돈 모으는 걸음이 거북이라면 땅값은 토끼 뜀박질이니 땅은 자연히 돈 많은 사람 손으루 넘어가게 마련이지. 제 땅에서 농사짓기 싫은 농사꾼이 어디 있겠어. 땅을 사구 싶어두 돈 읎어서 뭇 사지."

"이 수암골 땅두 절반 이상이 농사짓지 않는 것들이 사논 모냥이여."

"우리 같은 늙은이들이 다 죽구 나면 이 동네는 어떻게 될까?"

"그야 뻔허지. 돈 많은 외지인이 차지헌 뒤 소작을 주든지 묵히겠지."

"곡식이 잘되는 땅을 묵히면 천벌 받는다구 했는디."

"그것들이 땅 살 때는 곡식 때문에 사는 게 아녀. 땅값 오르는 것 때문에 사는 것이지."

"얼마 전에 장관인가 뭔가 벼슬자리 높은 여편네가 부동산 투기했다가 들통난 뒤 헌 말을 벌써 잊어먹었남."

"무슨 말?"

"자기는 자연의 일부인 땅을 사랑헌다구 했잖어."

농사도 짓지 않는 사람들이 땅을 얼마나 사랑하기에 입길에 오르며 땅을 사는지 모르지만, 땅 파먹고 사는 사람들은 땅을 사랑한다는 말은 하지 않는다. 땅은 목숨이기 때문이다. 제 목숨을 사랑한다고 떠벌리는 사람은 세상에 없다. 복자도 태근이도 땅을 사랑한다는 가벼운 말을 한 적이 없다. 땅이 있어 고마울 뿐이었다. 내 땅이든 남의 땅이든 그들에게 땅은 소중한 제 몸과 같아 잘 가꾸어야 할 대상이었다.

복자와 태근은 경로당을 나섰다. 금방이라도 눈비가 올 것 같았다. 잔뜩 흐린 하늘 아래 버티고 선 수암산 자락의 마을이 추워 보였다. 비슷비슷한 사람들이 살던 마을에 갑자기 경계선이 쳐진 것 같았다. 서울 김 사장네 통나무집이 유난히 눈에 들어왔다. 웃샘골에 골프장이 생기고 개울 건너에 펜션과 별장이 들어서면 개울 이쪽 동네는 꼭 의붓 새끼 꼴이 될 것이다. 내외는 말 없이 앞서거니 뒤서거니 개울을 건넜다. 개울물이 맑은 소리로 잔돌을 부딪치며 흘렀다. 개울가에는 마른 물봉선 줄기가 개울물에 젖은 채 흔들리고 있다. 태근은 잠시 다리 위에 멈췄다. 내년 가을에도 개울가에 지천으로 피는 홍자색 물봉선 꽃을 볼 수 있을까. 가슴 밑바닥에서 뜨거운 것이 올라왔다.

앞서 가던 복자가 뒤돌아봤다. 좁은 시멘트 다리 중간 섰던 태근의 커다란 덩치가 무겁게 움직였다. 이장이 있으면 패대기칠 요량으로 경로당에 갔던 복자의 사나운 마음이 조금 누그러졌다. 노인들의 말이 옳다. 사람 같잖은 것하고 콩팥을 가려 무엇하랴. 내 살 궁리를 해야지. 언제는 외할미 젖을 먹고 컸던가. 아직 몸뚱이 성하니 어디 가서 무슨 일을 못 하랴 싶었다. 기어이 빗방울이 드문드문 떨어지기 시작했다. 복자는 태근을 재촉하여 집으로 돌아와 김장거리를 우선 헛간에 쟁였다. 이 겨울을 넘기자면 아직 서너 달이 남았으니 김장을 하고 그동안 무슨 수를 찾아야 한다. 복자는 마음을 단단히 먹었다.

복자가 마음을 추스르고 김장을 하는 동안 마을 노인들 몇이 찾아와 복자네 걱정에 자기들 걱정을 보태주고 갔고 태근이 또래들이 들러 답 없는 공론만 늘어놓으며 술추렴을 하다 갔다. 그런 날이면 태근은 만취하여 인사불성이 되었다. 집이 팔렸다는 소리에 길길이 날뛰던 복자와는 다르게 침착하던 태근은 날이 갈수록 마음을 잡지 못했다. 말수는 부쩍 줄어들었고 술에 취하면 횡설수설하다가 엉엉 울기까지 했다. 농사지을 농토도 없는데 몇 푼 모은 돈으로 새집을 짓는다는 것도, 다른 동네로 이사 가서 소작을 붙인다는 것도 쉬운 일이 아니었다. 동기간들과 의논해봤자 그들에게도 뾰족한 수가 없었다. 혼자 끙끙 앓는다고 해결될 일이 아닌 줄 뻔히 알면서도 태근의 마음은 건공중에 떴다.

　복자는 여기저기 전화하는 것으로 해 세월을 하고 있었다. 도지 얻을 땅을 구하는 전화였다. 동네 사람들 앞에서도 이왕 농사를 지으려면 소작료 제대로 내고 떳떳하게 짓는 게 낫다며 넓은 농토를 도지 주는 데 있으면 소개해달라고 부탁까지 했다. 이 동네를 뜨면 못 살 것 같아 조바심하는 태근과는 딴판이었다. 복자의 마음은 이미 수암골을 떠나고 있었다. 이 동네가 관광지로 개발되면 일자리가 생길 것이니 농사를 지으면서 짬짬이 그 일을 하는 게 어떠냐는 말엔 벌컥 역정을 냈다. 골프장이나 펜션의 일자리라는 게 잔디밭에서 풀 뽑는 일 아니면 남들 자고 난 자리 청소하는 것인데 논일 밭일은 할망정 그런 일은 절대 안 한다고 못 박았다. 송충이가 솔잎 먹고 살지 갈잎 먹는 것 봤느냐고 그럴싸한 말까지 끌어다 붙였다.

　동네 사람들이나 또래들 말고 찾아오는 사람들은 또 있었다. 읍내의 부동산 업자들이었다. 그들은 뜬금없이 들러 집구석을 살펴보기도 하고 얼마에 팔렸느냐고 물어 태근의 부아를 돋구었다. 이틀이 멀다 하고 찾아오는 그들에겐 복자나 태근은 안중에도 없고 소개비를 챙기지 못한 아쉬움만 가득했다. 여차하면 주먹이 날아갈 것 같은 표정의 태근의 입에서는 볼 부은 소리가 터져 나왔다. 그때마다 복자는 심사가 뒤틀린 태근이 무슨 행동을 할지 몰라 안절부절못하며 봄이 오기 전에라도 어서 이 집을 떠나야겠다고 생각했다.


　진눈깨비로 시작한 눈이 한낮이 되더니 제법 푸덕푸덕 내려 금방 쌓였다. 눈 속에 묻힌 마을이 조용하다. 태근은 가끔 방문을 열고 탐스러운 눈송이를 바라봤다. 장작불을 지핀 아랫목은 쩔쩔 끓었다. 다른 해 같으면 이렇게 첫눈이 곱게 내리는 날이면 두부를 하고 친구들을 불러 술타령을 했겠지만 올해는 적막강산이다. 도무지 신명이 나지 않았다. 바람이 숭숭 들어오는 부엌에서 점심상을 치우고 들어온 복자가 언 손을 엉덩이 밑에 깔고 아랫목에 앉았다. 양볼이 빨갛다. 한참 동안 몸을 녹인 복자가 태근의 눈치를 보다가 입을 열었다.
　"나는 결정했는디 당신은 어떻게 헐 겨?"
　"무슨 결정을 했는디?"
　"이 동네를 뜨자는 결정."
　"아직 춘삼월이 되려면 멀었는디 서두를 필요는 읎잖어. 그리구 이 동네를 뜨면 이 엄동설한에 어디루 이사 갈 겨?"
　"당신은 이 동네를 뜨는 게 싫어서 뭉그적거리는 모양인디 살던 정 때문에 그런다면 개두 안 물어갈 정은 얼릉 저 눈밭이다 내다버려."
　"정 때문에 그러는 게 아니구, 갑자기 이사를 간다구 허니께 마음이 편치 않어서 그랴. 마땅히 갈 디두 읎구."

"갈 디는 있어. 읍내 형님 친척 땅이 도지루 나왔디야. 논밭 합쳐서 서른 마지기인디 세두 그렇게 비싸지 않더구먼. 게다가 다랭이 땅이 아니구 경지 정리가 된 땅이라서 농사짓기는 편하겠더라구."

"형수님 친척 땅이 어디에 있는디?"

태근은 복자 곁으로 바싹 다가앉았다. 며칠째 읍내 출입이 잦던 복자의 애기 보따리가 궁금했다. 개선장군 같은 복자는 눈을 가늘게 뜨고 태근을 바라봤다. 여유가 철철 넘쳤다.

"읍내 근처여."

"읍내 근처에 있는 땅이면 거기두 금방 개발이 된다구 헐 텐디. 그렇게 되면 맨날 이사나 댕기다 말게. 나는 개발이라면 이가 갈리는 사람이니 그런 땅은 거저 농사를 지으라구 해두 싫네."

"경지 정리된 땅은 농업 진흥지역이라 쉽게 개발이 안 된단 말이여."

"농업 진흥지역? 자네 언제부터 그렇게 똑똑해졌는가?"

"나를 천치루 여기구 있네. 나두 귓구녕이 뚫린 사람이라구."

"개발두 안 되는 땅을 형수님 친척은 왜 사 놓았디야?"

"먼 훗날을 생각했겠지. 돈 많은 사람들은 우덜 생각과 달러. 이 집주인두 옛날 우리가 이 집에 들어왔을 때 팔았으면 몇 푼 안 될 땅값을 그냥 틀어쥐고 있다가 지금 돈벼락을 맞았잖어."

"그래두 나는 영 찝찝허네."

"지금 우리가 뜨건 밥 찬밥 가릴 때여. 돈 몇 푼 갖구 이 동네에 집을 지으면 내일모리 애들이 대학 들어갈 텐디 그때는 학비를 어떻게 감당헐 겨."

"살림헐 집은 어떻던가? 새집은 아니겠지?"

"다른 조건은 다 좋은디 살림집이 없어."

"그럼 천막 치고 살 참이여?"

"천막은 왜 쳐. 다른 궁리를 세워야지. 살림은 아파트를 얻어 살구 읍내 변두리에 칼국숫집을 차릴 겨."

"아파트는 뭐구 칼국숫집은 뭔 소리여?"

"말 그대로여. 아파트 얻어서 아이들과 같이 살면서 나는 칼국수 장사를 허구 당신은 농사를 짓는다는 말이여."

태근은 멍하니 복자를 바라봤다. 농사짓는 사람이 삽 한 자루 세워둘 곳 없는 아파트에서 살겠다니 기가 찰 노릇인데 게다가 뜬금없이 칼국수 장사를 한다니 태근의 벌어진 입이 다물어지지 않았다. 복자는 태연했다. 통이 크고 엉뚱한 구석이 있는 줄은 알지만 살림 옮기는 것을 식은 죽 먹듯 쉽게 결정하다니. 태근은 언뜻 결혼 때 생각이 났다. 태근이 중매쟁이 소개로 복자와 맞선을 한 번 보고 마음을 정하지 못할 때도 그랬다. 복자가 먼저 시집을 가겠노라 중매쟁이에게 통보했고 부모들은 튼튼하고 걱실걱실한 며느릿감이라며 태근이 의중과는 상관없이 결혼을 서둘렀다. 신혼 초에 읍내에서 곁방살이하며 공사판을 전전할 때도 그랬다. 복자는 고단한 품팔이를 하지 말고 고향에 들어가 남의 땅이라도 얻어 농사나 짓자는 말을 한두 번 하더니 금방 일을 꾸미고 결정을 해버렸다. 지금까지 복자의 결정이 잘못된 것은 하나도 없다. 다만 덩치 크고 굼뜬데다가 마음마저 여린 태근이 복자의 세상 사는 발걸음을 따라가지 못할 뿐이었다.

"여보, 너무 걱정허지 말어. 우리가 이 수암골에 이사 올 때는 빈손으루 왔지만 지금은 여웃돈이 있잖어. 읍내 형님이 그러는디 내 음식 솜씨면 칼국수 장사를 해두 괜찮을 거라구 했어. 장사두 나 혼자 허는 게 아니구 형님이 도와준디야. 그리구 애들은 언제까지 큰집에 맡겨둘 겨? 이참에 읍내에 살림을 차리자구."

"아파트에 살면서 농사를 짓는다니, 소가 웃구 곡식들이 기절 허겠네."

"당신이 세상 물정을 몰라서 걱정을 하는디, 요새는 읍내 아파트에 살면서 농사짓는 사람들이 제법 있디야. 촌 동네에 그나마 남은 젊은 농사꾼 씨종자가 마른 것은 애들 학원을 보냅네 뭐네 허면서 모두 읍내루 나가 살기 때문이랴. 농촌으루 시집오는 신부들 조건 중에 첫째가 읍내 아파트에 살림을 차리는 것이구."

"아파트에 살면 트랙터며 콤바인 같은 농기계는 어디다 둘 겨?"

"걱정두 팔자네. 논 근처에 농막을 지으면 되구, 논에 갈 때는 트럭을 타구 가면 되구. 이제 당신두 출퇴근허는 농사꾼이 되란 말이여."

복자의 얼굴엔 웃음이 가득했다. 태근은 복자의 얼굴을 뚫어지게 쳐다봤다. 도대체 아내의 저 두려움 없는 씩씩함은 어디서 오는 걸까. 동갑내기인 아내가 어머니 같기도 하고 큰누님 같기도 했다. 느긋한 표정을 짓던 복자가 주섬주섬 옷을 껴입고 목도리를 두르며 나갈 채비를 하였다. 날씨는 푹한 편이지만 좀처럼 눈은 그치지 않았다. 아파트와 칼국수 장사할 집을 살펴보러 간다며 길을 나서는 복자의 뒷모습이 함박눈 속에 지워졌다가 나타났다. 태근은 마루에 서서 자꾸 지워지는 복자의 모습을 하염없이 바라봤다. 다시는 복자가 돌아오지 않을 것 같은 생각이 들면서 가슴 속이 먹먹해졌다. 태근은 마당으로 뛰쳐나가 소리를 질렀다.

"여보—. 기다려. 나랑 같이 가—."

천지 사방이 하얀 적막으로 가득 찬 가운데 아내의 목소리가 눈발 속을 뚫고 들려왔다.

"괜찮어—. 내 걱정허지 말고 부엌에 술상 차려놨으니 입 고프면 먹어—."

태근은 왈칵 쏟아지려는 눈물을 간신히 참았다. 수암골에서 보낸 지난 세월이 빠르게 스쳐 지나갔다. 그중에서 가장 선명한 것은 서울 김 사장네 통나무집이었다. 눈에 덮인 통나무집을 바라보던 태근은 도리질을 했다. 할 수만 있다면 모든 시간을 예전으로 돌리고 싶었다. 서울 김 사장네도 수암골로 이사를 오지 말고, 골프장도 생기지 말고, 개발도 하지 말고, 가난하지만 옛날처럼 이웃 노인들과 아침 인사 저녁 인사를 하며 살고 싶었다.

복자가 차려 놓고 간 술상 앞에서 혼자 낮술을 드는 태근의 머릿속으로 그동안 꾹꾹 눌러 놨던 김 사장 부인 박 여사가 배시시 웃으며 들어왔다. 태근은 힘차게 고개를 저어 그녀를 내쳤다. 그래도 그녀는 떨어져 나가지 않고 머릿속에서 쌕쌕댔다. 다시 한 번 몸이 돌아가도록 고개를 저어도 그녀는 떨어져 나가지 않고 머릿속에서 맴돌았다.

추석을 며칠 앞둔 그날은 게으른 놈 낮잠 자기 꼭 알맞게 아침부터 가랑비가 내리는 둥 마는 둥 했다. 들판의 익어가는 벼 이삭들은 빗방울에 고개를 더 숙였고 노랗게 물든 콩잎은 소리 없이 땅에 떨어졌다. 추석을 앞두고 마을버스 정류장에는 꼬부랑 노파들이 황소 불알만 한 보퉁이들을 손에 쥐고 모여 있었다. 복자도 머리를 다듬을 겸 읍내 장 보러 간다며 집을 나섰다. 마루에 앉아 비에 젖은 마을을 내려다보던 태근이 전화를 받은 것은 마을버스가 떠난 바로 뒤였다.

바쁘지 않으면 일 좀 도와달라는 박 여사 전화였다. 일이라는 게 말동무 해달라는 것이겠지. 심심한데 잘됐다 싶어 태근은 부리나케 통나무집으로 발걸음을 향했다. 잠자리 날개 같은 얇은

드레스를 걸친 박 여사가 태근을 반갑게 맞이했다. 그녀는 널찍한 거실에서 혼자 포도주를 마신 듯 얼굴이 불그스름했다. 김 사장은 집에 없었다. 거실 안은 조금 어두웠다. 그녀는 다짜고짜 태근을 소파에 앉히고 포도주를 권했다. 마침 술이 고프던 태근은 덥석 잔을 받아 단숨에 마시려다 말고 병아리 오줌만큼씩 홀짝 나눠 마셨다.

"호호호. 태근 씨, 눈치 보지 말고 벌컥 들이키세요."

"사모님, 포도주는 째끔씩 나눠 마신다면서요."

"그건 쓸개 빠진 것들이 지어낸 말이에요. 호호호."

박 여사는 큰 소리로 웃으며 연신 포도주를 권했다. 태근은 따라주는 대로 냉큼 잔을 비웠다. 병째 마셔도 간에 기별이 가지 않는 술이었다. 그녀는 뭐가 그리 즐거운지 참새같이 조잘대면서 자꾸 술병을 꺼내왔다. 포도주를 바닥내고 양주를 마시면서 태근이 얼굴도 불콰해졌다. 술기운이 오르자 김 사장 없는 집에서 박 여사와 술 마시는 게 께름하여 경직됐던 태근이 마음도 어느새 슬금슬금 풀렸다.

"태근 씨 춤출 줄 알아요?"

박 여사가 음악을 크게 틀면서 물었다.

"못 춰요. 저는 춤, 못 춰요."

태근이 놀라며 커다란 손을 흔들었다. 박 여사는 활짝 웃으며 태근의 손을 잡아끌어 엉거주춤 세웠다. 느린 곡조의 음악이 거실 안에서 출렁거렸다. 태근은 박 여사의 손을 떼 놓으며 이리저리 피했다. 한동안 실랑이 끝에 그녀가 소파에 풀썩 주저앉았다. 태근은 조금 미안한 생각이 들어 창밖을 바라봤다. 커다란 통유리창을 통해 마을이 한눈에 들어왔다. 유리창으로 빗물이 주룩주룩 흘러내렸다. 조금 어지러웠다. 그녀가 등 뒤에서 허리를 바싹 끌어안은 것은 태근이 그만 가야겠다는 생각이 들었을 때였다. 그녀는 잡은 고기를 놓치지 않으려는 것처럼 가느다란 양손으로 깍지를 끼고 태근의 배꼽 아래를 단단히 조였다.

"태근 씨, 지금 그냥 가면 나는 칵 죽어버릴 거야."

"사모님, 이러지 말아요."

"걱정하지 마세요. 서울 간 김 사장은 추석 쇠고 내려올 거예요."

박 여사는 태근의 넓은 등에 얼굴을 묻고 코맹맹이 소리를 거듭했다. 이러지도 저러지도 못하며 씩씩대는 태근의 콧구멍으로 야릇한 향수 냄새가 풍겨왔다. 천 길 낭떠러지로 떨어지는 것처럼 정신이 아득했다.

"손 놓으셔요. 넘들이 보면 큰일나요."

"보긴 누가 본다고 그래요. 복자 씨도 읍내에 갔는데."

끈적거리는 목소리로 애원하던 그녀의 손이 풀숲에 기어드는 뱀처럼 스르르 태근의 바지춤 속으로 들어왔다. 이러면 안 된다고 하면서도 태근의 손은 어느새 그녀를 끌어안고 있었다. 태근에게 매달린 그녀의 손과 입술이 팔랑개비처럼 재빠르게 움직였다. 손은 옷을 벗기고 입술은 몸을 더듬었다. 그녀의 알몸은 비린내가 날 정도로 가냘팠다. 몸이 불화로처럼 달궈진 그녀 앞에서 태근은 숫보기였다. 단단한 구릿빛 몸은 충실한 노예처럼 거실 바닥에서 소파로, 소파에서 탁자로 이리저리 끌려다녔다. 힘을 줘 끌어안으면 삭정이처럼 부러질 것 같아 살살 다루던 태근의 몸도 꿈틀대기 시작했다.

빗발이 굵어졌는지 거실은 더 어두워졌고 느린 음악은 갑자기 빨라졌다. 장정과 어린애의 장난 같은 씨름이 한동안 계속됐다. 발정난 암고양이처럼 앓는 소리를 내던 그녀가 숨넘어가는 비명을 질러댔다. 동시에 태근도 몸을 부르르 떨었다. 그제야 겨우 눈을 뜬 태근이 그녀를 바라봤다. 그녀의 눈동자는 하얗게 까뒤집혀 있었다. 태근은 그녀를 밀쳤다. 금방이라도 누가 문을 열고 들어올 것만 같았다. 몸이 채 식기도 전에 불안해지기 시작했다. 부랴부랴 옷을 꿰입고 도망치듯 현관을 나올 때까지 소파에 널브러진 그녀는 꼼짝도 하지 않았다.

비가 그치고 하늘이 개어오고 있었다. 내가 뭔가에 단단히 홀렸지. 뻘건 대낮에. 태근은 허둥대며 빠른 걸음으로 잔디밭을 건너다 말고 통나무집을 돌아다 봤다. 커다란 통유리창 한가운데에 발가벗은 박 여사가 손을 흔들고 있었다. 질겁한 태근은 어떻게 언덕을 내려왔는지 모르게 집으로 달려왔다. 등뒤에서는 그녀의 웃음소리가 쫓아오는 것 같았다.

그날 이후 서울 통나무집 김 사장이나 박 여사는 수암골에 나타나지 않았고 태근은 복자 몰래 흘끔흘끔 통나무집을 바라보는 버릇이 생겼다. 한편으론 불안하고 한편으론 궁금했다. 어느 때는 자신이 정말 박 여사와 살을 섞었다는 것이 믿어지지 않았다. 태근의 기억 속에는 눈을 까뒤집고 비명을 질러대던 박 여사만 있을 뿐 자신의 모습은 없었기 때문이었다.

태근은 김 사장네가 집을 팔고 이사 간 것이 속으로 잘됐다고 하면서도 된통 당했다는 기분을 지울 수 없었다. 눈 시퍼렇게 뜨고 물건 떼 준 꼴이었다. 어쩌면 이 수암골을 떠나지 않고서는 통나무집을 바라볼 때마다 그녀가 시시때때로 찾아와 오장육부를 뒤집을 것만 같았다. 그래, 복자 말내로 봄이 오기 선에라노 어서 이 동네를 떠나야지. 갈증이 솟았다. 태근은 주전자 꼭지에 입을 대고 마른논에 물 대듯이 막걸리를 벌컥벌컥 들이켜며 머릿속에 들어앉은 그녀를 떨치려 고개를 힘차게 흔들었다. 그러나 그녀는 쉽게 떨어져 나가지 않았다. 술상을 밀치고 벽을 향해 모로 드러누워도, 이불을 둘러써도, 벽에 머리를 짓찧어도 그녀는 끈질기게 태근에게 눌어붙어 할딱거렸다. 태근은 방문을 박차고 마루에 나와 소리를 질러댔다.

"꺼져! 꺼지란 말이야! 이 찰그머리 같은 년아!"

목소리는 퍼붓는 눈 속에 묻혀 멀리 퍼지지 않았다. 고래고래

소리를 질러대는 사이에도 발가벗은 그녀는 어느새 태근이 머릿속으로 들어와 속닥거렸다. 그냥 가면 칵 죽어버릴 거야…… 김 사장은 추석 쇠고 온다니까…… 복자 씨는 읍내에 갔잖아.

오
빠
생
각

오빠가 죽었다. 예순 나이에. 예순이면 죽기엔 아까운 나이라고 하겠지만 나는 오빠가 너무 오래 살았다고 생각한다. '오동나무 집 미친 순호.' 오빠의 호칭이다. 이름 앞에 붙은 '미친'이라는 단어는 오빠가 평생 달고 다닌 이름표였다. 오빠는 죽어서야 그 이름표를 떼어냈다. 그러니 오빠가 이제야 죽은 게 너무 늦었다는 내 생각이 잘못은 아니다. 사실 수줍음 많은 오빠는 미친 게 아니었다. 요새 세상 같았으면 자폐증 환자 정도로 취급되었을 것이다. 세상을 감당하지 못하고 자기 안으로 도망가서 숨어 산 사람이 순호 오빠다. 그런 오빠 때문에 나도 도망자 신세가 됐다. 오빠가 웅크리고 있는 집을 벗어나고 싶었고 의도적으로 더 멀리 떠나 살았다. 그러나 몸은 멀리 도망쳐 살았어도 마음은 도망치지 못했다. 혈연이란 게 그토록 질기다. 그렇게 도망치려 했는데도 마음 한 귀퉁이엔 고향 집이 남아 있어 나도 오빠처럼 '미친'

이라는 말에 옭아매여 살았다. 세상에 완벽하게 도망치는 사람은 없다. 이제 지상에는 엄마도 오빠도 없으니 더는 도망가지 않아도 된다는 생각이 든다. 오빠가 죽어서 홀가분하기까지 하다.

오빠는 장손이었다. 엄마는 배 속에 자식을 여섯이나 품었지만 무슨 연유인지 몰라도 넷을 열 살 못 미쳐 땅세로 줬다고 한다. 겨우 남은 건 오빠와 나뿐이었다. 우리 집은 일가들 말대로 자손이 귀한 집이었다. 게다가 아버지는 내가 여섯 살, 오빠가 여덟 살 되던 해 봄에 갑자기 돌아가셨는데 입빠른 숙모는 그 일을 두고 툭하면 오빠 명을 아버지가 가져갔다고 했다. 그 말뜻엔 엄마의 팔자가 기구하다는 빈정거림이 섞여 있었다.

아버지가 돌아가셨어도 살림은 궁색하지 않았다. 지금은 눈 씻고 찾아봐도 그런 족속들이 드물지만, 씨족이 우애하며 사는 걸 덕목 중에 으뜸으로 여기던 시절에 장손이 어리다는 이유로 숙부는 말할 것도 없고 일가붙이들이 오가며 살림을 보살펴준 덕택이었다. 그 덕에 오빠와 나는 큰 불편 없이 어린 시절을 보냈다.

오빠가 중학교 들어갈 무렵이었다. 제사를 지낸 뒷날 아침에 일가 어른들이 모였다. 일 년에 일곱 번 제사를 모시는 집안이니 일가들이 모이는 게 이상한 일은 아니지만 그날은 달랐다. 어른들은 엄마와 오빠를 방 한가운데 앉히고 물었다.

"우리 장손, 순호가 내년이면 중학교 갈 나이인데 형수님은 어찌 생각하시는지요?"

아랫말 큰당숙이 엄마에게 물었다. 엄마는 별생각 없이 대답했다.

"집안 형편이 어렵다면 모를까 그렇지 않으니 중학교는 보내야지요."

집안 어른들은 한동안 서로 얼굴을 마주 보며 헛기침을 하다가 이번엔 작은당숙이 오빠에게 물었다.

"순호야, 중학교에 가려면 집을 멀리 떠나서 밥도 혼자 먹고 잠도 혼자 자야 하는데 그럴 수 있겠니?"

순호 오빠는 눈을 동그랗게 뜨더니 이내 고개를 푹 숙이며 우물쭈물했다. 수줍은 성격이다 집안에서 오냐오냐 기운 덕에 니이만 열세 살이지 아직도 한참 어린애였다. 그 시절 우리 동네는 하루에 버스가 겨우 한 번 다녔고 중학교가 있는 도시는 백 리 밖에 있었다. 오빠의 그런 모습을 바라보던 큰당숙이 걱정스러운 표정으로 한마디 던지자 다른 일가들은 모두 고개를 끄덕였다.

"중학교를 보내려면 대처로 나가야 하는데, 어린 순호가 견딜 수 있을지…… 친척이나 있으면 모를까. 가뜩이나 손이 귀한 집안의 장손인데."

그 말에 엄마와 오빠의 얼굴이 굳어지기 시작했다. 그날 이후로 엄마와 숙부는 오빠를 앉혀놓고 중학교 진학 문제를 자주 의

논을 했다. 그러나 말이 의논이지 우유부단한 숙부는 이래도 흥, 저래도 흥이니 엄마 혼자 결단을 내리는 일이었다. 오빠는 끝내 중학교에 가겠다는 대답을 하지 못했다. 집을 떠나는 게 불안한 모양이었다.

"오빠, 중학교 가면 영어도 배운대. 중학교 간다고 말해. 그래야 고등학교도 가고, 대학도 가지. 공부 많이 해서 출세하면 이런 촌구석에서 안 살아도 되잖아."

곁에서 듣고 있던 내가 참다못해 말참견할 때면 엄마는 눈을 흘기며 내 머리를 쥐어박았다.

1960년대 초. 전깃불도 없는 궁벽한 시골 우리 동네엔 상급학교를 간 아이들보다 못 간 아이들이 더 많았다. 중학교에 간 아이는 셋이었다. 물론 남자애들이었다. 중학교를 포기한 오빠는 서당으로 직행했다. 일가들이 좋아한 건 말할 것도 없었다. 천자문을 떼고 동몽선습을 거쳐 명심보감을 읽는 동안 책거리를 할 때마다 엄마는 떡시루를 이고 서당으로 달려갔고 오빠가 제사를 지낼 때 지방을 쓰고 축문을 읽을 때는 일가들의 칭송이 자자했다. 오빠는 어른들 말을 아주 잘 듣는 모범생이었다. 오빠의 이런 행실은 수다스러운 숙모의 입을 통해 과장되어 동네에 퍼졌다. 며칠 만에 천자문을 달달 외워 훈장을 놀라게 했다느니, 지방을 단숨에 쓰는데 붓끝이 보이지 않는다느니, 축문을 읽는데 그 목이 얼마나 청아한지 조상이 제사상에 오지 않고는 배기지 못할 거라느니, 칭찬할 수 있는 말은 다 동원하였다.

어른들은 오빠가 서당에 다니고 농사일을 배우는 걸 좋아하는 줄 알았지만, 그건 어른들 생각일 뿐이었다. 오빠는 중학교에 다니는 교복 입은 친구들을 부러워하면서도 슬슬 피했다. 주말이나 방학에 금빛 단추가 달린 검정 동복과 회색 바지에 청색 반소매 남방 하복을 입고 동네를 돌아다니는 오빠 친구들은 내가 봐도 멋져 보였다. 오빠가 먼발치에서 친구들을 본 날은 서당에 가지 않고 방 안에 틀어박히는 날이었다. 죽은 듯이 온종일 방 안에 누워 있으면 엄마는 귀한 아들이 어디 아픈 게 아닌가 걱정하며 돌쩌귀가 닳도록 방문을 여닫았지만, 끝내 오빠는 입을 열지 않았다. 엄마나 숙부네 식구, 일가 어른들만 오빠의 마음을 읽지 못했다. 오빠의 그런 행동은 삼 년 동안 서울방학, 여름방학, 그리고 간간이 주말까지 계절병처럼 찾아왔다 사그라졌다. 친구들이 중학교를 마치고 고등학교에 다닐 무렵에 오빠는 서당을 때려치웠다. 동네에는 또 다른 중학생이 몇 명 더 늘어났다. 이번엔 여자애도 끼어 있었다. 나는 감히 중학교 얘기를 꺼내보지도 못하고 '빛나는 졸업장을 타신 언니'가 된 것으로 국민학교 생활을 마감했다. 오빠 덕이었다.

그 시절, 막 청년티를 내기 시작한 오빠 또래들은 나무를 베어다 만든 평행봉과 역기로 근육과 알통을 키우거나 머리에 포마드를 칠갑하여 멋을 내고 어슬렁거리며 괜히 휘파람을 휙휙 불고 다니는 게 유행이었다. 몸을 만드는 일에 제일 열중한 사람은 서당을 그만둔 오빠였다. 평행봉에서 물구나무를 섰다가 순식간에 공중에서 회전하는가 하면 시멘트로 조잡하게 만든 큰 맷돌만 한 역기를 번쩍번쩍 들어 올리는 동작을 밤낮없이 반복했다. 마치 시합에 출전하려고 준비하는 선수 같았다. 그 덕인지 몰라도 오빠의 몸은 한 해가 다 가기 전에 가슴과 어깨가 떡 벌어진 청년으로 변해가고 있었다. 거기까지가 오빠의 인생에서 가장 화려한 날들이었다. 그때는 누가 봐도 잘생긴 얼굴에 근사한 몸매를 가진 오빠가 방 안에서 시들부들 말라갈 줄은 아무도 몰랐다.

오빠가 실성기를 보인 건 스무 살 무렵이다. 처음엔 실어증 걸린 환자처럼 누구하고도 말을 하지 않았다. 원래 수줍음 많고 말수가 없어서려니 했지만 그게 아니었다. 어른들 말에 고분고분 하던 오빠는 어느 때부터인가 어깃장을 놓기 시작하더니 농사일을 거들떠보지 않고 방 안에 틀어박혀 세월을 보냈다. 낭랑하게 읽던 축문은 고사하고 제사에도 참여하지 않아 엄마를 안절부절 못하게 했다. 일가 어른들은 오빠를 게으름뱅이로 취급하기 시작했다. 착한 장손이라고 입에 침이 마르도록 칭찬하던 일가들은 장정이 다 됐는데 언제까지 큰댁 살림을 거들어주느냐며 엄마와 오빠를 싸잡아 타박하기 일쑤였다. 엄마는 갑자기 죄인이 됐고 삶은 고달파졌다. 오빠는 방 안에 틀어박혀 지내더니 나중엔 낮과 밤을 바꿔 살기 시작했다. 낮엔 종일 잠을 자고 밤엔 어딘가로 나갔다가 늦게 돌아왔다. 오동나무 집 순호가 미쳤다는 소문은 거기서부터 퍼졌다. 소문의 진원지는 숙모였다.

"순호가 뭐에 씌운 모양이야. 그러니까 밤에 잠을 안 자고 당산을 오르락내리락하지."

좋은 일은 남이 먼저 알고 나쁜 일은 식구가 티를 낸다는 말을 숙모는 착실히 지켰다. 밤에 당제를 지내는 당산에 몇 번 올랐다 내려온 오빠를 동네 사람들은 미쳤다는 말 한마디로 간단하게 통일했다. 사람들이 오빠를 미쳤다고 여기자 오빠는 정말 미쳐 갔다. 내 눈에는 미치려고 애쓰는 것 같았지만. 징조는 단계별로 나타났다. 생각 없이 말을 내뱉는 수다스러운 숙모는 엄마의 눈총을 피해 우리 집을 드나들며 오빠의 병세를 동네방네에 물어 날랐다.

"순호가 이제는 말 대신 손짓 발짓을 한다니까."

그런 소문이 퍼지면 오빠는 한동안 소문대로 행동했다. 이상한 건 또 있었다. 오빠는 숙모 앞에서 적개심을 드러내며 으르렁대다가도 숙모가 돌아간 뒤에는 슬며시 웃었다. 그리곤 내게 슬쩍 물었다.

"요새 동네에서는 날 보고 뭐라고 그러던?"

순호가 미쳤다는 소문이 잠시 시들해지면 오빠는 다음 화젯거리를 숙모에게 던져 주었다. 밤낮을 바꿔 살면서 출발한 실성기는 벙어리 흉내를 거치더니 뒷걸음질로 이어졌다. 그러면 숙모의 발바닥과 입은 당장 바빠졌다.

"아이고, 우리 순호가 완전히 미쳤어. 글쎄 뒤로 걷는다니까. 세상에 뒤로 걷는 사람 봤어? 뒤로 걷는데도 앞으로 걷는 사람보다 더 빨리 걷는다니까."

오빠는 숙모의 말을 확인이라도 시켜주려는 듯, 처음엔 집 안에서만 뒤로 걷다가 동네에 소문이 쫙 퍼지면 마을 길을 뒤로 걸어 다녔다. 정말 잘 걷는 걸음이었다. 뒤통수에 눈이 달린 것처럼 고개를 뒤로 돌리지 않고도 좁은 길을 비호처럼 내달았다. 그걸 보고 동네 사람들은 오빠가 미쳤다는 걸 잠시 잊고 그 재주를 찬탄했다. 가슴을 쥐어뜯으며 한탄하는 사람은 엄마뿐이었다. 숙부나 일가들도 걱정은 했지만 잠시였다. 나는 동무들이 오빠가 미쳤다고 할 때는 속이 상했지만 오빠는 미친 척 연극을 하는 것이라 스스로 위로했다.

"혹시 순호에게 신이 내린 게 아닐까요?"

엄마에게 동네 아낙이 귀띔했다. 엄마는 당장 무당집으로 달려갔다.

"순호에게 지금 왕신이 내렸소. 빨리 신풀이를 하지 않으면 대꼬챙이처럼 말라 죽을 것이고 신풀이하면 큰 박수가 될 것이오."

무당의 방울 소리에 엄마는 질겁하고 무당집에서 푸닥거리를 했다. 푸닥거리는 효험이 없었다. 오빠는 뒤로 걷는 걸음은 그만 접고 낭랑한 목소리로 밤낮없이 명심보감을 읽어 소년 시절에

서당 다닌 티를 냈다.

"자 왈(子曰) 위선자(爲善者)는 천 보지이복(天報之以福)하고 위불선자(爲不善者)는 천 보지이화(天報之以禍)니라."

착하게 살면 하늘이 복을 주고 착하지 않게 살면 하늘이 화를 준다는 말이다. 오빠는 멀쩡해서도 착했고 미쳐서도 착했다. 미쳤다고 해도 누구를 해코지하지 않았다. 숙모, 단 한 사람을 빼고는. 오빠는 정성 들여 푸닥거리한 어미의 심정은 모른 채 명심보감 한 구절을 읽은 뒤에는 유행가 '무너진 사랑탑'을 남인수 뺨치게 불렀다. 사람들은 선현들의 금과 같이 귀한 말씀과 유행가 한 곡조를 잘 듣고는 평을 했다.

"명심보감만 읽든지, 유행가만 부르든지 할 것이지 저게 무슨 지랄이람. 저러니 순호가 미쳤다는 게야."

엄마는 다시 무당집으로 달려갔고 이번에는 대처에서 용한 무당을 불러 굿판을 크게 벌였다. 여러 명의 무녀와 박수들이 무구를 잔뜩 챙겨와서 이레 한축 굿을 했다. 안마당이 미어지도록 동네 사람들이 모여들었다. 큰 상에 삼색실과와 털을 뽑은 허연 통돼지를 올려놓고 덩덩거리며 굿을 시작했다. 오빠는 하얀 바지저고리를 입고 상 뒤에 좌정했다. 원래 잘생긴 얼굴이지만 단장하여 앉혀놓으니 인물이 더 돋보였다. 오빠 친구들과 동네 처녀들도 굿 구경을 와서 히죽거렸다. 웃거나 말거나 아무 표정 없이 눈을 감고 앉아 있는 오빠의 모습은 신비스럽기까지 했다. 아낙들은 쑤군댔다.

"참, 잘생겼네. 인물이 아깝다. 저렇게 얌전히 앉아 있는 걸 보니 순호에게 왕신이 내린 게 틀림없어. 눈 감은 저 얼굴 좀 봐. 부처님 같잖아."

하루, 이틀, 사흘…… 무당들은 똑같은 장단을 덩덩거렸다. 이레째 되는 마지막 날, 청홍색 무복을 차려입은 무녀가 하늘하늘 춤을 추다가 막 작두를 탈 때였다. 그동안 무당들이 하라는 대로 다소곳이 따르던 오빠가 갑자기 돌변했다. 눈을 하얗게 까뒤집더니 자리에서 솟구쳐 발길로 냅다 상을 걷어찼다. 그 동작이 얼마나 빠른지 흡사 물 찬 제비 같았다. 그리고는 상 앞에 놓여 있던 통돼지를 번쩍 들어 굿 마당에 팽개쳤다. 굿판은 순식간에 아수라장이 되어 구경꾼과 무당들이 병아리 솔개 피하듯 순식간에 흩어졌다. 굿판 한가운데 우뚝 선 오빠가 미처 피하지 못하고 허둥대는 숙모에게 호통을 쳤다.

"네, 이년, 네 죄를 네가 알렸다—."

파랗게 질린 숙모는 오빠의 발밑에 엎드려 빌었다.

"아이고, 순호야. 아니, 장조카님. 아니, 부처님. 신령님…… 제가 죽을죄를 지었습니다. 한 번만 용서해 주십시오. 용서해 주시면 앞으로 신령님을 위해 뭐든지 하겠습니다."

숙모는 땅바닥에 이마를 대고 갖은 사설 다 늘어놓으며 빌다가 나중에는 엉엉 울기까지 했다. 오빠가 묘한 웃음을 흘리며 방 안으로 들어간 뒤에도 한동안 엎드려서 일어서지 못했다. 엄마의 부축으로 일어난 숙모의 얼굴은 공포에 질려 있었다. 숙모가 오빠에게 무슨 잘못을 했기에 저리 벌벌 떨까. 나는 그게 더 궁금했다. 오빠가 내던진 돼지를 가져다 삶아 먹은 동네 사람들이 한 마디씩 말부조를 했다.

"순호가 미쳐도 보통 미친 게 아니네."

"정말 왕신이 내린 모양이야."

"묏자리를 잘못 썼나 봐."

일가들은 조상들 묘를 이장했고 엄마는 굿판이 난장판이 된 뒤에도 두어 번 더 무당집에서 굿을 했다. 아들에게 왕신이 내려 천하의 큰 박수가 된다는 철석같은 믿음과 무슨 수를 써서라도 병을 고치겠다는 집념 때문이었다. 그러나 엄마의 소망은 그저 소망일 뿐이었다. 오빠의 병세는 조금도 나아지지 않고 굿을 할 때마다 전답이 차례로 남의 손으로 넘어갔다. 오빠가 미쳤다는 말이 일상화되어 사람들이 시큰둥할 때였다. 동네가 발칵 뒤집어지는 소문이 떠돌았다. 오밤중에 벌거벗은 남자가 동네 안길을 달린다는 것이다. 그게 누군지 확실하게 얼굴을 본 사람은 없는데 너도나도 바람처럼 빠르게 달리는 벌거숭이를 봤다는 것이다. 모두 속으로는 순호 오빠를 지목하는 것 같았다. 엄마는 머리를 싸매고 누웠지만, 대신 숙모가 길길이 날뛰었다.

"우리 순호가 벌거벗고 동네를 돌아다닌다고 퍼뜨린 것들이 어떤 연놈들이야. 본 사람 있으면 내 앞에서 주둥이질해보라고. 만일 거짓말이면 내가 눈깔을 뽑고 아가리를 찢어 놀 테니.”

숙모는 일삼아 동네를 돌아다니며 떠들어댔다. 워낙 입이 건 숙모의 위세에 눌렸는지 사람들은 아무 대꾸도 하지 않고 슬슬 피했다. 신기한 일이었다. 숙모가 오빠를 두둔하다니. 오빠의 얘기라면 밥숟갈도 놓고 말품 팔러 다니던 숙모가 아니었던가. 굿을 해서 효험을 본 것은 오빠가 아니라 숙모인 것 같았다.

“숙모가 뭐라고 떠들고 다니던?”

이번에도 오빠가 넌지시 물었다. 내가 소문이 사실이냐고 묻자 오빠는 빙그레 웃으며 유행가 책과 라디오를 건네면서 다정한 목소리로 말했다.

“밤에는 내게 돌려줘야 한다.”

그 시절 시골에서 유행가 책과 금성 라디오는 처녀 총각들이 갖고 싶은 물건이었다. 나는 오빠가 정신이상자가 아니라는 걸 다시 확신했다. 오빠의 미친 행각은 그 뒤로도 종종 있었다. 처음 징병검사를 받을 때는 발등을 옷핀으로 찌른 뒤 독한 할미꽃 뿌리 삶은 물을 부어서 퉁퉁 붓게 한 뒤 절뚝거리며 갔다. 당연히 불합격했다. 그다음 해 두 번째는 징병검사장을 발칵 뒤집어 놓았다. 헛소리를 하자 검사관들이 군대에 가지 않으려고 미친 척한다며 호통을 치자 오히려 주먹질했다가 죽도록 맞고 유치장에 끌려간 적도 있었다. 당연히 불합격했고 군대에 가지 않았다.

그렇게 몇 차례 불합격을 맞는 동안 오빠는 정식으로 정신이상자가 되어 드디어 징병검사 통지서가 날아오지 않게 되었다. 보라색 오동꽃이 알싸한 향기를 내뿜으며 몇 번 피고 지는 동안 오빠 친구들이 모두 군대에 다녀와서 결혼을 해도 오빠는 '오동나무 집 미친 순호'로 남아 있었다.

나는 스무 살에 시집을 갔다. 오빠가 미쳤다는 소문이 떠들썩할 때다. 숙모가 신랑감을 구해 와서 엄마를 설득했다. 신랑은 숙모의 먼 친척뻘로 가세는 오죽잖지만 사람이 똘똘하다고 했다.

"형님, 순호 생각을 해봐요. 누가 그런 집 딸을 며느리 삼으려고 하겠어요. 살림은 궁색해도 사람들이 순민이고 또, 우리 사정을 알고 있으니 순옥이 나이 더 먹이지 말고 시집을 보내자고요."

엄마는 숙모의 말을 따랐다. 사실 엄마는 입이 싸고 채신머리 없는 숙모를 늘 못마땅해했었다. 그런데 오빠가 굿판에서 난리를 치른 뒤로 엄마와 숙모는 한통속이 되었다. 나는 숙모가 오빠 일이라면 발 벗고 나서는 게 엄마의 마음을 돌렸을 거라고 여겼다. 숙모에게 이끌려 맞선을 보았다. 숙모 말대로 가난 빼고는 괜찮은 총각이었다. 총각은 우리 사정을 다 아니 부끄러워하거나 기죽지 말라고 했다. 그 말이 맘에 들었다. 약혼 사진을 찍고 엄마는 결혼 준비를 서둘렀다. 내쫓기는 것 같아 마음이 편치 않았지만 한편으로는 앞날이 막막한 이 집구석에서 어서 도망치고 싶은 생각도 들었다. 결혼을 앞둔 어느 날 오빠가 불렀다.

"순옥아 미안하다. 시집가거든 잘 살아라."

나는 콧마루가 시큰했다. 오빠는 엄마에게 빚을 얻어서라도 순옥이 혼수는 잘 해주라고 신신당부했다. 엄마도 숙모도 울먹였다. 숙모는 이 말을 동네방네 다니면서 순호가 멀쩡하다고 퍼트렸다. 오빠의 당부대로 나는 혼수를 잘 갖춰 시집을 갔다. 초례는 우리 집에서 해야 마땅하지만, 장가 안 간 오빠를 배려해서 신랑 집에서 했다.

그렇게 도망치듯 시집을 온 지 40년이 다 되어간다. 모두가 가난하던 시절, 남편과 나는 누구보다 부지런했고 열심히 살았다. 남의 집 농사를 부쳐 먹다가 읍내로 나와 난전으로 시작한 장사를 키워 번듯한 가게를 차렸다. 두 아이를 뒀고 부자는 아니어도 밥걱정하지 않는 살림이다. 서울로 이사를 한 건 순전히 내 뜻이었다. 어떻게 해서라도 고향 집에서 멀리 떠나 살고 싶었다. 내게 친정은 애물단지였다. 동기간도 멀리 살면 이웃만 못하다는 말대로 읍내에 살 때는 왕래가 잦았지만, 서울로 이사 온 뒤로는 마음뿐이었다. 엄마가 돌아가시고는 순호 오빠를 잊고 산 때가 많았다. 어쩌면 일부러 잊으려고 했는지 모른다. 오빠를 챙긴 건 숙모네였다. 물러 터진 숙부야 그렇다 쳐도 숙모는 엄마가 살아계실 때나 오빠 혼자 살 때나 변함없이 장조카를 살폈다. 나는 그런 숙모가 고맙기도 했지만 짐을 떠넘긴 것같이 찜찜하여 자주 전화를 했고 이따금 돈푼이나 부치는 것으로 마음의 부채를 벗어던졌다.

  오빠는 아무도 지켜보지 않는 가운데 혼자 죽었다. 숙모가 하루에 한 번씩은 살짝 들러보는데 그 날은 인기척이 없어 방문을 열어보니 오빠가 자는 듯이 반듯이 누워 있더란다. 젊은 날 그토록 공들여 만든 근육질의 몸은 어디로 갔는지 시신은 마른 장작 같았다. 집안 살림은 빈집같이 깨끗이 정리되어 있었다. 심지어 옷가지와 이불마저 미리 태워버린 것 같았다. 남은 건 초라한 자신의 육체뿐이었다. 숙모는 순호 오빠가 자진한 건 아니고 자기가 죽을 날을 알고 있었던 것 같다고 말했다. 오빠는 폐병을 앓고 있었고 약을 먹지 않았다. 아마 몸 안의 폐가 흔적 없이 사라진 날 죽은 모양이다. 오빠는 엄마가 돌아가시고 난 뒤로는 하루에 한 끼밖에 먹지 않았다고 한다. 그랬을지 모른다. 삶을 포기한 것 같은 오빠가 삼시 세 때 자기 손으로 음식을 준비하여 꾸역꾸역 입으로 가져갈 리 없었다. 그렇다고 숙모네 집에 끼니를 의탁하지도 않았을 것이다. 내 기억으로 오빠는 남의 집 음식을 절대 먹지 않았으니까.

  내가 시집을 갈 때까지만 해도 땅이 댓 마지기 남아 있었다. 엄마는 그걸 놓지 않으려고 몹시 발버둥 쳤다. 혹시 나중에 며느리라도 얻으려면 땅뙈기가 있어야 한다는 생각에서였다. 그러나 그건 엄마가 자식의 앞날을 염려한 애달픈 욕심이었다. 오빠는 평생 혼자 살았고 단 한 번도 연애나 중매 이야기가 없었다. 오빠가 더는 미친 행동을 하지 않은 건 마흔이 넘어서다. 오빠는 사람들과 어울리지 않았을 뿐 여느 사람들과 다르지 않았다. 그러나 동네 사람들은 엄마나 숙모가 없는 자리에선 여전히 '미친 순호'라고 불렀다.

오빠는 다섯 칸짜리 집과 텃밭을 빼고는 죽는 날까지 쥐꼬리만 한 재산을 야금야금 녹여 없앴다. 평생 남에게 신세지기를 싫어한 오빠다운 행동이었다. 그렇다고 아무것도 하지 않고 집구석에 박혀 산 건 아니었다. 일은 잘하지 못하지만 남이 부탁하면 궂은일도 마다치 않았다. 오빠는 일손이 느린 대신 품삯을 절반만 받았다. 간혹 불쌍하다고 여긴 사람이 기어이 품삯을 다 주면 반드시 이튿날 다시 절반을 돌려줬다. 그 고집을 아무도 당해낼 재간이 없었다. 세상 누구의 도움도 거절했다. 숙모에게도 마찬가지였다. 숙모는 그런 오빠를 두고 전화로 내게 투덜댔다.

"순옥아, 네 오빠 때문에 내가 속상해 죽겠다. 밑반찬을 갖다주면 도로 대문 앞에 놓고 간단다. 그래서 몰래 갖다 놓느라고 내가 도둑괭이처럼 엿보는 신세가 됐구나."

그런 오빠를 두고 언제부턴가 이름 앞에 '미친' 대신 '착한'이라는 말이 따라붙었다. '미친 순호'라고 부르든 '착한 순호'라고 부르든 오빠는 아무 관심이 없었다. 그러거나 말거나 오빠는 죽을 때까지 자신을 불행하게 여기지 않았다. 불행한 건 오빠를 지켜보는 우리였다. 오빠는 그렇게 살다가 죽었다.

오빠의 죽음을 보고도 눈물이 나지 않았다. 오히려 숙모가 서러워했다. 좋든 싫든 나보다 숙모가 오빠와 겪은 세월이 많아 그러려니 했지만 한편으로는 불쌍한 인생이라고 입에 발린 소리를 하는 동네 사람들과 똑같아 보여 짜증이 나려 했다. 삐죽 얼굴을 디민 먼 일가들과 오빠 또래들 몇이 찾아와 오빠의 어린 시절을 추억했다. 그들에게 이제 오빠는 '미친 순호'가 아니라 그냥 순호였다.

한 줌 재로 변한 오빠를 숙모의 뜻에 따라 엄마 산소 앞에 뿌렸다. 무덤 속의 엄마는 무슨 말을 하실까? 아마도 오빠가 신내림을 제대로 받지 못해 인생이 망가졌다는 푸념이었을 게다. 엄마는 돌아가실 때까지 아들에게 왕신이 내렸는데 당신의 정성이 부족한 탓으로 잡신이 씌어 실성했다고 여겼다. 내가 친정을 자주 가지 않은 건 그런 엄마가 싫어서였다. 그런 나를 두고 남편은 독하다고 했다. 나는 남편이나 아이들 앞에서 처갓집이니, 외갓집이니 하는 말을 꺼낸 적이 없다. 오히려 남편이나 아이들이 내 친정집 얘기를 할까 노심초사하면서 살았다.

숙모는 오빠가 살아서도 죽어서도 자기 자식 일처럼 온 힘을 다했다. 나는 그런 숙모가 고맙긴 하지만 이해가 되지 않았다. 수다스럽고 변덕이 죽 끓듯 하는 성품의 숙모를 보며 옛날 굿판에서 울면서 오빠에게 빌던 모습이 떠올랐다. 설마 그 약속을 지키느라고 그랬을까. 그게 궁금했다. 그런데 그 궁금증이 숙모의 입에서 자연스럽게 나왔다. 장례 같지 않은 장례를 마치고 산에서 내려오려고 할 때 숙모가 사촌들을 먼저 보내고 내게 할 이야기가 있다고 하면서 말이다.

"순옥아, 네 오빠는 신이 내린 게 아니고 인에 미친 거란다."

"인이라니, 그게 무슨 말이에요?"

"사람에게 미쳤다는 말이다."

나는 웃음이 나오려고 했다. 문맹자인 숙모의 입에서 사람 인 (人)이라는 말이 나오다니.

"네 오빠가 피난민 집 딸 도화한테 미쳤었단다."

"에이, 숙모가 뭘 잘못 알고 있는 것 아니에요?"

"아니야, 내 눈으로 똑똑히 봤다니까. 순호와 도화가 끌어안고 있는 걸."

"정말?"

"그렇다니까. 그 뒤로 네 오빠가 실성했다니까. 어쩌면 나 때문인지도 몰라. 모르는 척하고 덮어두는 건데…… 그걸 네 엄마와 도화에게 얘기해서."

나는 숙모의 말이 믿어지지 않았다. 오빠와 동갑내기인 피난민 집 큰딸 도화는 우리 집에 라디오 연속극 들으러 자주 놀러 왔었다. 미운 구석 없는 얼굴의 그녀는 속없이 잘 웃고 눈물도 많았다. 집에서는 늘 지천꾸러기여서 툭하면 우리 집에 와서 신세타령을 했다. 생각하니 그때마다 오빠가 안쓰럽게 여긴 것 같다. 엄마는 도화가 우리 집에 오는 걸 못마땅해했다. 다 큰 처녀가 총각 있는 집을 드나드는 것도 싫어했지만, 특히 유행가를 부르는 걸 질색팔색했다. 그렇잖아도 오빠가 라디오에서 흘러나오는 유행가를 따라 부르는 걸 마뜩잖게 여겼는데 도화마저 흥얼거리니 좋아할 리 없었다. 도화는 엄마가 없는 틈을 타 자주 우리 집에 와서 놀다 가곤 했다.

도화는 가수 못지않게 유행가를 그럴 듯이 잘 불러 젖혔다. 특히 최숙자의 노래를 즐겨 불렀는데 우물가에서 '개나리 처녀'를 부를 때는 종달새가 울어 울어 이팔청춘 봄이 다 지나가서 꽃다운 시절을 놓친 처녀처럼 아쉬운 표정이 역력했고, 온다던 그 배는 어이해서 아니 오나 하는 '눈물의 연평도'를 목을 꺾어가며 구성지게 부를 때는 배를 타는 서방이 돌아오지 않아 애를 태우는 아낙네 같았다.

나는 그동안 도화를 잊고 지냈다. 그녀가 처자식이 있는, 그것도 자기 아버지뻘 되는 염전 주인의 첩이 된 뒤부터 그녀를 멀리했고 그해 가을에 시집을 갔기 때문이다. 아니다. 솔직히 말하면 일부러 머릿속에서 지웠는지 모른다. 오빠와 도화가 좋아했다는 믿어지지 않는 숙모의 말을 듣고 아주 먼 기억이 안개처럼 피어올랐다.

"남자 그거 본 사람?"

시집갈 처녀들이 저녁이면 몰려다니며 제각기 집에서 쌀을 조금씩 훔쳐와 떡 추렴을 할 때마다 늘 빈손으로 와서 눈총을 받는 도화가 뜬금없이 물었다. 석유 등잔불에 둘러앉아 십자수를 놓던 처녀들이 처음엔 그게 무슨 말인지 몰라 멀뚱거리는 표정으로 도화를 쳐다보다가 물었다.

"그거라니? 애들 고추?"

"아니 어른 것."

"저년이 또 시작한다. 누가 입 좀 틀어막아라."

나이가 제일 많은 길자 언니가 얼굴을 붉히며 나무랐다. 처녀들은 방바닥을 두드리며 까르르 자지러졌다. 길자 언니는 사주단자를 받아놓고 올가을에 시집을 갈 참이었다. 대여섯 명의 처녀 중에 내 나이가 가장 어렸다.

"나는 남자 그거 만져봤다."

처녀들의 시선이 도화 얼굴로 모였다. 얼굴이 발그스레한 도화가 생글거리며 조잘댔다. 처녀들이 다투어 물었다.

"정말?"

"그게 어떻게 생겼……."

얼떨결에 어떻게 생겼느냐고 묻던 처녀는 자기가 한 말에 부끄러움을 느꼈던지 얼굴을 감쌌다. 도화는 태연했다.

"진짜라니까. 며칠 전에 엄마가 보리밭 깜부기를 뽑으라고 잔소리를 하더라고. 나는 밭일하는 건 죽기보다 싫은데. 그래서 엄마랑 한바탕하고 윗말 보리밭에 갔는데 날씨는 화창하고 멀리 보이는 바다 물빛은 어찌 그리 푸른지…… 게다가 막 피기 시작한 찔레꽃 향기는 얼마나 진한지 맘이 다 싱숭생숭하더라고. 한참을 밭둑에 멍하니 앉았는데 누가 나를 빤히 쳐다보는 게 아니겠어. 그래서 장난삼아 살짝 웃으며 보리밭으로 숨으니 그가 따라오는 거야. 그러더니 그가 내 손을 잡고 입을 맞춘 다음 끌어안더니 쓰러뜨리잖아. 못 이기는 척했지. 아는 사람이고 싫지 않았으니까. 누워서 눈을 감고 가만히 있으니까 그가 한참이나 머뭇거리다가 가슴을 만지고…… 치마를 벗기고, 자기 바지를 벗는 게 아니겠어."

"에구머니나! 망측해라. 그랬더니?"

어느새 처녀들은 수틀을 옆에 치워놓고 있었다.

"샛눈을 뜨고 살짝 보니까 그도 눈을 꼭 감고 엉거주춤하게 엎드렸는데 어쩔 줄 몰라 쩔쩔매더라고. 여자보다 남자들이 더 부끄러움이 많은 것 같더라. 그래서 내가 슬쩍 그것을 만졌지."

"아이고, 미친년. 그래서 어쨌는데?"

"언니들도 솔직히 남자들 그거 보고 싶지?"

도화는 자기 말에 도취해 뜸을 들이며 즐기고 있었다. 처녀들은 침을 꼴깍 넘기면서 도화에게 다음 말을 재촉했다.

"그가 숨을 씩씩거리더니 손길이 거칠어지더라고. 그래서 내

가 눈을 뜨고 빤히 그를 올려다봤지. 그랬더니 그도 눈을 동그랗
게 뜨고 나를 봤어. 둘이 한참 동안 눈을 마주 보다가 내가 고개
를 살짝 돌리니까 그가 갑자기 얼굴이 새빨개지더니 바지를 올
리고 보리밭 고랑으로 도망치더라고."

"도화야, 너, 꾸며낸 얘기지?"

"아니라니까. 진짜야."

"그런 때 도망은 여자가 가는 거라는데 남자가 왜 도망가니?"

"내가 알 게 뭐야."

"그 남자가 누구니?"

"그건 죽어도 말해줄 수 없어."

도화는 거기서 이야기를 딱 멈췄다. 처녀들은 모두 망측하다고
하면서도 그 남자가 누군지 그다음에 어떤 일이 벌어졌는지 몹시
궁금한 표정이었다. 도화의 얘기가 사실이거나 꾸며냈거나 그게
중요하지 않았다. 야릇한 어떤 감정이 처녀들을 들쑤셨기 때문이
었다. 도화를 잡도리하던 길자 언니도 궁금한 표정이었다.

"순옥아, 너도 내 말이 꾸며낸 것 같으냐?"

"응."

집으로 돌아오는 길에 도화가 심드렁하게 물었고 나는 건성으
로 대답했다. 나는 도화가 꾸며낸 얘기라고 생각했다. 그 이유는
도화네는 보리밭은커녕 송곳 꽂을 땅 한 평 없는 가난한 피난민
이었기 때문이었다. 도화가 깜부기를 뽑으러 보리밭에 갔다는

것부터 앞뒤가 맞지 않는 말이었다.

동네 사람들은 도화 아버지 홍두식을 피난민 홍 씨라고 불렀다. 황해도가 고향인 홍 씨는 한국전쟁 당시 잠시 가족들을 데리고 백령도로 피신했는데 휴전선이 막히는 바람에 오도 가도 못하다가 연평도를 거쳐 우리 동네에 정착했다. 모두가 가난하던 시절에 가진 것 없이 타관 땅으로 흘러든 피난민의 삶이 오죽했으랴. 도화 아버지와 엄마가 진날 갠 날 없이 동네 품팔이를 나섰지만 다섯이나 되는 자식들 목구멍은 늘 걸걸댔다. 다리를 약간 저는 홍 씨는 손재주가 있어 방앗간에서 기계를 고쳐주기도 하고 대장간에서 연장 만드는 품을 팔았다. 목수 일도 곧잘 하여 염전의 수차를 만들기도 했다. 말수가 없는 그가 가끔 술에 취하면 하염없이 눈물을 흘리곤 했는데 동네 사람들은 고향이 그리워서 우는 것이라고 여겼다. 도화 엄마는 부지런하고 싹싹한 여자였다. 음식도 잘했지만 특히 바느질 솜씨가 뛰어나서 동네 혼수나 수의를 도맡다시피 했다. 엄마는 그녀를 두고 범절 있는 집안에서 살림한 티가 난다며 전쟁이 사람 팔자를 망쳤다며 가끔 양식을 건네주었다.

도화네 모녀는 자주 다퉜다. 도화 엄마가 다 큰 계집애가 집안 살림은 돌보지 않고 놀러만 다닌다고 역정을 내면 도화는 끼니가 간데없는 집구석에 살림할 게 뭐 있느냐며 그럼 술상에 나가 앉으면 좋겠냐고 대꾸했다. 동네에서 제일 부자인 염전 주인이 염부들 사택 중에서 제방 끝에 있는 한 채를 내어줘 도화 엄마가 품을 팔지 않는 날엔 염부들 상대로 국수를 삶거나 막걸리 받아다 파는 것을 빗댄 말이었다. 그러면서 도화는 식모살이를 가든지 어서 시집이나 갔으면 좋겠다는 말을 입에 달고 다녔다. 지긋지긋한 가난에서 도망치고 싶어서 하는 말이었다.

도화가 동네를 발칵 뒤집은 것은 아마 그녀 나이 스물두어 살 무렵 이른 봄일 게다. 염전 주인 부인이 도화네 집에 쳐들어와서 살림을 치는 것도 모자라 도화의 머리채를 끌고 조리돌림을 한 것이다. 도화가 염전 주인과 눈이 맞았다는 것이었다. 목을 맨 도화 엄마를 겨우 살려낸 사람들 입에서 소문은 눈덩이처럼 불어 삽시간에 퍼졌다. 처녀 총각이 연애만 해도 집안에 망조가 들었다고 난리를 치던 시절에 처녀가 애를 밴 것이다. 그것도 아비 뻘 되는 남자와 배가 맞았다는 것은 동네 사람들에게 청천벽력 같은 사건이었다. 불쌍한 피난민 집은 하루아침에 짐승만도 못한 것들로 바뀌었다. 특히 아낙네들은 도화 엄마와 도화에게 악담과 저주를 퍼부었다. 염전 주인에 대한 비난은 별로 없었다. 남자들도 마찬가지였다. 남자니까 그럴 수 있다는 투였다. 염전 주인이 도화에게 음심을 품었는지 도화가 꼬리를 쳤는지 그 내막은 중요하지 않았다. 도화는 바람기 많은 앙큼한 년이었고 그 어미는 가난 때문에 딸을 처자식이 있는 돈 많은 늙은이에게 팔아먹은 뚜쟁이 같은 년이었다.

"순옥아, 앞으로는 도화와 어울리지 말고 이름도 입에 올리지 마라. 망측하다."

엄마는 툭하면 내게 다짐을 받으려 했다. 도화 엄마에게 가졌던 측은지심은 어디로 갔는지 도화를 벌레 취급했다. 마을에서는 한동안 '미친 순호' 대신 '화냥년 도화' 얘기로 들끓었다. 동네 아낙 중에 신 난 것처럼 일삼아 말을 옮기는 사람은 당연히 숙모였다. 숙모는 말끝마다 화냥기 있는 도화가 염전 주인을 홀렸다고 떠들어댔다. 한 남자가 열 여자 마다하겠느냐며 근본 없이 굴러들어온 것들은 다 그렇다는 것이었다.

도화는 두문불출했고 염전 주인 부인은 툭하면 도화네가 사는 염전 사택에 쳐들어가 살림을 치고 도화에게 매질을 했다. 그런 날이면 도화 아버지는 인사불성이 되도록 술에 취해 울고 도화 엄마와 어린 동생들은 염전 제방으로 피신하기 일쑤였다. 그들이 하염없이 노을 속에 나란히 서 있는 모습이 지금도 눈에 선하다. 매를 맞은 도화 몸뚱이가 구렁이 껍질처럼 얼룩덜룩 멍들었다는 것도, 배가 점점 불러온다는 것도 다 숙모 입에서 퍼졌다. 도화네 식구는 마을에서 완전히 외톨이 신세가 되었다. 도화가 이름 대신 염전 주인의 작은마누라로 불리는 게 자연스럽게 여겨질 무렵 도화네는 당산 너머 어선들이 들락거리는 작은 포구로 쫓기듯 이사를 했다. 염전 주인이 거처를 마련해줬고 도화 엄마는 뱃사람들을 상대로 주막을 차려 호구지책을 했다.

내가 도화를 마지막으로 본 것은 저물녘 고샅길에서였다. 도화가 동생들과 같이 이삿짐 이불 보퉁이를 이고 가다가 나를 보고는 걸음을 멈추고 물었다.

"순옥아, 너 가을에 시집간다며?"

내가 고개를 끄덕이자 도화가 울 것 같은 표정으로 더듬거리며 말했다. 기억이 잘 나지 않지만, 그때 도화는 아마 엄마와 오빠와 내가 자기네 식구들한테 잘 대해줘서 고맙다고 말한 것 같다. 그리고 네 오빠는 미친 사람이 아니라고 한 것도 같다. 숙모 말대로 도화는 배가 봉긋 솟아 있었다.

그날 이후로 도화 소식은 가끔 숙모를 통해서 들었지만 한 번도 본 적이 없다. 도화 아버지는 평생 고향을 그리다가 쓸쓸하게, 어머니는 딸을 팔아먹은 죄인으로 살다가 죽었다고 한다. 뿔뿔이 흩어져 사는 동생들도 도화와 왕래하지 않는 것 같다고 했다. 도화는 아이들을 셋 낳았고 나이가 육십 줄에 들었어도 작은마누라 딱지를 떼지 못한 채 읍내에서 중풍 든 늙은 남편을 수발들고 산다는 것이 내가 아는 도화의 전부다.

나는 숙모의 말을 귓전으로 흘렸다. 오빠와 도화가 좋아했다는 것은 정말 가당치도 않은 말 같았기 때문이다. 그러나 숙모는 둘이 좋아한 게 사실이라며 오빠가 실성기를 보이면서부터 도화가 우리 집에 발걸음을 딱 끊은 걸 기억하느냐고 물었다. 생각하니 그런 것 같기도 하다. 숙모는 오빠와 도화를 혼인시켰으면 오빠 인생이 망가지지 않았을지도 모른다며 읍내에서 가끔 도화를 만나면 그녀가 꼭 오빠 안부를 물었다는 말을 덧붙였다.

버스에 오르는 내 뒤꽁무니에서 숙모는 친정이 없어도 자주 왕래하라며 연신 훌쩍거렸다. 오빠가 죽음으로써 내가 나고 자란 인연이 사라졌다는 것이 실감 났다. 친정이 없어졌으니 이젠 내가 도망친 자리마저 없어진 것이다. 불우한 오빠의 인생을 멀리서 애틋하게 지켜보면서 차라리 어서 생을 접는 게 좋겠다는 바람을 많이 했었다. 그러면 지우고 싶은 궂은 기억들이 다시는 떠오르지 않으리라 생각했는데 그게 아니다. 싫든 좋든 이젠 오빠가 지상에 없다고 생각하니 그토록 지우려 했던 옛 기억들이 오히려 선명하게 눈앞에 펼쳐졌다.

조가비처럼 옹기종기 모여 있던 초가집과 거름지게를 진 남정네와 물동이를 인 아낙이 옆걸음으로 종종거리던 고샅길이며, 보리방아 쌀방아를 찧던 방앗간이며, 낫과 호미를 벼르던 대장간이며, 묵은 이불솜을 복닥복닥한 새 솜으로 만들어주던 솜틀집이며, 고소한 참기름 들기름 냄새를 풍기던 기름틀 집은 기억 속에만 존재한다. 남자와 여자의 일이 명확하게 구분되어 남자들은 들에 나가 일하고 여자들은 밥하고 길쌈하고 살림하는 것을 운명으로 받아들였던 시절이었다. 이젠 긴 겨울밤 등잔불 밑에서 새끼를 꼬는 농사꾼이나 길쌈하는 아낙도 없고 시집가서 신랑과 같이 베고 누울 베갯모에 공들여 십자수를 놓는 처녀들은 연속극에서도 보기 드문 세상이다.

그 시절 우리 동네는 몇 집을 빼고는 모두 가난했었다. 그들은 똑같이 가난했으므로 똑같이 가난을 불행으로 여기지 않았다. 그들에겐 일하고 먹고 자고 자식을 만들고 키우는 것이 일상의 전부였다. 볼거리도 들을 거리도 없어 심심한 그들에게 '미친 순호'와 '화냥년 도화'는 남의 일이 아니라 자기 일이라 생각했을지 모른다. 그래서 끊임없이 참견하고 흉보며 걱정하는 것이 당연했을 게다. 지금 잣대로 재면 사생활 침해겠지만, 그 시절 그 사람들에게는 그런 관심마저 인정이라 여겼을 것이다. 나는 그들의 참을 수 없는 인정이 싫어 고향을 멀리했다. 이제 고향 사람들은 똑같이 가난하지도 않고 남의 일에 참견이나 걱정을 하지 않고 산다. 인정을 밀어낸 자리에는 경쟁과 돈이 차지하고 있을 뿐이다.

세상이 빠르게 변했고 사람들은 더 빨리 변했다. 변하지 않은 건 오빠 혼자였다. 어쩌면 오빠와 도화가 좋아했다는 숙모 말이 사실일 것 같은 생각이 든다. 수줍은 오빠는 스무 살 무렵 그 설레는 마음을 아무도 몰래 가슴속에 품고 살았는지 모른다. 미친 흉내를 내면서. 도화도 마찬가지다. 가진 거라고는 가난밖에 없는 그녀의 희망은 어딘가로 도망치는 것이었고 처음으로 도망친 곳이 오빠였을 수도 있다. 그러나 그들은 불행하게도 순정한 세월을 감당하지 못했다. 그럴 리가 없다고 생각하면서도 나는 그들이 잠깐 연애 비슷한 걸 했다고 믿고 싶어졌다. 그래야만 내 맘이 편할 것 같아서다. 스무 살 무렵의 오빠와 도화의 얼굴이 번갈아 떠올랐다. 행색은 초라하지만 빛나는 청춘들이었다. 오빠도 한 여자를 사랑했던 순간이 있었다고 생각하니 눈시울이 자꾸 붉어졌다.

버스가 옛 모습이 하나도 남지 않은 고향 마을을 뒤로 밀어내며 빠르게 달리기 시작했다. 나는 차창 밖으로 멀어져 가는 고향 땅을 바라보며 언젠가 도화를 만난다면 고맙고 미안하다는 말은 꼭 하리라고 부질없는 다짐을 하며 그녀의 이름을 가만히 불러 봤다.

'도화 언니.'

끈

얇은 어둠이 방 안 가득하다. 빛바랜 천장 도배지의 희미한 꽃무늬들 사이로 아주 오래된 시간이 천천히 흘러다닌다. 저물녘의 빛 부스러기가 창호지를 바른 방문을 힘겹게 통과해 방 안의 물건들을 흐릿하게 구분 짓고 있다. 세상 어떤 변화에도 절대로 흔들리지 않고 완고하게 자기 자리를 차지하고 앉은 물건들. 그 물건들 하나하나마다 어머니의 말투와 몸짓이 배어 있다.

사방 여덟 자 방의 작은 공간에 놓여 있는 물건들이 주는 느낌은 소박함과 단단함이다. 가구라고 부르기가 민망한 작은 반닫이 농짝 위에 정성스럽게 개어 얹은 푸른 바탕에 붉은 깃을 댄 공단 이불. 횃댓보 아래 동그마니 자리 잡고 앉은 손재봉틀과 앉은뱅이 경대. 드라마의 소품처럼 느껴지는 이 물건들은 빛바랜 벽지와 함께 잘 어울린다는 생각마저 들게 한다. 어쩌면 몇 해 전에 내가 사다준 17인치 컬러텔레비전이 생뚱맞게 보인다.

변하지 않는 것도 있구나. 아니 변하지 않으려고 마음만 먹는다면 얼마든지 변하지 않는구나. 저 횃댓보 속에는 어머니의 사철 갈음옷이 걸려 있을 테지. 유행이나 시류엔 관심 없이 고집처럼 걸려 빠르게 변하는 세월을 비웃고 있을 테지. 횃댓보에 수놓아진 원앙과 모란꽃은 또 어떠한가. 처녀 시절 밤을 새워가며 한 쌍의 원앙과 모란을 십자수로 놓았지만 그 원앙이 서로 희롱하며 날갯짓 한번 제대로 못하고 하얀 광목에 박혀 있듯이 어머니의 삶도 횃댓보 속에 갇혀 있는 게 아닌가. 아니다. 어머니가 갇혀 있는 게 아니라 어머니가 세월을 꽉 쥐고 있는지도 모른다.

이 방 안에서 풍기는 냄새가 그것을 증명한다. 그늘에서 말린 마른풀 같은 냄새들은 이 방에서 생성하고 소멸한 시간의 냄새들이다. 아버지와 숙부들이 태어나고 성장한 작은 방. 할아버지와 할머니가 차례로 운명한 이 방에서는 사람들의 웅성거림과 억지 울음과 웃음소리가 천장 귀퉁이나 농짝 뒤에서 느닷없이 튀어나올 것 같은 느낌마저 든다.

어머니는 할아버지가 돌아가시고 몇 해 뒤 할머니마저 돌아가시자 평소의 성격과 어울리지 않게 집안을 발칵 뒤집어 놓았다. 할머니가 쓰시던 안방을 새로 도배하고 건넌방에서 어머니의 짐을 옮기셨다. 자그마한 체구에 무슨 일을 해도 서두르는 법이 없는 어머니가 밤을 새워 가면서 도배를 하고 방을 빼앗기지 않으려는 사람처럼 서둘러 짐을 옮기는 모습은 꼭 딴사람 같았다.

115
끈

애야, 이 반닫이는 여기다 놓으면 좋겠지. 재봉틀은 저기다 놓
고……. 갓 중학생이 된 나를 상대로 의논하듯 물어가면서 부지
런을 떠는 어머니 얼굴에서는 승자의 미소 같은 것이 보이기까
지 했다. 그러나 들뜬 모습을 보인 것은 그 며칠뿐이었다. 그 이
후로 방 안을 새로 꾸미거나 가구를 들여놓는 일도 없었고 평소
의 어머니답지 않은 모습도 보이지 않았다.

　한동안 이 방에서는 어머니의 옅은 화장품 냄새가 났다. 그러
나 그 냄새는 오래가지 못했다. 세월이 어머니 몸에서 나는 옅은
화장품 냄새를 마른풀 냄새로 바꿔놓으면서부터 이　방에서 어
머니의 존재는 희미해지기 시작했다. 그러나 나는 이 냄새를 좋
아한다. 이 방에 누우면 금방 깊은 잠에 빠져들고 잠자리가 뒤숭
숭하지 않은 것은 건초더미에서 나는 것 같은 아릿하면서도 쌉
쌀한 냄새 때문이다.

　"콩꼬투리만 헛수고했네."

　"언제 왔대유?"

　"꼬투리는 이렇게 숱허게 달렸는디 여물지 않았으니."

　"혼자 내려왔대유?"

　"두렁콩 꺾어 갖구 오니께 왔더먼."

　어머니와 옆집 사는 친구 덕만이가 동문서답같이 주고받는 두
런대는 말소리에 잠을 깬 나는 컴컴한 방 안을 둘러봤다. 몇 시
쯤 됐을까. 어머니는 마루에 걸터앉아 두렁콩을 까고 덕만이는

뜰 안에 서서 굼뜬 목소리로 앞뒤가 연결되지 않아도 서로 소통이 되는 말로 말동무를 하는 중일 게다.

"저녁은 자셨나요?"

"잠 깨면 같이 먹으려구."

"저, 가요."

"그려, 왔다 갔다구 전헐게."

덕만이가 가는 모양이다. 어머니의 말투는 늘 그랬다. 간단하고 명료하다 못해 중간에서 말을 잘라내기까지 하는 게 어머니의 어법이다. 앞뒤 설명 없이 전달 기능으로서의 말만 간단히 하는 어머니의 말뜻과 표정까지 눈에 선하다. 지금 어머니의 시선은 두렁콩을 까는 손을 따라 콩꼬투리와 콩을 담은 바가지 사이에서 표정 없이 왔다 갔다 할 것이다. 언뜻 보면 아무 생각 없이 손발을 움직이는 것 같기도 하고 어찌 보면 생각이 너무 많아 손발이 따로 노는 것 같은 게 어머니의 모습이다. 언제부터인지 모르지만 어머니는 내 안에 그렇게 자리 잡고 앉아 나를 빤히 쳐다보고 있었다. 가벼운 헛기침을 하며 방문을 열고 나가자 내가 예상했던 대로 어머니는 잠깐 고개를 들어 나를 쳐다보고는 콩 까는 일을 계속한다.

"혼자 버스 타고 왔는감?"

뻔히 알면서도 묻는 말이다. 나는 가볍게 웃으며 콩 까는 것을 거들었다.

"올해는 비가 많이 와서 결실이 좋지 않은가 보죠?"

"잠 안 자구 얘기를 들었구먼. 저녁상 차릴 테니 방으로 들어가."

어머니는 편안한 얼굴로 부엌으로 들어갔다. 추석을 보름쯤 앞둔 시골의 초가을 저녁은 고즈넉하다. 마루 천장에 달린 백열전등 불빛에 블록으로 낮게 담을 쌓은 뜰 안이 한눈에 들어온다. 우물가 작은 꽃밭에는 여름꽃과 가을꽃이 자리바꿈을 하고 있다. 봉숭아는 여문 씨주머니를 터뜨리려는 듯 탱탱하게 부풀어 있고 국화는 봉오리를 열 준비를 하고 있다.

어머니의 꽃밭에는 화려한 꽃들이 없다. 분꽃이나 채송화, 과꽃같이 꽃 모양이 자잘한 꽃들이 봄부터 가을까지 꽃밭을 차지했다. 뜰 안은 정갈하다. 장독대의 항아리도 그렇고 추녀 밑의 농기구들도 진열된 상품처럼 잘 정돈되어 있다. 저 꽃밭의 꽃들을 가꾸는 데도 어머니는 절대 서둘지 않고 세월이 남아 주체하지 못하는 사람처럼 몇 날을 두고서 만지작거렸을 것이다.

어머니는 그런 분이었다. 누가 참견을 해도 싫은 표정을 짓지 않았고 또 남을 참견하지 않았다. 그러다 보니 갑갑한 사람이라는 소리를 듣기도 했지만 어머니는 그런 말에 크게 신경을 쓰지 않았다. 어떻게 보면 동네 사람들 속에서 외딴섬 같은 존재로 살았지만 그것은 어머니를 바라보는 사람들의 생각일 뿐이었다. 어머니는 그들과 어울려 농사일을 했으며 마을의 좋은 일이나 궂은일에 빠짐없이 참석하여 거들었다. 다만 남들처럼 시원시원하게 일을 못하여 더러 흉은 잡혔지만 어머니가 하는 일엔 두 번 손가는 법이 없을 정도로 손끝이 야무졌다.

이런 성품의 어머니를 제일 못마땅하게 여긴 사람은 할머니였다. 툭하면 저 속마음엔 무엇이 들었을꼬, 안개가 들었으면 땅 두께만큼 두꺼울 것이고 실꾸리가 들었으면 명주꾸리 여남은 개는 넉넉히 들었을 거라 하며 혀를 끌끌 찼다. 그뿐만 아니고 어머니의 일솜씨를 탓하며 송곳으로 맨 재를 긁어내느냐, 해는 바지랑대에 매달아 놨느냐, 하면서 말투에서부터 걸음걸이까지 트집을 잡기가 일쑤였다. 그런 할머니 밑에서 호된 시집살이를 하면서도 어머니는 한 번도 말대꾸를 하지 않았다. 누가 뭐라고 해도 편안한 표정과 동작으로 당신이 할 일을 할 뿐이었다. 마치 나귀가 무거운 등짐을 지고 똑같은 보폭으로 땅만 보고 걷는 것처럼.

그러다 보니 사람들 입질에 오르내리는 일도 없었다. 동네 아낙들이 모여 이 사람 저 사람 돌아가면서 흉을 보는 자리에 끼어서도 거들기는커녕 크게 웃는 일조차 없었다. 뒷자리에 앉았다가 슬그머니 나가도 누구 하나 관심을 두지 않으니 사람들은 어머니가 언제 그 자리에 참석했다 갔는지 모를 정도였다. 중심이 아닌 가장자리에서 중심을 들여다보는 어머니를 눈여겨보는 사람은 없었다. 감정 없는 사람으로 치부하기엔 어머니에게서는 온화함이 흘러넘쳤고 세상을 달관한 사람으로 보기에는 어머니가 겪은 세상이나 경험은 짧고 초라했다. 그것은 내가 어려서부터 가진 궁금증이었다.

어머니는 그릇에 담긴 물 같았다. 설사 흔들린다 해도 물그릇 안의 물이 금방 스스로 평정을 찾아 잔잔해지는 것처럼 늘 조용했다. 그것은 어머니가 혼자서 험한 세상을 헤쳐 나오는 데 유일한 무기였는지도 모른다. 어쩌면 어머니는 감당하기 벅찬 세상을 견디기 위해서 어떤 방식으로든 보호막이 필요했을 것이다.

어머니는 스물다섯에 홀로된 청상과부였다.


산이라고 부르기가 민망한 낮은 뒷동산에서 내려다보는 들판이 정겹고 아름답다. 한 방향으로 구부러진 계단식 논두렁은 원근 처리가 완벽한 한 폭의 그림이다. 게다가 익어 가는 벼들의 연노랑색은 주위 산그늘과 투명한 하늘까지 배경으로 깔아주니 더욱 돋보인다.

산자락을 따라 집들이 몇 채씩 모여 조용조용 무슨 애기들을 하는 것 같은 마을. 오늘만큼은 늘 못마땅하게 여겼던 슬레이트 지붕에 칠한 빨강 파랑의 촌스런 페인트 색깔마저 참 잘 어울린다는 생각이 든다. 농사를 다 지어놓고 사람들이 어디 멀리 떠난 것처럼 마을은 사뭇 조용하다. 하긴 젊은이들은 없고 노인네들만 그렁저렁 살아가는데 이른 아침나절부터 늙은이들이 분주히 돌아다닐 리가 없다.

어머니는 말없이 할아버지 할머니 산소의 잡초를 깎으며 자주 나를 돌아보곤 했다. 아마 내 서툰 낫질이 염려스러워서일 게다. 나는 지금 오래된 흑백사진으로만 남아 있는 아버지 산소의 풀을 깎는 중이다.

나는 아버지보다 더 먼저 태어났던 할아버지와 할머니는 기억하고 있지만 아버지에 대한 기억은 아무것도 없다. 어머니가 아닌 할머니에게서 앞뒤가 맞지 않는 아버지의 얘기를 더러 들었지만 내가 기억하고 있는 것은 아버지가 젊어서 죽었다는 것, 그리고 그때 내 나이가 세 살이었다는 것뿐이다. 아버지와 나, 두 사람 중 누가 불행한 것일까.

어머니와 나는 싸운 사람처럼 말없이 제각기 벌초하는 데 열중했다. 나는 무덤 속에 누워 있는 아버지라는 사람에 대해 막연한 상상을 하면서 풀을 깎는데 어머니는 무슨 생각을 하고 있을까. 살아생전 당신을 몹시 구박했던 할머니 산소의 풀을 정성스레 깎고 있는 어머니의 마음 자락이 궁금하다.

평생 책임은 없고 권리만 누린 이상한 내주장을 한 할머니는 말도 많고 눈물도 흔했다. 그러다 보니 늘 식구들과 부딪쳤다. 할아버지는 할머니의 잔소리를 동네 개가 짖어대는 정도로 흘려버리거나 아니면 지는 척 다툼을 피했지만 삼촌들이나 고모는 달랐다. 그들은 머리가 커지면서 더는 할머니의 잔소리를 들으려 하지 않았고 툭하면 대들기 일쑤였다. 그러니 집 안은 늘 큰

소리가 끊이지 않았고 그때마다 할머니는 눈물바람으로 넋두리를 해댔다.

"아이고 아이고, 이늠의 팔자야. 내가 열일곱 어린 나이에 똥구녕이 찢어지게 가난헌 이늠의 집구석으루 시집을 와서 답답헌 영감허구 사느라구 진이 다 빠졌는디, 이제는 새끼들까지 내 말을 개떡 취급허니, 아이고 억울해라, 먹지두 입지두 못허구 새끼 키워봐야 다 소용읎네, 소용읎어. 큰애가 살았으면 이러지는 않었을 텐디…… 서방 복 읎는 년은 자식 복 읎다는 말이 하나두 안 틀리네, 아이고 아이고, 아가, 우리 장손 이리 온. 늬 애비가 살았으면 이 할미가 이렇게 스럽겄니."

멀뚱히 서 있는 나를 불러 끌어안고 풀어놓는 할머니의 넋두리는 늘 비슷했다. 처음에는 말 안 듣는 삼촌을 꾸짖는 것에서부터 시작하여 당신의 팔자타령으로 들어가는데 이 대목에서는 꼭 할아버지를 끌고 들어가 사설을 늘어놓은 다음, 한바탕 구성지게 울음을 울 때는 어린 나를 앞에 세워놓고 죽은 아버지를 불러 냈다. 그리고 마지막으로 어머니를 물고 늘어졌다.

"되는 집안은 새사람이 들어오면 집안이 구순허구 재산이 불일어나듯 헌다는디, 우리 집은 새사람이 들어온 뒤루 되는 게 하나두 읎었어, 내 말이 틀렸능가 입 가졌으면 너두 대답 좀 해봐라. 니가 시집와서 일 년두 안 되어 늬 시아버지가 쇠뿔에 받혀 갈빗대가 부러지지 않었나, 시동생이 감나무에서 떨어져 다리가 부러지지 않었나, 노상 잘 짓던 농사두 니가 시집오면서부터 시원찮구 툭허면 집안에 우환이 끊이질 않으니 늬 서방이 어디 마음잡구 집구석에 붙어 있겠니? 그러니께 돈 번다구 허면서 집 밖으루 나돌다가 억울헌 죽음을 당했지. 아이고 아이고, 생떼 같은 자식을 잃은 이 시어미 맘을 니가 조금이라두 안다면 이래서는 안 되지, 암, 안 되구 말구."

늘 이런 식이었다. 다툼을 하던 삼촌들과 고모는 할머니의 잔소리나 넋두리를 끝까지 듣는 법이 없었다. 싸움질 선수였던 동네 사고뭉치 삼촌들이나 온갖 소문을 몰고 다녔던 고모에게 할머니의 잔소리는 그냥 입이 심심해서 지껄이는 소리일 뿐이었다. 할머니의 넋두리를 고스란히 들어주는 사람은 오직 어머니뿐이었다. 할머니는 말다툼은 다른 식구들과 하고 화풀이는 어머니에게 했다. 어머니는 길면 긴 대로, 짧으면 짧은 대로 무표정한 얼굴로 한마디 대꾸 없이 그 이야기를 다 들어주었다. 할머니는 그런 어머니를 또 탓했다. 가만히 서서 할머니의 넋두리를 들으면 멍청이처럼 서 있다고 핀잔했고, 하던 일을 계속하며 듣고 있으면 시어미 말이 말 같지 않아서 딴전부리고 있느냐고 탓을 해댔다. 누가 오래 버텨내는가 하는 지루한 광경은 대개 어머니의 승리로 끝났다. 온갖 사설을 늘어놓던 할머니가 제풀에 지쳐 물러서는 것으로 다툼 아닌 다툼이 끝나도 어머니의 표정은 변함이 없었다. 그런 어머니가 할머니에게 대드는 것을 나는 딱

한 번 본 적이 있다.

여름방학이 끝나갈 무렵이었다. 마루에 엎드려 방학 숙제를 하는 내 곁에서 할머니는 무슨 나물을 다듬고 있었다. 그날은 할아버지 제삿날이었다. 어머니는 혼자서 부침개를 하랴, 생선을 손질하랴 종종걸음을 치고 있었다. 할머니는 어머니가 만든 음식들을 일일이 점검하면서 제사 음식은 정갈하게 해야 한다는 말을 귀가 따갑도록 반복했다. 해가 서쪽으로 기울면서 더위는 더욱 기승을 부렸다. 어머니는 잠시 마루에 걸터앉아 배 깔고 엎드려 묵은 일기를 쓰는 나를 물끄러미 바라봤다.

"닭은 잡았냐?"

할머니는 뜰 안에 발목이 묶인 닭을 보면서 물었다. 제사상에 놓을 닭을 아직 잡지 않은 줄 뻔히 알면서 묻는 것이었다. 어머니는 작은 목소리로 대답했다.

"삼촌들이 오면 잡아달라구……."

할머니는 어머니의 말대답을 중동에서 분질렀다.

"이런, 딱헌 사람 봤나. 해는 누가 서산에 붙들어 매어 놓구, 또 그것들이 언제 집에 올 줄 알어서 삼촌들보구 잡으라구 헌단 말이여. 니가 시애비 지사를 지성으루 모시려는 마음만 있다면 닭 아니라 소는 못 잡겠니?"

할머니는 또 잔소리를 해대기 시작했다. 배곯고 살아온 이야기부터 시작해서 누구네 며느리는 어떻고 어떤 집은 제사상에 무엇을 놓는데 너는 겨우 닭 한 마리 잡아 올리는 게 그리도 싫으냐며 갖은 험구를 늘어놓으면서 고시랑댔다. 어머니는 잠자코 할머니의 잔소리를 듣다가 슬그머니 연필 쥔 내 손을 잡았다. 손은 부들부들 떨고 있었다.

할머니가 또 무슨 말을 하려는 듯 목을 가다듬은 바로 그때였다. 뜰 안의 닭을 노려보던 어머니는 뒤도 돌아보지 않고 휘적휘적 걸어가더니 날랜 동작으로 닭의 모가지를 잡고 비틀기 시작했다. 날개를 퍼덕이던 닭은 모가지가 몇 바퀴 돌아간 뒤 여리게 날개를 움직이다가 곧 늘어졌다. 어머니는 축 늘어진 닭 모가지를 잡고 서서 할머니를 돌아봤다. 눈가는 땀인지 눈물인지 구분이 되지 않는 물기로 젖어 있었고 한쪽 팔뚝엔 붉은 핏방울이 몇 개 맺혀 있었다. 죽어가던 닭이 용을 쓰면서 발톱으로 할퀸 자국이었다. 죽은 사람 얼굴 같은 무표정한 어머니의 눈길에 할머니는 움찔했다.

"숭악헌 년."

들릴 듯 말 듯 입속말을 하며 방 안으로 들어가는 할머니 얼굴은 몹시 겁먹은 표정이었다. 자지러지게 울던 매미 울음도 마침 뚝 그친 뜰 안은 바닷속같이 고요했다. 한참을 할머니가 앉았던 마루 귀퉁이를 주시하던 어머니는 쓰러지지 않으려고 안간힘을 쓰며 부엌으로 들어갔다. 부엌에서는 오랫동안 아무 소리도 들리지 않았다.

어머니는 지극히 편안한 얼굴로 낫질을 계속했다. 해가 중천에 이르면서 이마에 돋은 땀을 이따금 지나가는 바람이 식혀줬다. 벌초를 마치고 어머니는 집에서 가져온 보퉁이를 끌러 술과 북어포를 꺼내면서 지나가는 말처럼 한마디 했다.

"절해라."

나는 말 잘 듣는 어린아이처럼 할아버지 산소부터 차례로 절을 하고 들판을 바라보고 있는 어머니 옆에 앉았다. 골안개가 걷힌 들판이 한결 선명하게 눈에 들어왔다.

"전에는 벌초할 때 덕만이가 많이 거들어줬단다."

"숙부들이 같이 벌초하면 좋을 텐데요."

"술 한 잔 주랴?"

어머니는 내 말을 분지르면서 어느새 종이컵에 술을 따르고 있다. 나는 피식 웃음이 나왔다. 지금 어머니와 내가 나누는 대화가 꼭 덕만이와 어머니가 동문서답으로 주고받는 말투 같았기 때문이다. 나는 뻔한 대답이 나올 줄 알면서 짐짓 물었다.

"어머니, 아버지는 어떤 분이셨어요?"

"비가 많이 왔어두 올 농사는 풍년이다."

"저는 아버지를 많이 닮았나요? 어머니를 많이 닮았나요?"

"늬 처는 언제 내려온다던?"

어머니는 내 대답을 기다리지 않고 일어서서 산을 내려가기 시작했다. 칡넝쿨이 사방으로 뻗은 길을 헤치며 내려가는 뒷모습이 꼿꼿하다. 산길을 다 내려오자 비탈밭이다. 오래전부터 묵었는지 도로 산이 된 밭에 노란 마타리꽃과 들국화가 듬성듬성 피어 있다. 산을 내려오면서 어머니는 뒤따르는 나를 한 번도 돌아보지 않았다. 아버지 얘기를 꺼낸 것 때문에 화를 내셨을까. 표정이 궁금하다. 마음 같아서는 묵은밭을 가로질러 가서 어머니 얼굴을 보고 싶다. 아버지에 대한 물음에 어머니는 왜 한결같이 민감하게 반응할까. 묵은밭을 지나자 고추밭이 이어졌다. 탄저병으로 허옇게 탈색되어 썩어가는 고추가 주렁주렁 달려 있다.

"시절은 다 됐는디 이제 꽃을 피우면 뭣허나."

어머니는 혼잣말을 했다. 탄저병으로 일찌감치 고추 농사를 포기하여 풀이 무성한 고추밭에는 두벌 자란 새순에서 늦게 피워 올린 하얀 고추꽃이 다닥다닥 매달려 있다.


덕만이는 불알친구다. 나보다 한 살 위지만 초등학교부터 중학교까지 한 반이었다. 넓적한 얼굴에 웃을 때 초승달처럼 꼬부라지는 눈매가 아니래도 얼굴에서 온순함이 덕지덕지 묻어나는 착한 사람이다. 어려서는 내 투정을 다 받아준 친구였고 지금은 내가 유일하게 속마음을 풀어놓는 고향 친구다.

아버지 없이 자란 나나 어머니 없이 자란 그나 반쪽 부모 밑에서 자란 것은 마찬가지였다. 똑같이 반쪽 부모의 부재 속에 자랐지만, 다른 게 있다면 내 아버지는 죽었다는 것과 정신이 온전치 못했던 그의 어머니는 집을 나가 행방불명이 됐다는 차이뿐이었다. 그의 아버지가 딴살림을 차리자 어린 덕만이는 할머니 손에 자랐고 나는 내게서 어머니를 밀쳐낸 할머니 밑에서 성장했다. 우린 똑같이 반쪽 부모가 부재했고 나머지 반쪽 부모는 있어도 없는 것 같았다. 그림자 같은 어머니를 둔 나보다도 어쩌면 더 외로운 성장기를 보낸 그였지만 나는 지금까지 그가 쓸쓸해 하는 모습이라든가 삶을 비관하는 걸 본 적이 없다. 그는 답답할 정도로 느긋하고 넉넉한 마음씨를 가진 사람이다.

"어제 갔더니 잠자는 것 같아서 그냥 왔네."

"피곤했던가 봐. 깜박 잠들었어."

앉아라, 마라 할 것도 없이 걸터앉은 마루가 내 집같이 편안하다. 메리야스 바람으로 앉은 몸집이 부대한 덕만이 목에는 서너 살쯤 돼 보이는 막내아들이 매달려 나를 빤히 바라보고 있다. 그는 아이들을 넷이나 뒀다. 내가 군대 생활하던 이십 대 초반에 일찍 결혼을 한 그는 아이를 여럿 둬서 그런지 일찍부터 가장 노릇을 해서 그런지 나보다 훨씬 어른스럽다. 나는 통통한 아이의 배를 슬쩍 만졌다. 아랫도리를 벗은 아이가 얼른 손으로 고추를 가리면서 배시시 웃는다.

"아주머니가 웬일루 생일잔치를 허신다구 그런디야?"

"글쎄. 나도 그게 궁금해."

어머니 입에서 생일잔치 얘기가 나온 것은 한 달 전쯤이다. 환갑잔치를 극구 마다하셨던 당신이 손수 생일상을 차려 잔치를 해야겠으니 그리 알고 있으라며 날짜까지 잡아 전화로 연락을 했다. 날짜는 당신의 생일보다 사흘 앞당겨 일요일에 잡았노라 했다. 아마 내 직장을 염려해서 그리 잡은 듯하였다. 그뿐이었다. 그 뒤로 몇 차례 전화 통화를 했지만 어머니는 담담한 목소리로 어멈과 같이 내려오라고만 하였다.

"진갑두 아니시구, 칠순두 아니시구, 더군다나 평소에두 생일상을 받지 않으시던 아주머니가 생일상이라니 조금 신기하네."

"혹시 어머니에게 무슨 일이 생긴 거 아냐? 나는 몰라도 자네는 알 텐데."

덕만이가 나를 빤히 쳐다봤다. 한심하다는 표정이다. 한참 뜰 안을 바라보던 덕만이가 고개를 돌리면서 한마디 던졌다.

"내가 아주머니를 잘 알기루 아들인 너만 허겠니? 조금 섭섭허다야."

"그런 뜻이 아니고……."

서둘러 말은 막았지만 어머니가 뜬금없이 생일잔치를 하겠다고 할 때부터 어쩌면 덕만이는 그 연유를 알고 있을 거라는 생각이 들었다. 어려서나 지금이나 덕만이는 나보다 어머니에 대해더 많은 것을 알고 있었다. 어머니가 무슨 색깔을 좋아하는지, 무슨 음식을 좋아하는지, 무슨 이야기에 웃으시고 무슨 말을 듣기 싫어하며 피하는지, 어머니의 말투에서부터 습관까지 꿰고 있었다. 그건 어머니도 마찬가지다. 아들인 나보다 덕만이를 더 자세히 알고 있다. 질투까지는 아니라도 어머니와 덕만이의 그런 사이를 더러 부러워했던 것도 사실이다. 그렇지만 어머니가 덕만이를 의지하기 때문에 편한 마음으로 한마디 던진 말인데 정색을 하고 섭섭하다는 말을 하여 잠시 자리가 어색했다. 뚫어져라 나를 쳐다보는 덕만이 앞에서 시선 처리에 쩔쩔매며 나는 아이의 앙증맞은 발가락을 만지작거렸다. 이럴 때는 덕만이가 어머니와 똑 닮았다.

"아주머니 성품은 니가 잘 알잖어. 늘 조용허시구 허튼소리 안 허시구."

"그렇긴 한데, 느닷없이 손수 생일상을 차린다구 하니까."

"은지 엄마는 언제 내려오냐? 아주머니가 근래 은지랑 은지 엄마 얘기를 자주 허시던디."

"그래, 어머니가 뭐라고 하셨는데?"

"별 얘기는 아니구, 우리 애들과 놀면서 은지가 보구 싶다구 허시구…… 또, 나와 집사람을 두구 참 잘사는 거라구 허시면서…… 음, 또, 뭐라구 허시더라…… 음, 여자는 남자 그늘서 살어야 허지만 남자는 여자를 그늘루 보면 안 된다는 알쏭달쏭한 말씀을 허시더라구. 땅만 파먹구 사는 우덜이 뭐 잘사는 거라구."

덕만이는 오래된 기억을 애써 되살리는 사람처럼 한참씩 말을 끊으며 굼뜨게 말했다. 어머니에게 내가 모르는 무슨 일이 생긴 건 아닐까. 손녀인 은지가 보고 싶다는 말은 나도 자주 들었지만 부부가 어떻고, 남자니 여자니 하는 말은 아내는 물론 내 앞에서 한 번도 입에 올린 적이 없는 말이었다.

　그렇다면…… 나는 잠시 숨을 고르며 덕만이 얼굴을 쳐다봤다. 덕만이는 심드렁한 얼굴로 자꾸 목을 감는 아이의 손을 천천히 떼어놓다가 밭일을 하다 들어오는 아내에게 술상을 부탁했다. 말수가 적은 덕만이 아내가 나를 보자 당황한 얼굴로 머리에 쓴 수건을 벗으며 수줍게 인사를 하는 통에 더 당황한 내가 마루에서 엉거주춤 일어났다 앉았다. 아직도 낯을 익히지 못한 건 내나 덕만이 아내나 마찬가지다.

　해가 중천에서 서쪽으로 몇 발짝 갔는지 뜰 안은 담 그림자로 절반씩 명암이 나뉘었다. 매사에 느긋한 성품대로 집안에는 사용하던 농기구나 농사에 쓰임 직한 잡동사니들이 흩어져 있다. 어머니 집과는 정반대다. 한동안 부엌에서 달그락거리던 덕만이 아내가 술상을 내왔다. 술은 막걸리고 안주는 삶은 달걀과 노각무침이다. 덕만이 아내는 안주가 변변치 못하다는 말을 하고 서둘러 부엌으로 다시 들어갔다. 새콤하고 매콤한 노각무침이 막걸리 잔을 자주 비우게 했다. 말을 못하는 것처럼 여태 덕만이 목에 매달려 꼼지락대던 아이가 혼자 구시렁거리며 고사리손으로 달걀 껍질을 까고 있다. 내가 거들어주려고 하자 덕만이가 말렸다.

"그냥 둬. 지가 알아서 까먹게."

잠시 웃음이 튀어나왔다. 그냥 둬. 내가 알아서 할게. 어려서 덕만이가 자주 하던 말투가 생각났기 때문이다. 어머니는 가끔 덕만이네 얘기를 툭툭 던졌다. 내외가 똑같이 말수는 적어도 심지가 깊고 아이들이 넷이나 돼도 모두 순해서 늘 집안이 조용하다고 하시면서 내 눈치를 살폈다. 대전에서 딴살림 차렸던 덕만이 아버지가 돌아가셨지만 배다른 동생들과도 잘 지낸다는 얘기에서부터 사소한 일까지 어머니는 덕만이네 살림살이를 꿰뚫고 있었다.

무슨 연유인지 할머니는 돌아가실 때까지 나와 어머니 사이를 가로막는 벽으로 존재했다. 내게 어머니는 어머니라는 이름뿐이었다. 옷 한 벌, 음식 한 가지를 마음대로 골라 사 입히지도 먹히지도 못하는 것은 물론 내가 원하는 것을 한 번도 선뜻 들어주지 못했다. 나와 관계된 모든 건 할머니를 통해서 이루어졌다. 학용품이나 준비물도 어머니 손에서 할머니 손으로 건네 내게로 전달됐다. 심지에 초등학교 운동회나 소풍에도 할머니가 앞장을 섰다. 항상 구경꾼으로 남아 있던 어머니가 이따금 나와 같이 소풍을 갈 때는 할머니가 큰 은전이라도 베푸는 듯한 지루한 설교를 묵묵히 듣는 수고가 뒤따랐다.

어머니와 내가 마주 앉아 짧은 이야기나마 나누는 시간은 저

녁뿐이었다. 독방을 쓸 계제도 아니었지만, 할머니는 할아버지
가 돌아가시고 당신 혼자 방을 사용할 때도 잠은 꼭 어머니 방에
서 자도록 했다. 할머니가 돌아가시고 내 방이 생길 때까지 어머
니는 밤이 돼서야 겨우 내게로 돌아왔고 나는 잠시 할머니를 잊
고 어머니를 내 안에 들여놓았다. 둘이서 나누는 이야기라고 해
봤자 온종일 뭐하고 놀았느냐, 숙제는 했느냐는 매일 비슷한 질
문에 내가 건성으로 대답하는 것뿐이었다.

잠자리에 드는 건 언제나 내가 먼저였다. 어머니는 내가 잠들
때까지 잠자리에 눕지 않고 동그마니 앉아서 손바닥으로 눈을
감겨 주거나 가슴을 토닥거려 주었다. 어머니 손을 슬그머니 밀
치면 내 손을 꼭 잡았다가 금방 머리를 쓰다듬으며 노래 같기도
하고 무슨 이야기 같기도 한 소리를 들릴 듯 말 듯 오래도록 했
다. 나는 그 소리가 끝나기 전에 잠이 들어버렸다. 어쩌다 한밤
중에 오줌이 마려워 잠에서 깼을 때도 기다리고 있었던 것처럼
어머니는 내 앞에 앉아 있었다.

밤이 돼서야 어머니가 겨우 나를 차지했다면 낮의 어머니를
차지한 건 덕만이었다. 타인처럼 혹은 그림자처럼 내 곁을 맴돌
던 어머니 가슴 한구석에 덕만이가 들어선 것은 어쩌면 당연한
일이었는지도 모른다. 덕만이 할머니는 어미 없이 자라는 자식
처럼 불쌍한 게 세상에 어디 있느냐며 덕만이에 관한 일을 자주
어머니에게 상의했고 어머니는 스스럼없이 그 부탁을 들어줬다.

한집 식구처럼 드나들며 티 없이 자란 나와 덕만이에게 어머니의 그런 모습은 지극히 자연스러운 일이었다. 명절에 옷 한 벌 살 때도 내 옷은 할머니가 고르는 것이 당연했고 덕만이 옷은 어머니가 고르는 것이 당연했다. 모르는 사람이 보면 덕만이가 어머니 아들 같았다. 그런데도 나는 한 번도 어머니를 덕만이한테 빼앗겼다는 생각을 한 적이 없었고 유별난 할머니도 어머니의 그런 행동에 대해서는 트집을 잡지 않았다.

사실 덕만이는 내 어머니의 아들 같은 게 아니라 아들이라고 해도 손색이 없다. 할머니가 돌아가신 뒤 그림자로 맴돌던 어머니가 그림자를 걷어내고 내 곁에 바싹 다가왔어도 덕만이를 밀어내지 않았다. 어머니 가슴에는 덕만이와 내가 똑같이 자리를 차지하고 있었다. 살림만 두 집에서 따로 할 뿐 모든 일과 결정은 어머니 손에서 이루어졌다. 늘 몸이 편치 않았던 덕만이 할머니는 물론 덕만이까지도 어머니에게는 남이 아니었다. 내가 도시로 고등학교를 갈 때까지 우린 형제같이 어머니 그늘에서 자랐다.

막걸리 주전자가 비워질 무렵 문밖에서 조잘대는 소리가 나더니 고만고만한 애들 셋이 들어왔다. 큰 녀석이 아는 체를 하며 꾸벅 인사를 하자 나머지 애들도 고개를 숙이더니 덕만이 곁으로 우르르 몰려갔다. 얼굴이 빨갛게 익은 애들과 덕만이가 한 덩어리가 된다. 포도송이 같다. 몇 마디 칭찬을 해주고 내가 자리에서 일어서자 덕만이를 닮은 얼굴이 도톰한 아이들의 까만 눈동자가 일제히 나를 바라본다. 포도 알갱이 같다. 대문을 나서자 하늘이 온통 북새로 붉었다. 아이들은 어느새 덕만이 아내에게 매달려 있다. 덕만이는 참 잘살고 있다는 어머니의 말이 실감났다.

담장을 따라 콩밭과 고구마밭이 붙어 있고 그 아래로 다랑논이 층층으로 이어져 있다. 짧은 논두렁을 건너면 우리 집이다. 어릴 적엔 덕만이와 내가 하루에도 수백 번씩 왔다 갔다 하는 통에 논두렁에 풀이 자랄 새가 없었다. 생전의 할머니와 덕만이 할머니는 천방지축으로 싸돌아다니는 우리들의 머리를 쓰다듬으며 저 강아지들 덕분에 논 두렁풀을 안 깎아도 되겠다며 웃으셨다. 변한 것은 별로 없다. 우리가 뛰어다니던 논두렁은 예전 그대로다. 변한 게 있다면 거기 있었던 사람들이 하나 둘 사라진 것과 그 길로 다니던 사람들 대신 다른 사람들이 다니는 것뿐. 논두렁길이 여전히 풀이 자라지 못하고 반질반질 닳아 있는 걸 보면 덕만이네 아이들이 어머니 집에 얼마나 들랑거렸는지를 알 수 있다.

시골에서 농업고등학교를 마치자마자 덕만이는 본격적으로 농사일에 뛰어들었다. 덩치가 크고 힘이 좋았던 그는 이미 고등학교 때부터 동네에서 상일꾼 소리를 들었다. 내가 방학이나 주말에 집에 들르면 잠깐 얼굴을 보여주고 그는 들로 나가 일을 했다. 밤이 돼서야 우리는 마주앉아 이야기들을 나눌 수 있었다.

낯선 도시에서의 학교생활과 뭔지 모를 앞날에 대한 두려움에 앞뒤 안 맞는 장황한 이야기를 나 혼자 하다 보면 덕만이는 빙그레 웃고 있다가 한마디 했다.

"야, 복에 겨운 소리 작작 해라."

"내가 뭐가 복에 겨우냐? 집안이 넉넉하냐? 아버지가 있냐?"

"니가 아버지 읎는 것이나 내가 어머니 읎는 것은 새삼스러운 일두 아니구. 나는 아버지가 있어두 읎는 것과 마찬가지지만 너는 좋은 어머니가 계시잖어."

"……."

"그리구, 너는 무슨 고민이 그리 많으냐. 아직은 아주머니가 젊으셔서 네게 짐이 되지두 않구. 야, 나는 어디루 훌쩍 떠나구 싶어두 옴짝달싹을 못해야. 우리 할머니 연세가 올해 몇인지 아니? 죽으나 사나 나는 할머니허구 농사짓구 살 수밖에 읎는 신세다. 공부 못허는 게 오히려 잘됐지 뭐. 너는 내게 비하면 얼마나 홀가분허냐. 아주머니께서 니가 이런 고민허는 것을 알면 효자라구 칭찬헐 것 같니? 아닐걸. 아마 아주머니는 니가 공부 많이 해서 허구 싶은 일을 허면서 사는 것을 좋아허실 거다. 내가 니 몫까지 농사일 다 헐 테니께 걱정 앞댕겨서 허지 말구 공부나 잘해라야. 내가 아주머니한티 입은 덕이 얼만디, 그걸 모르겠냐."

"내 말은 그게 아니고."

"야, 쓸디읎는 말 그만두구 우리 술이나 먹어볼까. 할머니가 자시던 막걸리가 있는디."

　대화는 늘 비슷하게 끝났다. 나는 고민은 많고 철이 덜 든 학생이었고 덕만이는 불만이 가득찬 사춘기 동생을 다독이는 맏형 같았다. 겉으로 나타내지 않아서 그런지 모르지만 그는 사춘기도 없었고 앞날에 대한 방황도 없었다. 시골의 농업고등학교를 마치고 자연스럽게 농사꾼이 된 덕만이가 어머니 가슴속의 내 빈자리를 채운 것은 처음 농사일을 시작했던 그때나 지금이나 똑같다. 몇 마지기 안 되는 우리 집 농사일을 덕만이가 도맡아 한다는 것은 동네가 다 아는 사실이다.


　"어멈한티 전화해서 내일은 무슨 일이 있어두 꼭 오라구 해라."

　어머니가 수정과를 내놓으며 다짐받듯 말씀하셨다. 어투는 단호하지만 표정은 온화했다. 술이 거나한 것을 알고 수정과를 내놓으면서도 어디서 마셨느냐는 의례적인 질문도 없다. 다 알고 계신 거다. 어쩌면 덕만이와 무슨 이야기를 나눴는지도 알고 있을지 모른다.

　신혼 초부터 아내는 어머니를 보면 가끔 숨이 막힌다고 했다. 조용한 말투와 행동 뒤엔 폭발할 것 같은 긴장감이 흐른다며 어쩌면 저렇게 단아한 모습에 빈말씀 한 번 안 하느냐고 묻곤 했다. 사람을 편하게 하는 분위기는 있지만 그것은 만지면 깨질 것 같은 유리그릇 같아서 정 붙이기가 쉽지 않다고 투덜댔다. 그 말은 맞는 말이었다. 한점 흐트러짐 없는 어머니를 볼 때마다 아들인 나도 조심스러운데 하물며 며느리 처지로선 오죽했으랴.

그때마다 내가 단골 메뉴로 꺼낸 말은 스물다섯에 청상이 된 어머니와 할머니의 이해되지 않는 관계였다. 무언가 약점을 잡은 것 같은 강자가 약자를 괴롭히면서도 늘 불안해 한 것이 할머니라면 약점을 잡히고 괴롭힘을 당하면서도 즐기는 것 같은 모습이 어머니였다. 아무리 때려도 맞는 아이가 울지 않아서 때리던 아이가 오히려 겁먹고 울면서 피하는 것 같은 게 어머니와 할머니 사이였다.

아내는 내가 설명을 해도 이해하지 못했다. 사실 나도 이해되지 않는 두 사람의 단편적인 이야기들을 상상과 추측으로 짜깁기하여 전달했으니 아내가 이해하지 못하는 게 당연했다. 그래도 아내는 어머니와 부딪침 없이 잘 지내는 편이었다. 결혼 초부터 각 집 살림을 하였기 때문에 고부간에 좋든 나쁘든 서로의 감정을 드러낼 기회도 없었지만, 아내에 대한 어머니의 각별한 마음 씀씀이는 고집이 센 편인 아내를 금방 한식구로 만드는 데 한 몫을 했다.

"고맙다. 그리구 미안허다."

내가 처음으로 사귀는 여자가 있다며 곧 뵈러 가겠다고 전화를 했을 때 어머니가 말을 더듬을 정도로 기뻐하시며 한 말이다. 어머니는 맑은 목소리로 고맙고 미안하다는 말을 반복했다. 서른이 넘도록 한 번도 결혼을 재촉하진 않았지만 여느 어머니들처럼 며느리를 보고 싶은 마음이 간절한 것 같았다.

"고맙다. 그리구 미안허다."

아내와 함께 첫인사를 드리러 갔을 때 어머니가 처음 한 말씀도 내게 한 말과 똑같았다. 고맙고 미안하다는 말밖에 할 말이 없는 사람처럼. 정돈된 집안이기 때문에 새사람이 온다고 해서 특별히 치운 것은 없었다. 다만 어머니 자신이 옷을 정갈하게 입고 온화한 미소를 띠고 있는 모습이 내겐 오히려 낯설게 보였다.

며느리가 될 여자와 시어머니가 될 여자가 처음 마주 앉은 자리. 어머니는 고맙고 미안하다는 말 외에 다른 말씀이 없으셨다. 무엇이 고맙고 무엇이 미안하단 말인가. 짜증이 나기 시작했다. 이런 자리에서는 어른이 먼저 이런저런 이야기들을 물어야 어색함을 접을 수 있는데 그걸 아시는지 모르는지 어머니는 말을 잊고 수박화채를 내오고 조용히 선풍기를 아내 쪽으로 돌려놓는가 하면 물수건을 손에 쥐어주는 행동에만 몰두했다.

아내는 다소곳했고 나는 당황했다. 결국, 어머니의 성품을 아는 내가 묻지도 않는 말을 실토하기 시작했다. 처갓집 이야기서부터 아내와 만난 이야기까지 앞뒤 없이 건너뛰면서. 어머니는 간간이 미소를 지으면서 나를 쳐다보셨고 고개를 숙이고 있던 아내는 슬쩍슬쩍 웃음을 보였다. 제기랄, 나는 은근히 역정이 났다. 면접시험도 아니고 내가 처가에 인사를 드리러 온 것도 아닌

139
끈

데 도대체 어머니는 무슨 생각으로 저러실까. 혹시 며느리 될 여자가 맘에 안 드시는 것일까. 그건 아닌 것 같았다. 어떤 연극배우도 저렇게 다정스런 표정을 지을 수는 없으니까. 그럼 왜 저토록 말을 아끼실까.

하루를 묵어갈 요량으로 내려왔지만 점심을 먹은 후 핑계를 대고 집을 나선 것은 어머니에 대한 짜증보다는 어색한 자리를 어서 피하고 싶어서였다. 어머니는 예상대로 빈말이라도 하루 묵어가라는 말씀이 없으셨다. 한나절 동안 어머니가 우리에게 한 말은 고작 고맙다, 미안하다, 반찬이 없다고 반복하는 짧은 음절의 세 마디였다. 그런 어머니가 갑자기 말문이 터진 것은 서둘러 인사를 하고 차에 오르려고 할 때였다.

"참 곱다. 늬 부모님한티두 고맙다구 전허구. 나는 다 마음에 든다. 나보다두 늬들이 서루서루 맘에 들어 오래오래 아주, 오래오래 끔찍이 애끼며 살았으면 좋겠다."

어머니는 아내의 손을 꼭 잡고 있었다. 훗날 아내는 어머니와의 첫 대면을 두고 재미있었다고 표현했다. 그때 상황을 두고 모자간이 아니라 선생님과 학생 같았다며 나를 놀렸고 어머니는 정이 깊은 분일 거라며 후한 점수를 매겼다.

"고모랑 삼촌들두 오실 거다."

"어머니 미안해요. 어멈이 미리 와서 거들어야 되는데."

"괜찮다. 준비허는 것두 별루 읎는디."

140

"은지 유치원에 다니는 것을 챙기느라. 내일은 일찍 내려올 거예요. 그런데, 어머니, 갑자기 생일잔치를……."

"궁금허냐? 생일잔치 헌다니께. 걱정허지 마라. 안 허든 짓을 허면 사람이 죽는다구 허지만 이 에미가 죽을병 든 게 아니닝께."

어머니는 내 마음을 빤히 읽고 계셨다. 느타리버섯을 다듬던 손을 잠시 멈추고 잠깐 내 얼굴을 찬찬히 훑어보시다가 부엌으로 들어가시면서 혼잣말처럼 한마디 하셨다.

"뜬금없이 동네 사람들 불러 밥 한끼 나눠 먹을 수는 없구, 그래서 차린 일이다."

모자간에 몇 마디 나누던 대화마저 끊기니 집안은 조용하다 못해 적막했다. 이 고요함은 말 많던 할머니가 돌아가시면서 이 집안에 유산처럼 남긴 것이다. 어머니는 유산을 탕진하지 않고 오히려 늘려가며 살고 계신다.

초저녁인데도 불빛이 새어나오는 집이 별로 없어 마을은 한층 깊은 산골 같다. 은하수는 길게 띠를 이루어 서쪽으로 기울었다. 가을이 깊어간다는 징조다. 구름 한 점 없는 초가을 밤하늘엔 별들이 와르르 쏟아질 것같이 여물었다. 어둠에 익숙해지자 마을이 한눈에 들어왔다. 멀리 도로 위로 이따금 차량의 불빛들이 반딧불처럼 빠르게 나타났다 사라졌다. 어둠 속에 보이는 부드러운 곡선의 낮은 산과 드문드문 서 있는 나무들이 수묵화 같다.

바람도 없는데 들판에서는 숭늉 냄새가 난다. 벼 익는 냄새다. 심호흡하고 휴대전화의 단축 번호 일 번을 눌렀다. 민숙. 푸른빛 바탕의 휴대전화 화면에 아내의 이름이 선명하게 떠오른다. 한참을 망설이다 통화 단추를 눌렀다. 몇 번의 신호음 뒤에 전화가 연결됐다. 뭐라고 부를까. 민숙아, 자기야, 여보, 은지 엄마, 익숙했던 호칭들이 머릿속에서 둥둥 떠다닌다. 생각과는 다르게 어정쩡한 말이 튀어나왔다.

"나야."

"알아."

아내의 건조한 목소리가 나지막하게 들렸다. 서로의 목소리를 잊을 만큼 시간이 지나지도 않았지만 아직은 그녀의 전화기에도 내 이름이 찍혀 있을 것이다. 내 전화기처럼. 팽팽한 침묵 끝에 또 내가 먼저 말문을 열었다.

"내일 시골에 내려올 거지?"

"오후에 갈게."

"운전 조심해. 고마워."

동시에 전화가 끊긴다. 왜 고맙다는 말이 튀어나왔는지 알 수 없다. 전화를 받아준 것이 고마운가. 아니면 시골집에 내려온다는 것이 고마운가.

결혼을 전제로 민숙을 만나기 시작한 것은 대학을 졸업하고 한동안 백수로 지내다가 겨우 직장을 잡아 서울 외곽의 도시에 살면서부터였다. 군대를 갔다 오고, 휴학과 복학을 반복한 끝에 어렵게 학교를 마쳤으나 전공과 동떨어진 직업을 선택한 것은 순전히 취직을 해야 한다는 강박에서 벗어나고 싶었기 때문이었다. 음식물 쓰레기로 퇴비를 만드는 기계를 제작하는 작은 회사에서 영업사원으로 있을 때 민수 형을 만나면서 아내와 인연이 시작되었다.

그 인연의 출발은 시간을 거슬러 가는 것이었다. 영업이라고 해야 서울 외곽의 신흥 도시를 돌아다니며 '환경'이라는 간판을 내건 사무실을 방문해 제품을 홍보하고 판매를 하는 것인데 판매는 고사하고 잡상인 취급당하는 게 일쑤였다. 거창하게 무슨 환경산업이라고 간판을 내건 사무실들은 한결같이 분뇨 수거 아니면 막힌 하수구를 뚫는 일이 고작이었다.

그날 저녁도 다른 날과 마찬가지로 발이 부르트고 입술이 마르도록 돌아다녔지만 허탕을 치고 팀장의 잔소리를 어떻게 감당하나 고민하면서 도시 외곽을 빠져나올 때였다. 그저 그렇고 그런 잡다한 건물들 속에 색다른 간판이 눈에 들어왔다. 푸른 들판을 배경으로 만개한 연꽃의 실사 사진에 큰 글씨로 쓴 '연꽃이 되겠습니다'라는 간판은 누가 봐도 쓰레기가 연상되는 환경업체의 간판으로 느껴지지 않았다. 간판 구석에 '우리환경'이라는 작은 글씨의 상호가 없다면 불교 용품을 파는 가게로 오해하기 딱 알맞았다.

연꽃이 되겠다고? 예술적 안목이든 장난기든 이런 발상의 간판을 내건 사람이 궁금하여 슬며시 나오는 웃음을 참으며 사무실 문을 밀쳤다. 한쪽 벽면에 그 도시를 확대한 커다란 지도가 붙어 있어 흡사 부동산 중개소 같은 사무실 소파에는 서너 명의 사내들이 둘러앉아 고스톱을 치고 있었다. 구석에 덩그마니 놓인 책상에 컴퓨터와 전화기뿐인 사무 집기에 비해 사내들이 앉아 있는 소파와 탁자는 어울리지 않게 크고 고급스러웠다. 문소리가 나자 사내들은 시선을 잠깐 내게 돌렸다가 아무것도 보지 않았다는 듯 다시 화투패에 열중하였다. 엉거주춤 서 있는 내게 사내 하나가 돌아보지도 않고 화투장을 뽑으며 퉁명스럽게 내뱉었다.

"안 사요."

외판 영업하는 사람들이 제일 난감한 게 이럴 때다. 이럴 때는 어떻게 하라는 교육을 귀에 딱지가 생기도록 받았지만 아무 도움이 되지 않았다. 방법은 얼굴에 철판을 까는 일밖에 없다. 잠시 망설이다가 화투판 근처로 가서 판이 끝나기를 기다렸다가 몇 달 동안 실전에서 뛴 경험을 살려 제품 설명을 늘어놓았다.

"똥이나 퍼서 먹고 사는 우리한테 그런 기계들이 무슨 소용이 있겠수."

"거저 줘도 쓸데가 있어야지."

대머리 까진 오십 대 남자가 화투를 추리며 심드렁하게 말하자 맞은편에 앉은 이빨이 심하게 뻐드러진 사내가 카탈로그를 건성으로 넘기며 맞장구를 쳤다. 더는 할 얘기가 없었다.

"연꽃이 되겠습니다라는 간판 문구가 참 좋네요."

주섬주섬 홍보자료를 챙겨 가방에 넣으며 멋쩍음을 감추려고 한마디 던지고 사무실 밖으로 나와 몇 발짝 걸음을 옮겨 놓을 때였다. 한 사내가 뒤따라 나오며 나를 불러 세웠다. 금테 안경을 낀 삼십 대 후반의 사내였다. 밉지 않게 생긴 흰 얼굴은 사내의 몸에서 궁색한 티를 몰아내는 구실을 하고 있었다.

"저, 혹시 인천의 K고등학교를 다니지 않았습니까?"

"그런데요."

"용현동에서 살았죠?"

"맞는데요."

"혹시, 김진형 씨, 너 진형이 맞지."

"예?"

"나야, 박민수. 골목 맨 끝 집에 살던."

"아! 민수 형."

그날 이후로 나는 퇴근 무렵이면 매일이다 싶게 민수 형네 사무실을 들러 노닥거렸다. 사무실은 늘 한가했다. 민수 형은 거창하게 환경사업을 한다고 떠들지만 정화조의 분뇨 수거를 하는 게 고작인데도 그마저 적극 매달리지 않는 눈치였다. 그는 가업을 이어받은 이 업계에서 밥 빌어먹은 게 벌써 몇 년인데 겨우

145
끈

똥이나 푸자고 이 사업을 차렸겠느냐며 너스레를 떨면서 곧 시
청과 생활쓰레기 처리 용역 계약을 따내면 직원을 늘려야 하니
그때는 자기 사업을 도와달라고 큰소리를 쳤다. 가업이니 뭐니
하는 말은 구청의 환경미화원이었던 아버지의 직업을 빗댄 말이
었다. 그가 하는 말을 다 믿을 수는 없지만 붙임성 좋은 데다 눈
치 빠르고 수완이 뛰어난 것을 학생 시절부터 아는 터라 어느 정
도는 믿는 부분도 생겼다.

　민수 형을 알게 된 것은 시골에서 중학교를 마치고 인천의 K
고등학교에 다니기 위해 외가의 먼 친척 집에 자취하면서부터였
다. 막 고등학교에 입학하여 학교에서 자취방으로 시계추처럼
왔다 갔다 하던 내게 먼저 접근한 것도 그였다. 낮은 산 아래 붕
어빵처럼 똑같은 신흥 주택들이 사방팔방으로 나란히 들어선 변
두리 주택가 골목의 맨 끝 집이 내가 자취하는 집이었고 민수 형
네 집은 맞은편에 있었다. 학교를 오갈 때 몇 번 마주쳤을 뿐인
데 어느새 그는 자상한 형 노릇을 하고 있었다. 무슨 말을 하면
서 말문을 텄는지 기억이 없지만, 내성적이고 촌닭 같은 나를 금
방 마음 편하게 했던 것으로 봐서 그의 붙임성은 대단했다.

　명문대 학생이었던 그는 내 자취방을 제 방처럼 자주 들랑거
렸고 나도 이따금 그의 집에 놀러 다녔다. 그의 아버지는 과묵했
고 어머니는 활달한 편이었으며 민수 형 밑으로 내 또래의 고등
학교에 다니는 여동생이 있는 지극히 평범한 가정이었다. 내게

술과 담배와 잡기를 가르친 그는 대학 생활엔 별 흥미가 없어 보였다. 대신 한국 재벌의 흥망성쇠를 줄줄이 꿰며 어떻게 하면 돈을 빨리, 많이 벌어 근사하게 쓸 것인가와 여자애들과 실컷 연애해보는 것에만 관심이 많았다.

시국은 늘 불안했고 대학가나 거리에서 흔하게 터트리던 최루탄에 학생들과 사람들이 우르르 도망 다니던 시절, 대학생이라면 한 번쯤 심각한 고민을 할 법도 한데 그에겐 심각한 구석이란 없었다. 그런 그에게도 특별한 점은 있었다. 구청의 환경미화원이었던 아버지와 동네에서 계주와 일수놀이를 하는 어머니 덕에 그리 궁색한 살림을 사는 것도 아닌데도 그는 아르바이트를 즐겼다. 나도 그 덕에 가끔 용돈을 벌어 썼다. 아르바이트는 방학이나 주말을 이용하여 백화점 앞에서 철 지난 옷을 떼다 파는 일과 아버지가 하는 청소 일이었다.

그는 환경미화원인 아버지의 직업을 부끄러워하기는커녕 우리 아버지는 이 시대의 환경 전도사라고 칭했고 계주와 일수놀이를 하는 어머니를 두고는 서민 가계를 돕는 이동은행장이라고 이죽거렸다. 비아냥도 존경도 아닌 그저 직업으로 말할 뿐이었다. 하고 싶은 이야기를 쉽게 하지 못하는 나는 언변 좋고 솔직한 그가 부러웠다. 민수 형과 연락이 끊어진 것은 내가 고등학교를 마치고 대학을 가기 위해 다른 도시로 이사하면서였다. 내가 고등학교 졸업반 무렵 그는 군대에 갔고 일 년쯤 후에 민수 형이 살던 집을 한번 찾았을 때는 이미 이사를 한 뒤였다.

도시 서민들의 삶이란 뿌리 없는 유민들의 삶이 아니던가. 옆집에 누가 들고 나는지 서로에게 관심도 없을뿐더러 이삿짐을 자동차에 싣는 순간 과거의 생존 공간은 잊히고 현재의 일상에만 매달려 허우적거린다는 걸 도시 생활 십여 년 동안 터득한 나로서는 전혀 예상치 못한 곳에서 민수 형을 만난 것이 신기하기까지 했다. 과거 한때를 공유했다는 것만으로도 그는 내게 특별한 존재였다.

촌티 나는 고등학생이었던 내가 약삭빠른 도시의 샐러리맨으로 변한 것처럼 그의 모습도 많이 변했다. 적당히 불은 몸집은 중후한 인상을 풍겼다. 이동은행장으로 불렸던 그의 어머니가 변두리에 조금씩 사 논 땅을 잘 굴려서 서울하고도 주류들이 산다는 강남에 둥지를 틀었다는 것과 결혼을 하여 아이를 뒀다는 것 말고도 변한 것은 많았다.

싹싹한 붙임성에 논리 정연한 언변과 카리스마까지 갖춘 그에게는 성공한 사람들에게서 풍기는 당당함이 있었다. 그런 분위기는 그의 사무실에 자주 들르는 동종업계의 사람들을 휘어잡고도 남았다. 민수 형에게서 변하지 않은 게 하나 있다면 나를 대하는 태도였다. 시골에서 갓 올라온 고등학생을 챙겨주던 대학생 시절 민수 형 그대로였다. 심각하지 않은 가벼운 말투와 자상함은 옛날과 마찬가지였다.

민수 형의 급한 호출을 받은 것은 영업팀장에게 실적이 저조하다는 구박을 받다가 퇴근할 무렵이었다. 술 한잔 할 테니 차를 두고 오라는 당부에 말 잘 듣는 아이처럼 터덜터덜 찾아간 약속 장소는 근사한 술집이었다. 그는 이미 약간 취해 있었다.

"어이, 내 사랑하는 꽁생원 후배, 내일 당장 다니는 회사 때려치워."

"……."

"뭘 멀뚱히 바라보고 있어. 드디어 오늘 계약을 체결했단 말이야. 다음 달부터 이 도시의 모든 쓰레기 수거는 '우리환경'이 맡게 됐으니 내일부터 정식으로 우리 회사로 출근해."

우리는 오랜만에 필름이 끊기도록 만취했다. 그는 나를 데리고 큰소리를 치며 몇 군데 술집을 순례했고 마지막에는 여자를 사서 모텔 방에 밀어 넣어 주었다.

그날 이후 나는 민수 형 사무실로 출근했다. 사업은 날로 번창했다. 상무라는 직함이 주어진 내가 하는 일은 주로 인력 관리였고 사장인 민수 형은 시청의 환경 담당 공무원이나 관련 업체 사람들을 만나 접대하는 것이 일이었다. 화려한 언술과 붙임성 덕분으로 몇 개월 지나지 않아 민수 형은 그 업계에서 단연 두각을 나타냈다. 어느 날 갑자기 도시가 사라진다거나 사람들이 멸종하지 않는 이상 쓰레기는 생기게 마련이니 욕심부리지 않고 봉투질이나 잘하면 망할 염려 없다는 민수 형의 말마따나 회사는 잘 굴러갔다.

특별히 바쁠 것도 없고, 또 누구한테 구속당하지 않는 회사 생활은 계속됐고 민수 형과 함께하는 술자리도 늘어갔다. 접대비를 아끼지 않는 그는 술집 아가씨들에게 최고의 손님이었다. 술집에선 호탕하게 매출을 올려줬으며 여자를 사서 하룻밤 노는데도 망설임이 없었다. 오히려 찜찜하게 여기는 나를 재미있게 바라봤다.

"너, 사귀는 여자 없지? 결혼은 아예 안 할 작정이냐?"

한식구처럼 일 년 넘게 지냈어도 묻지 않던 말을 민수 형이 정색하며 물었다.

"왜? 소개해줄 여자 있어?"

"암, 있지. 그런데 너 연애는 해봤니?"

"그럼, 요즘도 형이 가끔 연애시켜 주잖아."

"얌마. 그런 연애 말고 진정한 사랑 말이야."

"오래 살고 볼 일이네. 형 입에서 사랑이라는 말이 튀어나오는 걸 보니까."

"얘가 사람을 너무 개판으로 보네. 내가 사업 관계로 그런 지저분한 연애를 끊지 못하고 살지만 사실 나야말로 사랑에 대한 숭고함을 믿는 사람이야. 이거 왜 이래."

"그만둬, 형. 형은 대학 때부터 사랑과는 먼 연애를 즐겼다고."

"와, 오늘 내가 한 방 된통 맞았다."

여직원들을 퇴근시키고 월말 장부를 훑어보는 나에게 이런저런 시시껄렁한 농담을 던지던 민수 형이 정곡을 찔렀다.

"너 언제까지 이렇게 살 작정이니? 평생을 혼자 사신 시골의 어머니도 며느리를 보고 싶어 하실 텐데. 괜찮은 여자가 있는데 내가 소개해줄까?"

"나 같은 꽁생원과 어울리는 여자 있어?"

"있지. 내 동생 민숙이."

저녁때가 되어 어머니 나이만큼 장미꽃이 담긴 꽃바구니를 들고 아내가 왔다. 은지는 데려오지 않았다. 며느리를 반갑게 맞은 어머니가 은지는 왜 안 왔느냐는 말 대신 외가에 맡겼느냐고 묻는 말이 조금 걸렸지만 아내의 표정이 밝아 모른 체했다. 어머니와 아내는 덕만이 아내랑 밤이 이슥하도록 부엌에서 도란거리며 음식을 만들었다. 이따금 웃음소리도 새어나왔다. 얼마 만인가. 집안을 대낮같이 불 밝히고 밤이 이슥하도록 전 부치는 고소한 냄새가 울 너머로 퍼지는 것이. 낮부터 홀짝홀짝 맛보기로 마신 술이 거나하게 취했지만 덕만이의 권유로 또 술상 앞에 앉았다. 같이 마셨는데도 덕만이는 끄떡없다. 삽삽한 초가을 밤바람에 뜰 아래 과꽃이 잠깐씩 흔들렸다.

언제 어떻게 방으로 들어와 누웠는지 기억이 나지 않는다. 심한 갈증에 눈을 뜨니 옷을 입은 채로 누워 있다. 덕만이와 술을 먹다가 몸을 못 가누니까 누가 부축하여 방 안에 뉘었거나 아니면 내가 어찌어찌 기어들어온 모양이다. 머리가 지끈거린다.

밖으로 나오니 동쪽 하늘이 불그스름하게 밝아왔다. 아침이면 동네 사람들과 친척들이 모일 것이다. 친척이라야 자주 왕래가 없어 남과 같이 지내는 숙부네 식구들과 고모네 식구들이다. 좋은 기억보다 나쁜 기억은 머릿속에 오래 남는다. 나쁜 기억들 속에는 하나도 늙지 않은 숙부들이 눈을 부라리고 서서 나와 어머니를 바라보고 있다.

할머니는 돌아가시기 전에 삼촌들과 고모를 결혼시키면서 많지 않은 재산이지만 분배를 했다. 삼촌들은 결혼하자마자 분배받은 논밭 몇 마지기를 팔아 읍내로 나갔다. 그들은 애초에 농사일과는 먼 사람들이었다. 장사를 했다가 막일을 했다가 툭하면 살림 뒤집기를 아침 먹고 점심 먹듯 하는 숙부들은 삶의 진정성에서는 문제가 있는 위인들이지만 사기를 쳤건 말았건 모사를 꾸미고 수단을 부리는 데는 타고난 재주가 있었다. 무슨 재주를 부렸는지 지금은 돈푼깨나 만지고 살지만 숙부들은 젊은 시절 어머니에게 몹시 모질게 굴었다.

할머니가 돌아가시자마자 그들은 노골적으로 어머니 앞으로 분배된 재산을 탐하기 시작했다. 그때 나는 중학생이었는데 그들은 툭하면 어머니에게 찾아와 빚보증을 요구했고 거절당하면 나를 자기들이 반듯하게 키울 테니 내놓으라고 으박질렀다. 어차피 재혼을 할 것이면 일찌감치 하라는 야유와 협박도 마다치 않았다. 그때마다 어머니의 대응은 한결같았다. 할머니에게 하던 대로 묵묵히 견디는 것이 어머니의 방어 수단이었다. 어르고 달래도 어머니가 요지부동일 때는 나를 불러내서 자기들과 같이 살면 읍내 중학교로 전학을 시켜주겠다며 꼬드기기까지 했다. 행패에 가까운 짓거리는 말뿐이 아니었다. 툭하면 빈집에서 마늘 접을 떼어 가는가 하면 김장 배추도 자기들 마음대로 뽑아 가기도 했다. 어느 해 가을이던가. 내가 막 학교에서 돌아왔을 때 집 안엔 동네 사람 몇과 덕만이 할머니가 뜰에 우두커니 서 있는 어머니를 달래고 있었다.

"사람들이 모질어두 분수가 있어야지. 혼저 사는 형수가 불쌍 허지두 않은가, 쯧쯧."

"누가 아니래요. 툭허면 진형이 엄마보구 나가라 마라 해대더니 이제는 벼 자루까지 몽땅 가져가면 이 집 식구는 뭘 먹구 살라구."

"인두겁만 썼지 그게 사람 종자여? 농사지을 때는 코빼기 한번 디밀지 않은 것들이 낯짝두 좋지. 어떻게 벼 자루를 몰래 차에 싣구 간디야. 내 가슴이 다 벌렁거리네."

여기저기서 한마디씩 던져도 어머니는 아무 말없이 창백한 얼굴로 서 있다가 겨우 정신을 추스르고 마루에 걸터앉아 벼 자루가 쌓여 있던 추녀 밑으로 눈길을 돌렸다. 어제까지만 해도 벼 자루가 쌓여 있던 추녀 밑에는 받침목으로 사용했던 나무토막만 덩그러니 남아 있었다. 한참 동안 멍하니 추녀 밑을 응시하던 어머니는 들릴 듯 말 듯 한마디 했다.

"설마 굶어 죽기야 할까."

그 후에도 숙부들은 다양한 방식으로 어머니를 괴롭혔고 어머니의 대응은 늘 한결같았다. 끊임없는 괴롭힘과 끊임없이 괴롭힘을 당하는 관계는 내가 크면서 줄어들었다. 숙부들은 그런 사람들이었고 그런 속에서 어머니는 조금씩 늙어갔고 나는 성장했다.

성대하지 않은 생일잔치지만 아침부터 동네 사람들이 하나 둘 모이면서 집 안은 오랜만에 잔치 분위기를 풍겼다. 사람들은 음식과 술맛이 좋다는 말로 시작해서 어머니에게는 어렵게 자식 키운 보람이 있어 얼마나 좋으냐는 덕담을 했고 나와 아내에게는 어머니의 고생담을 늘어놓으면서 지금보다 더 잘해 드려야 된다는 당부로 끝을 맺었다.

말 맞춤을 하고 온 것 같은 그들의 말투에 어머니는 담담한 표정을 지었으나 아내는 불편한 표정이 역력했다. 웃으면서 동네 사람들을 맞았지만 몸에 맞지 않는 옷을 걸친 사람처럼 부자연스러워 보였다. 그건 나도 마찬가지였다. 똑같은 말을 듣는 것도 견디기 어려웠지만 그 칭찬의 말은 내가 들어야 할 말이 아니기 때문이었다. 점심때가 되어 읍내에서 고모와 숙부네 식구들이

오면서 잔치판은 왁자지껄해졌다. 염치 좋고 수다스러운 고모는
이내 잔치판을 휘어잡기 시작했다.

"세상에 우리 올케 같은 사람이 또 있을까. 옛날 같으면 열녀
문을 세워두 몇 개는 세웠을 거야. 젊어 청춘에 혼자 몸으루 수
절허며 자식을 이만큼 키우기가 어디 쉬운 일인가요. 멀쩡한 서
방두 내팽개치는 년들이 허다헌디. 올케언니, 이리 와요. 시누이
가 따라주는 술 한 잔 받어요. 이런 날 뭇 먹으면 언제 드시려
구 그래요. 야, 조카허구 질부두 어머니께 술 한 잔씩 올려라."

호적상으로는 세 번 결혼하여 두 번 이혼하고 한 번은 사별한
뒤 읍내에서 대폿집을 하는 고모의 입에서 어울리지 않게 수절
이니 열녀문 소리가 쉽게 튀어나왔다. 고모는 그런 사람이었다.
그녀에겐 지켜야 할 법도나 염치가 없는 만큼 세상살이 고민이
나 걱정도 없었다. 언제 술을 마셨는지 벌써 얼굴이 불콰한 고모
는 어머니와 동네 어른들에게도 연신 술과 음식을 권하고 있었
다. 이 방 저 방 다니면서 걸쭉한 농담을 곁들여 수다를 떠는 모
습은 흡사 물 만난 고기 같았다.

"조카두 내 술 한 잔 받구, 질부두 한 잔 받구. 아이구, 내 정신
좀 봐. 덕만이를 물러봤네. 이리 와서 이 윰고모가 따라주는 술
한 잔 받어라. 아까부터 찾었는데 어디서 이제 나타났니?"

"고모 혼자 신바람 나서 떠들다가 이제야 나를 챙기면서 생색
좀 그만 내시구려."

"어머나, 덕만이가 골이 단단히 났네."

"그럼요. 골 안 나게 생겼시요? 맨 꼴찌로 술잔을 돌리는디."

"얘, 술은 첫 잔보다 끝잔이 알짜여, 읍내에서 막걸리 주전자 운전수를 한 지 십여 년이 넘는 이 읍고모가 일부러 우리 덕만이 챙기느라 늦게 술잔을 돌렸으니 지랄 말구 단숨에 얼른 마시구 나두 한 잔 따라다오."

"지금두 거나하신데 더 마시게요?"

"그럼, 먹구 죽은 귀신은 때깔두 좋다구 그러더라. 산전수전 다 겪은 내가 뭐가 겁나서 술을 챙겨 먹겠니. 안 그래요, 올케언니?"

고모는 뚱뚱한 몸을 흔들며 어머니를 돌아봤다. 술을 잘 못 드시는 어머니도 오늘은 한두 잔 드셨는지 얼굴이 발그레한 채 웃음으로 대답을 하고 있었다.

"우리 올케언니는 복두 많지. 배 아파서 난 아들 진형이는 서울에서 돈 잘 벌구, 덤으루 얻은 아들 덕만이는 올케 옆에 살면서 아들 노릇 톡톡히 허지. 젊어 고생은 사서 헌다는 말이 하나 안 틀리네. 동네 으른들 안 그려요?"

어머니가 복이 많다고 하는 고모의 말은 어쩌면 반은 틀리고 반은 맞는 말인지도 모른다. 사람들은 지나간 시간에 대해서는 모두 관대하다. 쥐며느리처럼 웅크리고 살아온 어머니의 지난 시간은 지금 이 자리에 없다. 잔칫상이나 술잔 위에서 떠도는 지금 이 시간만 있을 뿐이다. 아들인 내가 있고, 아들보다 더 아들 노릇을 잘하는 덕만이가 있는 지금 어머니의 시간은 고모 말대로 복된 시간인지 모른다.

술기운 때문인지 몰라도 어머니의 표정은 화사했다. 평소답지 않게 말도 많았고 가깝게 지내지 않던 숙부네 식구들과 더없이 다정했다. 더욱 놀라운 것은 어머니와는 판이하게 제멋대로 살아온 고모와 죽이 척척 맞는 것이었다. 고모가 걸쭉한 육담을 하여 좌중을 웃기면 어머니도 고모 못지않은 농담을 던지고 크게 웃어댔다. 큰 웃음 한 번 웃지 않은 어머니 안에도 저런 감정과 언어가 숨겨져 있었다니. 그것은 어머니 속에서 또 다른 어머니가 갑자기 툭 튀어나온 느낌이었다.

추석을 앞둔 한가한 시절이라 그런지 몇 안 되는 동네 어른들은 쉽사리 자리를 뜨지 않았다. 덕담과 웃음소리가 한나절 내내 울 밖으로 넘쳐나도록 잔치는 무르익었다. 덕만이와 그의 아내는 진짜 아들과 며느리처럼 분주히 움직였다. 덕만이 아이들도 자기 집 잔치처럼 스스럼없이 집안 곳곳을 누비며 주전부리를 하고 있다. 낯선 곳에 온 것처럼 거북한 사람은 나뿐인 것 같다. 접대용 웃음일지 몰라도 아내는 적당히 웃으며 잔칫집 며느리 노릇을 잘하고 있다. 잔칫상마다 돌아다니며 언죽번죽 수다를 떨던 고모가 나를 불러 세웠다.

"어이, 우리 조카님. 잔치에 노래가 읇으니 고무줄 읇는 빤스

입은 것같이 헐렁허잖어. 이리 와서 노래 한 가락 뽑어봐. 아니지, 내가 먼저 한 곡조 뽑을 테니 다음에 우리 조카가 부르구, 올케언니두 준비해요."

청춘을 돌려다오, 젊음을 다오…… 청춘아 내 청춘아 어딜 가느냐…… 고모는 노래 못해 안달난 사람처럼 부대한 몸집으로 관광버스 춤을 추며 노래를 불러 젖혔다. 당신 말마따나 술장사 하면서 는 건 술과 유행가뿐이라고 하더니 과연 그 세월이 헛되지 않았음을 증명하듯 잘 부르는 노래였다. 고모의 노래 실력은 처녀 시절부터 동네가 알아줄 정도로 빼어났었다. 덕분에 숱한 총각들을 홀리고 염문을 뿌렸던 그 목청은 신기하게도 변하지 않았다. 술기운이 거나한 고모는 제 흥에 겨워 연거푸 몇 곡을 더 부르더니 빈 술병에 숟가락을 꽂은 마이크를 어머니에게 돌렸다.

설마 어머니가 노래를 부를까. 나는 아직 어머니가 혼자 흥얼거리는 소리는 들어봤지만 사람들 앞에서 노래 부르는 것을 본 적이 없다. 그러나 내 생각은 기우였다. 어머니는 한 번쯤 뺄 법도 하련만 그러지 않고 냉큼 숟가락 마이크를 잡고 몇십 년을 기다렸다는 듯이 '여자의 일생'이라는 노래를 구성지게 불렀다.

참을 수가 없도록 이 가슴이 아파도 여자이기 때문에 말 한마디 못하고 헤아릴 수 없는 슬픔 혼자 달래며 인생길 비탈길을 허덕이면서 아, 참아야 한다기에 눈물로 보냅니다, 여자의 일생.

노래뿐만 아니라 태도마저 오랫동안 준비하고 연습한 사람 같았다. 단정한 자세로 서서 잘 차려입은 한복의 옷고름을 이따금 살며시 잡았다 놨다 하는 모습이라든가 홍조를 띤 얼굴에 슬픈 미소를 지으며 고개를 까딱대는 모습은 흡사 초대받은 가수 같았다. 순간 잔칫상 분위기는 물을 끼얹은 듯 조용했다. 장단 박수를 치던 사람들마저 손을 멈추었다. 어떤 노인은 노래 중간에 눈물을 찍어 내기까지 했다. 고모는 물론 덕만이까지 눈이 휘둥그레졌다. 아내도 뜰 안에 서서 입을 다물지 못하고 있었다. 모두 놀랐지만 제일 놀란 사람은 나였다. 단 한 번도 상상해보지 못한 광경이 눈앞에서 천연스럽게 펼쳐지고 있기 때문이었다. 내가 술에 취해서 헛것을 본 게 아닌가 하고 눈을 크게 떠보았을 때 어머니는 노래를 마치고 아무 일 없었다는 듯이 자리에 앉았다.

"아이구, 세상만사에 기절초풍헐 일이네. 우리 올케언니가 이 미자 찜 쪄 먹을 줄이야 누가 알았을까. 이제 내 노래는 명함두 못 디밀겠네. 그런디 올케언니, 이렇게 잘허는 노래를 부르구 싶어 입이 근질거려 어떻게 참았대요?"

고모의 호들갑은 지나치지 않았다. 사람들의 놀람은 어머니가 노래가 잘 불렀다는 것보다 어머니가 노래를 불렀다는 것에 있었다. 어머니는 놀란 사람들을 오히려 의아하게 쳐다보고 있었다. 한동안 놀람과 찬사가 섞인 웅성거림은 숙부네 식구와 고모가 자리를 뜨면서 가라앉았다.

해가 기울고 잔치는 파했다. 집안에는 치우지 않은 잔칫상과 덕만이네 식구와 우리 식구만 남았다. 조금 전 흥청거렸던 잔칫집이라고 믿기 어렵게 집 안은 다시 조용해졌다. 아내랑 덕만이 아내는 설거지를 하며 뒤처리에 분주했고 어머니는 약간의 술기운 때문인지 마루에 걸터앉아 덕만이네 아이들과 노닥거리고 있었다. 집 안이 대충 정리됐을 때 아내가 눈짓으로 나를 밖으로 불러냈다.

"저기……."

"고생했어. 그리고 고마워."

"나는 오늘 서울로 가려고 하는데."

"하루 더 있다가 가면 안 될까?"

"그럴 생각 없어."

"그럼 그렇게 해. 내가 어머니에게 적당히 둘러댈게."

시골에 내려온 아내와 하루 동안 나눈 대화는 이것으로 끝이었다. 잔치 음식상을 다 치운 뒤 덕만이 아내는 저녁 먹고 가라는데도 아이들을 데리고 자기 집으로 건너갔다. 집 안에는 덕만이와 우리 식구만 남았다. 집 안은 어머니의 재산인 침묵이 흘렀다. 어떻게 아내의 얘기를 꺼낼까. 궁리 중일 때 덕만이가 내 속을 들여다본 것같이 물었다.

"오늘 서울루 가려구?"

"아니, 나는 안 가고, 은지 엄마만."

"어멈두 내일 가거라. 은지는 어차피 외가에 있으니. 이런 날이 언제 또 있겠니."

"예? 그게 무슨 말씀이세요? 어머니."

"덕만이두 저녁 먹구 건너가구."

어머니는 조용하면서도 단호하게 오금 박으며 부엌으로 들어갔다. 아내는 내 얼굴을 빤히 쳐다보다가 못마땅한 표정을 지으며 부엌으로 따라 들어갔다. 덕만이도 어리둥절한 얼굴로 나를 쳐다봤다. 무슨 못된 짓을 하다 들킨 것처럼 내 가슴이 두근거렸다.

술상을 겸한 저녁상에서 어머니는 덕만이와 내게 술을 권하더니 당신도 손수 한 잔을 따라 단숨에 마셨다. 모두 저녁을 뜨는 둥 마는 둥 했다. 조금 전에 웃으며 노래를 하던 어머니는 온데간데없고 평소처럼 조용한 어머니가 동그마니 앉아 있는 방 안 분위기는 건드리면 터질 것 같은 풍선처럼 탱탱하다. 어머니가 침묵을 깨트렸다.

"애비는 사는 게 뭐라구 생각허니?"

"······."

갑작스러운 질문에 당황하며 술잔을 만지작거리는 나를 빤히 바라보던 어머니가 당신이 던진 질문에 스스로 대답을 했다.

"나는 쌀을 담었다 퍼냈다 허는 쌀독이라구 생각헌다. 쌀독이 비면 쌀을 채우게 마련이구 가득 담겨 있으면 퍼내는 게 인생살이 아니겠니? 쌀독만 있다면 채울 때두 있구, 비울 때두 있는디,

나는 쌀독이 옳어서 채우지두, 비우지두 못허구 지금까지 살어
왔다."

무언가 중대한 말을 하려고 작심한 게 분명하다. 느닷없는 생
일잔치를 한 것도 그렇지만 오늘 어머니의 행동은 맛보기로 보
여주는 영화의 예고편 같은 느낌이 짙다. 어머니는 또 술 한 잔
을 따라 단숨에 들이켰다.

"어머니, 술도 못 드시면서, 인제 그만 드시지요."

"애비야, 걱정허지 마라. 내가 술을 못 마시는 게 아니라 안 마
신 거다. 술이라는 게 이래서 좋구나. 허기 어려운 말두 술술 나
오구."

술기운에 얼굴은 발그레하지만 눈빛은 풀리지 않고 빛났다.

"니 아버지가 어떤 사람인지 궁금했었지? 오늘 다 얘기해 주
마. 니 아버지는 할머니 말처럼 억울허게 죽은 사람이 아니다.
죽어 마땅헌 사람이다. 사람을 죽였으닝께."

처음에는 무슨 말인지 몰라 멍한 내게 어머니는 다시 한 번 천
천히 말했다. 너희 아버지는 사람을 죽인 사람이다. 나는 경악했
다. 망치로 머리를 호되게 맞은 사람처럼 비명을 질렀으나 비명
은 입 안에서 터져 나오지 못하고 입만 크게 벌어졌다. 입 안의
침이 바싹 말랐다. 덕만이나 아내도 숨을 죽이고 어머니의 입을
쳐다보고 있었다. 어머니 입가에서 야릇한 웃음기가 번졌다. 비
웃음인지 동정 섞인 웃음인지 구분이 안 되는 묘한 웃음이었다.

어려서부터 귀에 딱지가 생기도록 네 애비는 억울한 죽음을 당했다는 할머니 말에 나는 아버지가 무슨 시국사건에 연루됐거나 아니면 다른 사람 대신 의로운 죽음을 당한 게 아닌가 하는 상상을 한 적도 있었다. 그럴 수밖에 없는 것이 그 누구도 아버지의 죽음에 대해 구체적으로 말한 사람이 없었다. 내게 아버지는 어려서부터 그냥 죽은 사람이었다.

"니 아버지는, 그때 시절에 배울 만큼 배운 사람이구 인물두 훤했었다. 맘에 들구 말구, 따질 겨를두 없이 중매루 결혼을 했는디, 나는 첫날밤부터 소박맞은 꼴이 되었다. 니 아버지는 부모 뜻을 어기지 못해 결혼은 했어두 맘에 둔 여자가 있어 몸만 내게루 온 사람이었다. 시집온 다음 날부터 나는 이 집 식구들의 착실한 식모였구, 소식 읊이 몇 날 며칠을 밖에서 떠돌다가 집에 들어오는 남자의 고분고분한 노리개에 지나지 않았다. 니 아버지는 인물만 멀쩡허지 심성이 그리 착허지 않은 사람이라 그랬던지 한 번 길이 어긋나더니 죽을 때까지 제자리를 찾지 못허더구나. 그러다가 애비, 니가 생겼는디, 마음을 주구받은 사랑이란 게 그렇게두 독하구 질긴 것인지, 자식을 보았어두 니 아버지 마음은 늘 딴 곳에 있었단다. 그런 사람이 돈벌이헌다구 객지를 떠돌다 끝내……."

어머니는 길게 한숨을 내쉬며 벽에 걸린 아버지 사진을 흘끗 쳐다봤다. 그 사진은 할머니가 확대하여 걸어 놓은 사진이었다.

사진 속의 청년은 머리를 올백으로 빗어 넘긴 채 웃고 있었다. 저런 표정을 한 사람이 살인을 하다니. 오래된 흑백사진 속에 박힌 아버지라는 저 남자도, 술기운을 빌어 남의 이야기처럼 죽은 남편의 행적을 이야기하는 어머니도, 오늘 있었던 일들도, 숨죽이고 앉아서 오래된 이야기를 듣고 있는 나도, 아내도, 덕만이도 모두가 낯선 사람들 같다.

"투전판에서 사람을 패 죽였다구 허더라. 그리구 징역을 살다가 감옥에서 죽었는디 맞아 죽었는지, 병들어 죽었는지, 뭣 땜에 죽었는지, 그때두 잘 알지 못했구, 지금두 자세히 모른다. 자세히 알구 싶지두 않었구. 그때가 애비, 니가 세 살 때인디 남편이 죽었는디두 실감두 안 나구, 눈물두 안 나더라. 이게 전부 다여. 더 궁금헌 거 있니?"

어머니는 심드렁하게 남의 말 하듯 하면서 한편으론 홀가분한 표정으로, 한편으론 승자의 표정으로 좌중을 쓰윽 둘러봤다. 모두 어머니의 입만 주시했다. 이상한 것은 그토록 궁금했던 아버지의 죽음을 알고 난 뒤 잠깐 흔들리던 내 감정이 금방 평정을 찾은 것이다. 오래전에 일어났던 일이라 그렇기도 하겠지만 그보다는 이야기 전달자가 감정에 치우치지 않고 객관적으로 짧고 명료하게 줄거리를 전달한 덕분이라 생각했다.

방 안은 물속같이 조용했다. 집에 건너가겠다고 하던 덕만이나 오늘 서울에 가지 못해 볼이 부어 있던 아내나 충격적이고 비

164

밀스러운 이야기에 빠져 꼼짝 않고 앉아 있었다. 다음엔 무슨 말을 이어갈지 불안하기 시작했다. 어머니는 빙긋이 웃음을 지어 보였다. 취기가 많이 올라 있었다.

"이번엔 어멈이 궁금허지? 스물다섯에 과부가 돼서 남자 읎이 어찌 살었는지."

"······."

어쩔 줄 모르는 아내를 뚫어져라 쳐다보던 어머니가 또 남의 말 하듯 한마디 했다.

"나두, 시집갔었다. 딱 사흘 동안. 호호호."

"어머니!"

"어머님!"

"아주머니!"

나와 아내와 덕만이가 동시에 소리쳤다.

"시집이 아니라······ 재혼을 했었지. 아니지, 재혼이 아니라 어떤 남자를 봤지. 연애두 아니구, 바람을 피운 것두 아니구, 그냥 남자를 봤지."

"어머니!"

크게 외치는 내 목소리에 아내와 덕만이가 놀란 눈으로 나를 쳐다봤다. 온몸이 나도 모르게 부들부들 떨리고 있었다. 숨이 턱턱 막혔다. 어머니의 강렬한 눈빛이 내 얼굴에 꽂혔다. 취기에 몸은 흐트러졌어도 벌겋게 달아오른 얼굴의 눈빛은 형형했다.

"내 몸의 문을 꼭꼭 걸어 닫게 헌 게 무엇 때문인지 아니? 이 옷고름 때문이다."

어머니는 옷고름 잡은 손을 상 위로 길게 뻗어 흔들었다. 자주 색 옷고름 끝이 내 눈앞에서 나풀댔다. 순간 나는 옷고름 끝과 어머니 손을 잡았다.

"그래, 그때두 이렇게 잡았었지. 잠결에 옷고름을 잡구 내 손을 더듬었었지. 옷고름을 잡은 니 손에서 옷고름을 빼내려구 손가락을 펴두 한사코 놓지 않더구나, 그래서 가위루 옷고름을 자르구 이 집에서 도망 나왔었다."

"어머니!"

"그 밤 옷고름을 자르구 허둥지둥 밤길을 달려 친정으루 간 여자는 날이 새자마자 친정아버지 손에 끌려 어떤 남자 앞에 도둑질헌 장물처럼 건네졌다. 그리구 그 여자는 사흘 만에 다시 옷고름 한 짝이 있는 이 집으루 밤을 새워 달려왔단다. 고사리 같은 손이 더듬던 이 가슴을……."

어머니가 저고리를 벗기 시작했다. 놀란 나는 후다닥 어머니 등 뒤로 가서 손을 잡고 가슴을 끌어안았다. 손은 거칠었지만 가슴은 부드럽고 따뜻했다. 뿌리치려는 어머니 손길에 술잔과 안주 접시가 방바닥에 나뒹굴었다. 아내와 덕만이가 황급히 술상을 밀치고 치우느라 방 안이 소란스러웠다. 나는 새가슴처럼 발딱거리는 어머니 가슴을 더욱 힘주어 끌어안았다. 어머니는 내 손을 뿌리치고 어디론가 훨훨 날아가려는 작은 새처럼 몸을 비틀며 숨 가쁘게 말을 이어갔다. 지금 말을 하지 못하면 영원히 못할 것 같은 절박한 표정이었다.

"낯모르는 어떤 남자의 우악스런 손이 온몸을 더듬을 때마다 그 여자는 숨이 막혔단다. 이를 앙다물구 눈을 감으면 누군가가 옷고름 끈으루 목을 매어 당기는디, 그게 바로 네 얼굴⋯⋯."

"어머니! 제발 그만하세요, 어머니!"

"애비야."

어머니는 거친 손을 뻗어 내 눈물을 닦아 주었다. 어머니 어깨에 얼굴을 기댄 내 눈에서 눈물이 자꾸 쏟아졌다. 가누지 못하는 몸을 돌려 정면으로 나를 바라보는 어머니 눈은 약간 붉어졌지만 눈물을 보이진 않았다. 무너지지 않으려고 어머니는 안간힘을 쏟고 있었다. 한동안 마음을 다스리려는 듯 눈을 감고 있던 어머니가 이번엔 아내를 옆자리로 불러 앉히고 두 손을 꼭 잡았다.

"나두 사랑이라는 게 뭔지 안다. 사랑 읎이 섞은 몸은 허깨비라는 것두 알구, 모든 사랑이 영원허지 않은 줄두 안다. 어멈아, 나두 여자인디 어찌 여자가 문을 닫구 살 수 있었겠니? 그것은 마음 읎이 맺은 결혼에 상처를 입기두 했지만, 내 몸에서 나온 끈이 나를 잡구 있었기 때문에 버틸 수 있었단다. 어디에 사랑이 있는지 찾어봐라. 그래야 행복허다. 쌀독이 읎으면 아무것두 담

을 수 읎단다. 나는 지금 행복허다. 오래전부터 나 혼자 행복해
지는 방법을 연습해 왔구, 이젠 뜨겁던 몸두 다 식었으니······."

어머니는 흐트러지기 시작했다. 아내의 손을 잡고 옛날 첫 대
면 순간을 더듬으며 웃기도 하고 손녀가 보고 싶다고도 하고 맘
여린 내 아들과 살아줘서 고맙다며 눈물을 흘리기까지 했다. 자
식 앞에서 감정 표현을 하는 보통의 어머니이자 여자로 돌아오
고 있었다. 어느새 덕만이는 자리를 뜨고 없었다. 아내는 구경꾼
처럼 물끄러미 어머니를 쳐다봤다. 조금 전까지 어머니 얘기에
놀랐던 아내의 모습과는 딴판이었다.

겨우 어머니를 진정시켜 자리에 눕혔다. 어머니의 몸은 깃털
처럼 가벼웠다. 술 냄새가 풍기는 입에서 색색거리는 숨소리가
들렸다. 숨 가쁘게 한세상을 달려온 한 움큼의 여자가 자기 안에
남아 있던 짐을 다 털어버린 홀가분한 모습이었다. 이 작은 몸
안에 그토록 무거운 것들을 담고 있었다니 믿어지지 않았다. 할
머니와 어머니의 이상한 냉전도 이해할 만했다. 할머니는 어머
니가 재혼할까 두려워한 게 분명했다. 어머니에게서 나를 뺏는
듯하면서도 잠을 재울 때만큼은 한사코 어머니와 한 방을 쓰게 한
것도 며느리를 붙잡아 두려는 꼼수였을 게다. 할머니의 구박을 은
근히 즐기는 것 같았던 어머니는 어쩌면 옷고름을 자르고 도망쳤
던 그 사흘의 빚을 스스로 갚기 위해 그런 것이 아니었을까.

환한 형광등 불빛 아래 반듯이 누운 어머니를 가운데 두고 아

내와 나는 오랫동안 마주 앉았다. 임종을 지켜보는 아들 며느리처럼. 좁은 방 안에 가득 찬 형광등 불빛이 깊은 잠에 빠진 어머니 얼굴을 시신의 얼굴처럼 창백하게 만들었다. 내가 아는 어머니는 오늘 죽었다. 죽은 것 같은 어머니 얼굴 위로 가물가물하게 어떤 젊은 새댁의 고운 얼굴이 겹쳐졌다. 아내는 뭔가 골똘히 생각하다가 어머니 얼굴의 식은땀을 훔쳤다.

언제 일어나셨는지 어머니는 아침상을 준비하고 우리가 일어나기만 기다리고 있었다. 밥상 앞에 앉은 어머니와 아내는 여느 때와 똑같다. 숟가락을 움직이는 소리만 간간이 들릴 뿐 아무 말이 없다. 표정들도 지극히 편안해 보였다. 어젯밤 꿈에도 상상 못했던 일을 기억하고 있는 건 나 혼자뿐인 것 같다. 아내도 그렇지만 어머니는 뭐라고 한마디쯤 해야 되는 게 아닌가. 이건 연극이다. 연극이 아니고서야 저토록 태연할 수 있을까. 혹시 어머니는 몽유병 환자가 아닐까.

조용한 가족이 조용히 아침상을 물렸다. 마루에는 차에 실릴 몇 가지 양념 봉지가 놓여 있다. 평소 어머니가 하시던 대로다. 아무것도 달라진 게 없다. 어머니는 가슴에 담아두었던 이야기를 했을 뿐이고 아내와 나는 그 이야기를 들었을 뿐이다. 어제 하루 동안 일어났던 일들이 오래된 남의 이야기같이 느껴졌다. 감정을 걷어낸 건조한 인사를 나누고 차에 오르려 할 때 덕만이가 건너왔다. 그는 어머니와 아내의 담담한 얼굴을 한참 동안 바라보다가 내게 눈길을 돌렸다. 궁금증이 가득한 표정이다. 나는 멋쩍은 웃음 속에 고마웠다는 말을 건네고 서둘러 도망치듯 차에 올랐다. 내가 옆 좌석에 앉자마자 아내가 기다렸다는 듯이 차를 출발시켰다.

무슨 말인가를 하려는 듯한 덕만이 뒤에 무표정하게 서 있던 어머니가 마지못해 흔드는 것처럼 손을 올렸다가 내렸다. 백미러 속에서 점점 작아지던 두 사람의 모습이 사라지고 논밭이 들어왔다. 마을 안길을 달리던 차가 드디어 32번 국도로 접어들었다. 서울과 만리포 거리가 적혀 있는 이정표를 지나면서 차에 속도가 붙는다. 고만고만한 집들과 산과 들판이 빠르게 스쳐 지나갔다.

어머니가 외딴섬 같은 존재로 평생을 살아왔다면 아버지라는 낯선 남자는 죽어서도 섬을 세상에서 격리시킨 안개 같은 존재가 아니었을까. 나는 어머니에게 어떤 존재였을까. 섬에 정박도 못하고 섬을 떠나지도 못하고 막연하게 섬 주위를 맴돈 작은 배 같은 존재가 아니었을까. 어머니가 안개를 벗어던진 것은 평생 당신을 묶었던 자식의 끈을 풀기 위함이 아니라 더 단단히 조이려는 의도가 아닐까. 손수 생일잔치를 준비하고 술의 힘을 빌려 여자로서 숨기고 싶은 이야기를 태연하게 했다는 것은 무슨 낌새를, 눈치를 챈 게 분명했다. 조심성 많은 어머니가 그것도 아내 앞에서.

차는 어느새 태안 읍내 외곽도로를 지나 서산 시내를 관통하고 있다. 한산하던 도로가 시내로 접어들면서 막히기 시작했다. 도로 주변으로 아파트가 숲처럼 연결되었고 군데군데 공사 중인 건설현장의 덤프차들이 굉음을 내지르며 난폭운전을 하고 있었다. 운전하는 아내의 옆모습이 감정 없는 석고상처럼 딱딱해 보인다. 시내를 빠져나가자 다시 익숙한 풍경들이 눈에 들어왔다. 가든, 파크, 모텔, 생뚱맞은 간판을 내건 건물들이 밭귀퉁이나 논머리 근처에 요사스럽게 자리 잡고 있다. 그 건물들 주변 들판에 누렇게 익어가는 벼 이삭들이 오히려 생경스럽다.

서산 시내를 빠져나오면서 아내에게 무슨 말인가를 해야겠다는 생각이 이제 조바심으로 바뀌었다. 무슨 말부터 시작할까. 뭔가 골똘히 생각하는 듯한 아내의 표정에 쉽게 말문이 열리지 않는다. 아내는 고집이 센 편이었다. 끈기는 없지만 집중력이 강해 어떤 일에 한 번 몰입하면 주위를 잊어버리는 성격이었다. 어쩌면 아내의 그런 집요한 성격이 소심한 성격의 나를 잡았는지 모른다.

민숙을 만나기 시작한 것은 민수 형의 협박에 가까운 성화도 견디기 어려웠지만, 고등학교 시절 이웃에 살던 여고생이 어떻게 변했을까 하는 호기심 때문이기도 했다. 생판 모르는 사람도 아니고 서로에 대해 알 만큼 아는 덕분으로 첫 만남은 자연스러웠다. 촌티가 줄줄 나던 내가 도시의 약삭빠른 남자로 변했듯이 그녀도 많이 변해 있었다. 얼굴 어딘가에 옛 모습은 남아 있지만 화장이라든가 옷매무새까지 전체적으로 세련되고 완숙한 분위기가 풍겼다. 그녀는 쾌활했다. 첫 만남이란 말이 무색할 정도로 옛날 고등학교 시절의 내 행색과 태도를 떠올리면서 그때 내 앞에서 쭈뼛거렸던 자신을 기억하느냐며 웃었다. 사실 쭈뼛거린 것은 그녀가 아니라 나 자신이었다.

민수 형 집에 놀러 가거나 등하굣길에 만나서도 얼굴을 붉힌 건 나였지 그녀가 아니었다. 그녀는 내가 민망할 정도로 말끄러미 나를 쳐다봤었다. 민수 형이 동생 민숙과 한번 사귀어보라고 졸랐을 때 선뜻 대답을 못 한 것은 나를 말끄러미 쳐다보던 그 기억이 떠올라서였다. 그 버릇은 여전했다. 옛날과 다른 게 있다면 쳐다보는 눈길에 말이 깃들어 있는 정도였다. 탐색 없는 첫 만남은 편안했다. 지난 시간을 공유할 수 있다는 게 서먹함을 몰아냈다. 밥을 먹고 간단하게 술을 하고 헤어지면서 당연히 다음 약속을 했고 약속은 다음으로 계속 이어졌다.

둘 다 삼십이 훌쩍 넘은 나이지만 대화는 무겁지 않았고 그렇다고 경망스럽지도 않았다. 서로에게 간절하지도 않았지만 무덤덤하지도 않은 만남은 계속됐다. 데이트 장소는 그녀가 원하는 대로 늘 인사동 화랑 주변이었다. 몇 군데 화랑을 돌며 전시 작품들을 감상하고 연극을 구경하고 카페에 들러 그림 이야기를 나누는 게 고작이었지만 싫지 않았다. 그림에 문외한인 나는 대개 그녀의 이야기를 듣는 것으로 만족했고 그녀는 이야기를 다소곳이 들어주는 내 태도에 만족하는 것 같았다. 말수가 적은 나로서는 그녀가 그림 앞에서 말없이 오랫동안 서 있는 것이 다행이라 여겼다. 만나는 횟수가 늘어나면서 화제가 바닥난 상태에서 서로 얼굴만 멀거니 바라보는 것보다 이해 못하는 그림이지만 그 그림을 똑같은 방향에서 바라본다는 것이 오히려 내겐 편안했다.

대학과 전공을 두세 번 바꾸면서 서양화와 시각디자인 공부를 마치고도 서른이 넘도록 집에서 빈둥댄다며 민수 형은 그녀를 겉멋만 잔뜩 든 나 홀로 미술평론가라고 비아냥댔다. 개인전을 한 적도 없고 또 준비하는 것 같지도 않은 그녀는 제 또래 젊은 작가들의 작품에 대한 신랄한 비평과 그들의 신변잡기를 늘 화제에 올렸다. 내게 자기 작품을 보여주지도 않았다. 그림 앞에 우두커니 서 있는 그녀를 보면 뭔가 채우지 못한 사람의 허기를 보는 것 같기도 했지만, 어느새 내 안에는 그 모습 자체가 조금씩 자리를 차지하기 시작했다.

따분할 것 같지만 전혀 따분하지 않고 연애 같지도 않은 연애가 반환점을 돌아선 날은 느닷없는 추위에 은행나무가 점령군에게 항복한 사람들처럼 잎을 모조리 떨어뜨린 초겨울이었다. 퇴근 무렵 그녀가 호출했다. 내가 서둘러 약속 장소인 인사동의 한 화랑에 도착했을 때 그녀는 언제 왔는지 어떤 그림 앞에서 미동도 하지 않고 서 있었다. 그림에 혼을 뺏겨 그림 속으로 들어가려는 사람처럼 보였다. 내가 옆에 서 있는 것을 아는지 모르는지 오랫동안 그림 앞에 멍하니 서 있던 그녀가 내게 얼굴을 돌렸다.

"이 그림 어때요?"

'시대를 고민하는 젊은 작가들의 초대전'이라는 타이틀로 오십여 점의 그림이 전시된 화랑에는 제법 많은 사람이 그림들 앞에 서서 이야기를 나누고 있었다. 그녀가 지목한 그림은 50호 정도의 유화 작품이었다. '변심'이라는 제목의 화가 프로필에는 국내 유명 미대를 수료하고 몇 번의 개인전을 연 경력과 프랑스에서 작품 활동 중이라는 내용이 적혀 있었다.

"진형 씨는 이 그림을 보고 어떤 생각이 들어요?"

"구상 작품도 제대로 이해 못하는데 어떻게 추상화를."

"보고 느낀 대로만 얘기해요."

"심란한 것 같지만 어떤 힘은 느낄 수 있는데."

"힘이라…… 하긴, 뜨거움도 힘이라면 힘이겠지."

그녀는 짧게 중얼거리더니 금방 표정이 딱딱하게 변하면서 내 손을 잡아끌고 도망치듯 황급히 미술관 밖으로 빠져나왔다. 때마침 첫 눈발이 드문드문 날리는 저물녘 인사동 거리는 사람들로 북적였다. 상점에서 새어나오는 환한 불빛과 가로등 불빛으로 어두운 하늘 앞자락은 불그스레했고 그 공간에서 곤두박질하듯 점점이 쏟아지는 눈발은 아름다웠다. 오래전에 공연한 연극 포스터와 새 연극 포스터가 벽에 겹겹이 붙어 있어도, 카페 옆에 골동품 가게가 있어도, 화랑 옆에 전통주점이 곁다리처럼 끼었어도, 젊은이와 늙은이가 섞여 있어도, 외국인들이 몰려다녀도 전혀 어색하지 않은 인사동 거리를 그녀와 나는 아무 말없이 걸었다.

그녀는 엄마가 어린아이의 손을 꼭 잡듯이 내 손을 잡았고 나는 손을 놓치지 않으려는 아이처럼 그녀의 손을 꼭 잡았다. 그녀의 작은 손은 따뜻했고 내 마음은 오랜만에 편하고 포근했다. 나를 기대는 누군가를 내가 감쌀 수 있다는 생각에 가슴 저 밑바닥에서 어떤 뜨거운 것들이 올라오기 시작했다. 나는 그녀의 손을 더욱 힘주어 잡으며 내 외투 주머니 속에 넣었다. 그녀가 고개를 돌리며 활짝 웃었다.

"배고프지 않아요?"

"아니."

"우리, 저녁을 먹지 않았잖아요."

"나는 배고프지 않아요. 민숙 씨 손이 지금 내 주머니 속에 있잖아요."

그녀가 웃으며 어깨로 나를 슬쩍 밀쳐냈다. 나는 그녀의 손을 잡은 채 슬쩍 밀려났다가 그녀의 몸이 내게로 기울자 잡은 손을 놓고 그녀의 어깨를 감쌌다. 보기보다 어깨 품이 작았다. 땅에

닿자마자 녹아버리는 눈송이들이 적당한 간격으로 눈앞에서 보이다가 사라졌다.

"진형 씨 오늘 술 사줘요."

"전에도 우리 술 했잖아요."

"오늘은 많이."

"그럽시다."

조금 늦은 시각이라 그런지 카페 안은 한산했다. 간단한 식사를 하면서 그녀와 나는 포도주 잔을 연신 부딪쳤다. 술기운 때문인지 언 얼굴이 녹느라 그런지 그녀의 얼굴이 보기 좋게 붉었다. 평소에는 활달하게 대화를 이끌던 그녀가 술이 적당히 취하면서 점점 말수가 줄어드는 대신 나는 말이 많아지기 시작했다. 그녀는 놀란 표정으로 자주 웃으면서 추임새를 넣었다.

누가 물어도 쉽게 말하지 않았고 말하기 싫었던 내 유년 시절 이야기들이 술술 풀려나왔다. 그림자로 남은 어머니를 못살게 굴던 할머니와 삼촌들, 그리고 그림자의 실체가 늘 궁금하고 불안하여 조용히 바라보던 소심하고 나약한 소년의 쓸쓸하고 무서웠던 날들이 그녀 앞에 펼쳐졌다. 봄날 하염없이 쏟아지던 햇빛가루 같은, 눈앞에서 아른거리지만, 실체가 없는 먼 시간 속의 이야기가 스르르 풀리는 동안 나는 지금까지 한 번도 느껴보지 못한 편안한 상태에 빠져들었다. 한껏 감정에 북받친 이야기를 하면서도 목소리는 잔잔했다. 내 마음과 몸의 모든 세포가 시냇

물 흘러가듯이 자연스럽게 그녀에게 옮겨가는 것 같은 느낌과 동시에 내 안에 그녀가 들어와 있다는 것을 느끼는 순간, 민숙이 손을 뻗어 내 얼굴을 쓰다듬으며 웃었다.

"아직도 소년이에요."

어느새 밖에는 눈이 제법 쌓여 있었다. 밤은 깊었지만 거리에는 첫눈을 맞으러 나온 사람들이 제법 많았다. 누가 먼저랄 것도 없이 우리는 자연스럽게 팔짱을 낀 채 인사동 사거리에서 낙원 상가 쪽으로 발길을 돌렸다. 형형색색의 화려한 간판 불빛에 채색된 눈송이들이 까마득 어두운 하늘에서 낙하하고 있었다.

마음을 터놓은 누군가와 목적 없이 걸어본 게 얼마 만이던가. 적당한 취기는 끊임없이 말을 만들어냈다. 그녀도 마찬가지였다. 밤새 이렇게 걸어도 좋겠다는 생각이 들었다. 좀체 그치지 않는 눈을 맞으며 운현궁 앞길을 지날 때 나는 그녀의 머리에 앉은 눈을 털어주면서 이마에 가볍게 입맞춤을 했다. 그녀는 거부하지 않고 기다렸다는 듯이 손을 뻗어 내 목을 감으며 내 입술에 그녀의 입술을 포갰다.

안국역 사거리를 돌아 가나아트스페이스 앞까지 오는 동안 나는 놓치지 않으려는 듯이 그녀의 어깨를 꼭 감쌌고 그녀 역시 내 허리를 꼭 끌어안고 걸었다. 서로 이 손을 놓으면 다시는 만나지 못할 것 같은 느낌을 주고받는 간절한 눈빛 속으로 호텔이라는 붉은 글자가 들어왔고 우리는 그 불빛 속으로 빨려 들어갔다. 사

177
끈

랑한다는 말보다 먼저 익숙한 몸놀림으로 서로의 존재를 확인한 밤이었다. 내가 외롭고 쓸쓸한 기억으로 덧칠된 남자라면 그녀는 가슴이 텅 비어서 채울 것이 많은 여자 같았다. 그때 우린 서른 살을 저만치 흘려보낸 나이었다.

멀리 바다가 보이면서 서해대교의 교각이 눈에 들어왔다. 도로는 그리 붐비지 않았다.

"행담도 휴게소에서 쉬었다 가지. 이제부터 내가 운전할게."

"나는 괜찮아."

아내는 돌아보지도 않고 심드렁하게 대답했다. 차는 어느새 서해대교 중간을 지나고 있다. 운전에 골똘한 아내의 얼굴이 낯설다. '나는 괜찮아', 속으로 아내의 말을 되새겨 본다. 그때도 아내는 그런 말을 했지. 나는 괜찮다고.

모두에게 축복받은 결혼이었다. 서른을 훌쩍 넘긴 아들에게 짝이 생겼다는 것만으로도 어머니는 감격했고 나이가 찬 딸을 여의는 처갓집 식구들의 기쁨도 이만저만이 아니었다. 꽁생원이라는 소리를 들어가며 장만한 자그마한 아파트에서 지극히 평범한 결혼 생활이 시작됐다. 어머니가 아내를 끔찍이 위하듯 나를 대하는 처갓집 역시 마찬가지였다. 다만 민수 형만이 나이 먹은 신랑이 밤을 너무 밝힌다며 술친구 노릇을 포기하고 퇴근하자마자 집으로 곧장 달려가는 나를 은근히 놀려댔다.

매일 마주 앉아 밥 먹을 사람이 있다는 것, 한 이불 속에서 알몸으로 서로의 모든 것을 보여주고 공유하는 사람이 있다는 것, 하찮은 얘기라도 할 수 있고 들어주는 사람이 곁에 있다는 것이 꿈같은 일이었고 쓸쓸함의 실체가 무엇인지 깨닫는 나날이었다. 사랑이라는 단어를 경멸했던 초라한 남자는 내 안에서 사라지고 대신 내 안에 들어선 남자는 말투 하나 몸짓 하나까지도 사랑이라는 이름으로 포장되어 한 여자 속으로 깊이 침잠했다. 결혼하자마자 곧 아이를 갖게 되었고 아이의 재롱에 세상 돌아가는 것을 잊을 정도로 행복한 나날이었다. 아이 키우는 재미에 푹 빠져 있던 아내가 변하기 시작한 것은 아이를 어린이집에 보내면서부터였다.

그해 봄은 유난히 황사가 심해 아파트 창문에서 바라보는 시가지는 늘 뿌연 먼지 속에 웅크리고 있었다. 아내는 거실에 혼자 앉아 황사 속에 봄이 천천히 지나가는 것을 바라보는 것으로 하루를 보내고 있었다. 참, 봄이 더디 가네. 봄비가 흠뻑 내려서 도시의 먼지를 깨끗이 닦았으면 좋겠네. 당신은 무슨 재미로 살아? 매일 똑같은 사람과 만나 비슷한 얘기를 하는데도 질리지 않아? 당신은 짜증이 뭔지 모르는 사람 같아. 내가 싫은 적 없어?

질문보다는 재미있는 대답을 잘하던 아내가 어느 때부턴가 엉뚱한 질문을 하기 시작했다. 삐죽삐죽 솟은 아파트 건물 뒤로 보이는 산비탈 나무들이 연초록 새순을 틔울 무렵엔 그 질문마저 끊어졌다. 아내의 말수가 줄기 시작하면서부터 집 안 분위기는 어색해져서 어느 때는 아내와 내가 관객 없는 무대에서 정해진 대사를 외우는 배우들같이 느껴졌다. 같이 외출하고 여행을 해도 아내는 심드렁했고 나중에는 그마저도 귀찮아 여겼다. 그해 봄이 다 가서야 나는 아내가 무언가에 빠져들고 있다는 느낌을 어렴풋이 느끼게 되었다. 그게 무얼까. 옆에 사람이 있는지조차 잊을 정도로 골똘히 생각에 잠긴 아내의 모습이 불안하여 아내에게 말을 걸면 아내는 희미하게 웃으며 입속말로 중얼거렸다.

"나는 괜찮아."

아이를 키우고 살림을 하는 아내의 평범한 일상은 계속됐지만 낯선 사람이 집 안에서 서성거리는 듯한 느낌을 지울 수 없는 날들이 흘러갔다. 뜨거운 몸으로 나를 받아주던 몸도 식어 이따금 갖는 잠자리마저 밥상 귀퉁이에 덩그러니 놓여 있는 식은 밥을 혼자 퍼먹는 기분이었다. 흡사 우울증에 걸린 것 같던 아내가 그림을 그리기 시작한 것은 신록이 무성해지기 시작한 초여름부터다. 거실은 그림 도구와 내게 한 번도 보여준 적 없는 아내의 그림이 차지하기 시작했다. 친정에 있던 그림들을 가져온 모양이었다. 그림에 문외한인 내가 봐도 꽤 괜찮은 작품들이었다.

"당신 너무한 거 아니야, 이제야 남편한테 그림을 보여주고."

"어때?"

180

아내는 무덤덤한 표정으로 물었다.

"좋은데. 이런 작품을 내겐 한 번도 안 보여주고, 아니다. 내가 무심했지. 당신이 화가라는 것을 알면서도 그림 보여달라는 말을 하지 않은 내가 한심한 인간이지."

나는 아내가 다시 그림을 시작한 것이 다행이라 여겨졌다. 이 결정을 하느라고 그토록 오래 고민했는가 보다. 신혼 초에 아내에게 작품을 해보라고 권유했을 때도 아내는 단호한 목소리로 이제는 그림을 그리지 않겠노라 스스로 오금을 박았다. 아내는 무슨 이유에선지 그림 이야기를 입에 올리는 것을 싫어했다. 연애 시절 인사동 화랑가를 맴돌던 모습과는 딴판이었다. 그런 아내가 그림을 그린다니. 조금 놀라기는 했지만 그림을 통해서 우울해진 기분이 나아질 수 있다는 기대에 오히려 내가 들떴다. 그러나 들뜬 기분도 잠시였다. 아내는 캔버스 속으로 빨려 들어갈 듯 몇 날 며칠 공들여 그린 그림에 물감을 엎어버리다 못해 면도칼로 찢기가 일쑤였다. 뜻대로 그림이 되지 않는가 보다. 무슨 말이라도 거들어줘야 할 텐데 아내의 침묵을 비집고 들어갈 틈이 없었다. 이웃들이나 처갓집 식구들을 대할 때 일상의 겉모습은 변한 것이 없어 보였지만 집 안에 들어와 그림 앞에 선 아내의 모습은 다른 사람 같았다. 마치 그림과 격렬하게 싸움을 하는 사람처럼 보였다.

막 장마가 시작돼서 가뜩이나 눅눅한 집 안에 틀어박힌 아내는 캔버스에 그림을 그렸다가 지우고 다시 그리는 일을 반복했다. 장마가 끝날 때까지 단 한 점도 그림을 완성하지 못한 아내가 외출을 시작한 것은 도시 전체가 찜통같이 푹푹 찌는 한여름이 되면서부터였다. 수은주가 사상 최고로 올라갔다는 뉴스가 아니래도 도시는 커다란 용광로처럼 부글부글 끓었고 한낮에는 사람의 왕래마저 뜸했다. 아내는 더위도 아랑곳하지 않고 돌아다니다가 땀범벅이 되어 돌아왔다. 처음엔 낮 동안 잠깐씩 화랑가를 맴도는 것 같더니 점점 귀가 시간이 늦어졌다. 발길을 끊었던 친구들을 다시 만나는 모양이었다. 간간이 술에 취해 들어오는 날이 많아졌고 그런 날은 그동안 닫혔던 말문이 터진 것처럼 많은 말을 쏟아냈다.

어디서 저런 힘이 생겼을까. 사람들은 더위를 피해 피서를 가든지 에어컨을 틀어놓고 집 안에 틀어박혀 지내는데 피서를 마다하고 숨이 턱턱 막히는 도시를 헤매는 아내가 신기하기까지 했다. 옆에서 지켜보는 내가 더위를 먹을 것 같은 느낌이 들 지경이었다. 더위도 아랑곳하지 않고 활기를 찾기 시작한 아내는 아이와 내게 미안하다는 말을 입에 달고 다녔지만 행동은 전혀 미안한 사람 같지 않았다. 하루가 멀다고 집을 비우는가 하면 아이마저 챙기지 않았다. 우울증에 걸린 것 같았던 지난봄에는 그나마 일상의 끝을 잡고 있던 아내가 이제는 그 끈마저 놓아버린 것 같았다. 조심스레 아내의 모습을 지켜보며 꾹꾹 눌러놓았던 내 인내심도 무너지기 시작했다. 처음엔 가벼운 입씨름에서 출발한 다툼이 큰소리로 이어졌고 급기야 살림을 내던지는 지경에 이르렀다. 그런 다툼 뒤에 후회와 자괴감에 빠진 나는 우울했으나 아내는 정반대였다. 언제 우리 부부가 다툰 적이 있었느냐는 식이었다. 머쓱하기도 했지만 무시를 당하거나 놀림을 당하는 기분이었다.

이런 내 기분을 알아차린 것은 눈치 빠른 민수 형이었다.

"어이, 은지 아빠. 요새 집안에 무슨 일 있어?"

"아뇨."

"꽁생원처럼 가슴에 품지 말고 툭 터놔 봐."

"은지 엄마랑 싸웠어? 은지 엄마는 요새 뭐하고 지내?"

"잘 지내요. 여름부터 그림 시작하더니 요새는 밤낮없이 화랑 순례를 해요."

"그림을 그리면서 화랑 순례를 한다고?"

민수 형은 내가 깜짝 놀라게 큰 소리로 되물었다. 대답 대신 의아하게 쳐다보는 내 시선을 의식한 민수 형은 서둘러 화제를 다른 곳으로 돌렸다. 아내가 그림 그린다는 것에 왜 민수 형이 화들짝 놀랄까. 평소답지 않게 횡설수설 농지거리를 늘어놓던 민수 형은 한동안 나를 응시하더니 부탁인 듯 명령인 듯 한마디 하고 자리에서 일어났다.

"무슨 일이 있어도 그림은 그리지 못하게 해."

그림을 그리지 못하게 하라, 언제 그림을 그리기나 했나. 그림을 그리는 체했을 뿐이지. 언젠가 민수 형이 아내를 두고 겉멋만 잔뜩 든 그림쟁이라고 비아냥거리던 말이 떠올랐다. 아내와의 냉전이 본격적으로 시작된 것은 처갓집 식구들이 끼어들면서부터였다. 아내가 다시 그림에 손을 대고 외출이 잦은 걸 알게 된 처갓집 식구들은 한결같이 아내의 행동을 가로막고 나섰다. 남편인 나보다도 더 설득을 하고 윽박지르는 눈치였다. 내 눈치를 살피면서 장모는 우리 집 출입이 잦았고 민수 형은 내게 쉬쉬하며 아내를 자주 만나는 것 같았다. 그럴수록 아내의 외출은 집요했고 우리 사이에는 냉기가 흘렀다.

아내에게 내가 모르는, 아니 알아서는 안 되는 어떤 일이 생겼다는 생각이 들면서부터 상상은 줄기를 뻗고 가지를 치고 어느새 무성한 잎이 매달렸다. 가슴은 궁금증으로 터질 것 같았지만, 그 궁금증의 실체가 내 상상과 똑같을까 두려워 쉽게 말을 꺼내지도 못했다. 그러는 사이 아내의 모습은 자꾸 멀어져 갔다.

"나는 괜찮아."

아내가 별거를 선언하면서 던진 말이다. 자기는 괜찮다고? 그럼 나를 걱정한다는 말인가. 나도 괜찮아. 이상하게 감정이 동요되지 않으면서 냉정한 어투의 딱딱한 말이 튀어나왔다. 아내는 잠깐 놀란 표정으로 내 얼굴을 주시하다가 고개를 꺾으며 중얼거렸다.

"나는 괜찮아. 그러나 당신이나 은지는…… 이러지 않으려고 애썼는데. 내가 나를 어쩔 수 없었어, 미안해. 나는 괜찮아."

별거는 간단하고 신속하게 진행됐다. 서로 다툴 만큼 다투고 참을 만큼 참은 시간이 별거를 하는 데 도움이 됐다. 아내가 내 곁에서 가물가물 멀어졌다면 나 역시 아내의 거리에서 멀어진 것 아닌가. 그 중간에 동그마니 서 있는 딸애가 안쓰러울 뿐이었다. 끝까지 별거의 이유를 묻지 않은 것도 그 때문이었다.

간단한 옷가지만 챙긴 채 아내는 딸애와 같이 소풍 가듯 그렇게 집을 떠났다. 서울이라는 이 거대한 도시는 사람과 사람이 만나기도 쉽고 헤어지기도 편한 곳이다. 돈만 있고 마음만 먹으면 천지사방이 집으로 형성된 이 도시에 둥지를 트는 일은 쉬운 일이었다. 어린 딸을 데리고 가출한 여자는 길거리를 헤매는 게 아니라 이 도시 어디쯤 새 둥지를 틀었고 나는 그들이 떠난 공간에서 기약 없는 희망을 만지작거리면서 감정을 삭이고 있을 뿐이었다.

아내의 별거 이유는 입빠른 민수 형에게서 나왔다. 며칠째 출근하지 않은 나를 찾아온 민수 형은 별거를 예상했다는 듯이 그리 놀라지 않았다. 그 대신 별거는 별거고 직장은 직장이니 출근하라는 말과 별거가 그리 오래가지 않을 것이니 자네가 넓은 아량으로 용서해 달라고 부탁했다. 나는 힘들게 침묵을 견디느라 창밖을 주시했다. 삼복이 지났다고 해도 한낮의 더위는 아직도

185
끈

기승을 부리고 있었다. 아파트 주변에 심어진 히말라야시다 나무 그늘 밑에 노인들이 앉아 있고 그 앞 주차장에는 빠진 이빨처럼 듬성듬성 빈자리가 많았다. 하나, 둘, 셋, 나는 주차한 차량 대수를 속으로 세며 민수 형이 어서 자리를 뜨기만을 기다렸다.

그놈이 끝까지…… 민수 형이 침묵을 깨트렸다. 그럴 리가 없다며 수없이 부정했던 내 상상의 문이 열리고 있었다. 그놈은, 아내의 첫사랑이었고, 아내를 버렸고, 아내를 자살의 문턱까지 끌고 갔고, 아내의 붓을 꺾게 했고, 다시 그림을 그리게 했고, 가정을 버리게 했고, 딸과 함께 가출하게 한 장본인…… 그놈은, 프랑스에서 작품 활동을 하다 돌아온 화가였다.

두려움 때문에 일부러 꾹꾹 눌러놓았던 궁금증이 풀렸는데도 이상하게 마음이 가라앉았다. 연애 시절 인사동 화랑가를 떠돌던 아내의 얼굴이 떠올랐다. 조금은 쓸쓸하고 무언가를 버리기 위해 애쓰는 것 같았던 표정이 눈앞에서 어른거렸다. 그때 아내는 자기 안에 견고하게 똬리를 틀고 있는 어떤 기억을 지우기 위해 인사동을 헤맨 게 아닐까. 어쩌면 캔버스에 나를 옮겨놓고 자신의 상처에 새살을 돋게 했는지도 모른다. 갑자기 가슴이 쓰렸다.

나는 민수 형에게 혼자 있고 싶다며 자리에서 일어났다. 민수 형은 절박한 목소리로 좋았던 기억만 생각하라며 몇 번이고 미안하다는 말을 하고 자리를 떴다. 늦여름의 저녁 햇살이 아파트 주차장을 붉게 물들이면서 귀가하는 차들이 들어오기 시작했다.

거실에 혼자 앉아 사람들이 분주하게 오가는 바깥 풍경을 보면서 비로소 혼자라는 생각과 함께 혼자 사는 어머니 모습이 떠올랐다. 울컥했다. 가로등이 켜지고 아파트 단지 내 상가들이 환하게 불을 밝힐 때쯤 거실의 불을 켰다. 벽에 걸린 결혼사진 속에 아내가 활짝 웃고 있다. 우리가 정말 사랑을 하기나 한 걸까. 대답은 문갑 위에 놓인 사진 속의 딸애가 했다. 그럼요, 아빠.

차가 서서울 나들목을 빠져나오기까지 아내는 별말이 없다. 그나마 중간에 딸애의 전화가 와서 아내와 내가 몇 마디 했을 뿐이다. 서울이 가까워져 오면서 도로는 막히기 시작하여 속도가 나지 않았다. 차는 판교 방향으로 가다가 과천 쪽으로 들어섰다. 벌써 산꼭대기에는 단풍이 물들기 시작했다. 완연한 가을이다. 산과 산 사이로 아파트가 나타났다가 사라지고 도로의 절개지에 무성히 뻗은 칡넝쿨의 푸른 이파리 사이로 노랗게 물든 잎사귀가 제법 눈에 띄었다. 가로수 사이를 지날 때 차창으로 햇빛이 잠깐씩 스쳤다. 분재원이 늘어서 있는 길옆 한적한 식당 앞에서 아내가 차를 멈췄다. 막 점심때가 지나서인지 식당은 한가했다. 간단한 식사를 시키고 아내와 나는 낯선 사람처럼 보리차 잔을 만지며 딴전을 부렸다. 아내가 말문을 열었다.

"당신이나 어머니한테 미안해."

"고마워. 당신이 와줘서."

"어머니는 현명한 분이에요. 눈치를 챈 것 같아. 직접 얘기하진 않았지만 이번 생일잔치도 어머니 나름대로 계산한 흔적이 보이고. 어떻게 생각해?"

"뭘?"

"어머니가 다시 돌아온 그 밤을?"

"정말 나 때문이었을까?"

별생각 없이 무심결에 나온 말이지만 말해 놓고 보니 바보 같은 물음이었다. 아내는 한참 동안 나를 뚫어져라 쳐다보다가 천천히 음미하듯 말했다.

"그 시절 여성에 대한 보이지 않는 사회적 억압 때문이었겠지. 본인의 뜻과는 상관없이 처음 맺은 사랑도 어긋났는데 두 번째 마저 그랬으니 당연히 돌아왔을 거야. 사랑에 대한 확신이 있었다면 당신을 두고 갈 수 있었을지도 모르지. 자식을 버리고 한밤중에 도망친 어미라는 소리를 들으며 불안한 사랑을 찾는 대신 익숙한 사랑을 선택했던 것 같아. 그때 어머니에게 믿을 수 있는 사랑은 당신뿐이었을 테니까. 당신이 자책할 필요는 없어. 어쩌면 어머니에게 운명을 바꿀 기회가 있었지만 스스로 거부했다면 그건 어머니가 온전히 자신을 위해 내린 판단이었겠지. 예전부터 느꼈지만 어머니는 자기 몫의 생을 후회하지 않고 사는 것 같았어. 포기하고 후회는 다르지만……."

아내는 말끝을 흐리며 숟가락을 상 위에 놓고 오랫동안 고개를 들지 않았다. 화장하지 않은 얼굴이 까칠해 보인다. 별거 생활을 시작한 지 한 달쯤 지나는 동안 은지를 만나느라 몇 번 보았지만 아내의 얼굴을 유심히 보지 않았다. 아내도 내 시선을 피했지만 나 역시 아내 얼굴을 피했다. 대화가 끊어지고 둘 다 밥을 뜨는 둥 마는 둥 식사를 마쳤다. 아내가 자리에서 일어나고 엉거주춤 나도 따라나섰다. 일회용 종이컵에 커피를 타서 마시며 아내는 철 지난 파라솔 의자에 앉아 먼 산을 오래도록 바라보고 있다. 나도 화단 가장자리 돌덩이에 앉아 움직이지 않는 아내를 오래도록 쳐다봤다.

아내가 차 열쇠를 건네며 옆 좌석에 앉았다. 별거하면서 아내에게 준 차다. 차 열쇠를 건네는 의중을 잠깐 생각해본다. 차가 과천 시내에 접어들자 아내는 지하철역 앞에서 내려 도망치듯 땅속으로 들어갔다. 다시는 지상으로 나오지 않을 것 같다는 생각을 하다가 고개를 흔들며 차를 출발시켰다.

아내의 얼굴에 어머니와 은지의 얼굴이 차례로 겹쳐졌다. 그 얼굴들 사이로 안간힘을 쓰며 비집고 들어오려는 사내가 보인다. 땀이 뒤범벅인 채로 밤길을 달리는 여자가 말한다. 네 손이 옷고름을 꼭 잡았단다. 나는 여자가 아니라 어미였을 뿐이다. 사내가 아니라고 고개를 흔들며 운다. 그림을 그렸다가 지우던 여자가 자기 삶을 지우며 어딘가로 가고 있다. 사랑은 집착이 아니라고 사내가 외친다. 여자가 고통스럽게 머리를 흔든다. 사랑과 고통은 한 몸이라며 사내가 쫓아간다. 여자가 점점 작아지더니 증발한다. 어서 가서 잡아, 어서! 어디선가 재촉하는 소리가 들린다. 어머니 목소리 같기도 하고 은지 목소리 같기도 하다.

집에 가면 뭔가 다 해결될 것만 같은 생각에 가속 페달을 힘껏 밟았다. 주차장에 차를 세우자마자 헐레벌떡 계단을 뛰어올랐다. 문을 열고 들어서니 집 안이 달라졌다. 시골에 내려간 동안 아내가 자기 짐을 챙겨갔다. 벽에 걸렸다 내려진 결혼사진과 문갑 위 딸애의 사진이 함께 보낸 시간을 간신히 증명하고 있다. 소중한 기억들을 부여잡고 상상하며 기대했던 생각들이 한꺼번에 빠져나가는 것 같다. 다리가 스르르 풀리면서 갑자기 엄습하는 무기력에 침대에 쓰러졌다. 가슴이 먹먹하고 머릿속이 하얗다. 졸리지 않은데 자꾸 눈이 감긴다. 깊은 늪 속으로 빠져드는 느낌이 나쁘지 않다. 아득히 울리는 전화벨 소리를 센다. 하나… 둘… 셋….

밖은 아직도 환한 대낮이다.

죄인

누구시오?

누군데 번갈아 가며 내 곁을 서성대는 것이오. 사람이오, 귀신
이오? 나는 사람이 무섭지 귀신은 무섭지 않소. 나도 귀신이 다
됐소. 저승에서 날 잡으러 왔으면 헛수고했소. 나는 저승을 가고
싶어도 갈 수 없는 신세요. 한평생 이리 채이고 저리 짓밟혀도
맘 놓고 울지도 못하고 맘대로 죽지도 못하는 박복한 년, 세상
다른 복은 지지리 없는데도 명줄 복은 징그럽게 길어서 몇 년째
자리보전하고 송장처럼 지내는 이 병든 늙은이가 귀신이 아니라
면 무엇이 귀신이겠소.

눈 감으면 시도 때도 없이 검은 안개 속에서 얼씬거리는 당신
들은 누구요? 혹시 남수 아버지요? 태수 아버지요? 아니라고 못
하는 걸 보니 내 짐작이 맞는 게구려. 사람이 죽으면 삼도천을
건너서 저승길에 든다는데 당신들은 살아생전 지은 죄가 하도

커서 저승에도 못 가고 구천을 헤매고 있군요. 그래요, 죽어서라도 죗값을 치러야죠. 당연히 벌을 받아야 하고말고요. 잘 만났소. 나하고 얘기 좀 합시다.

지금 나더러 이승의 고통을 훌훌 털어버리고 당신들 곁으로 오라고 했소? 싫소. 당신들과 이승에서 산 세월도 끔찍한데 죽어서까지 왜 당신들 곁으로 간단 말이오. 나는 죄인이 아니오. 죄가 있다면 당신들을 만나서 한 밭에 두 씨를 받아 키운 것뿐인데 왜 죄인들 곁으로 간단 말이오. 나는 당신들 곁에 가기도 싫고, 갈 수도 없는 몸이오. 당신들은 일찍 죽어서 그 끔찍한 난리를 끝내서 좋겠지만 나는 아직도 무서운 난리를 치르는 중이오. 육십여 년이 넘는 세월 동안 무서운 전쟁을 치르고 있단 말이오. 그 한 많고 더러운 세월을 사는 게 누구 때문인지 아시오?

남수 아버지, 태수 아버지, 다 당신들 때문이오. 그런데 그 세월을 잊으라고요? 내가 어찌 그 세월을 잊는단 말이오. 육십여 년이라는 세월이 흘렀지만 나는 지금도 그날을 어제처럼 생생하게 기억하고 있소. 국방군이나 인민군이 동네를 점령하지 않았는데도 수십 명의 동네 사람들이 죽어나간 전쟁…… 아니, 끔찍한 난리였죠. 이웃끼리 원수가 되어 번갈아 죽이고 죽임을 당헌 그 난리 한복판에 당신들이 있었고…… 난 지금도 그 난리 한복판에서 죽지 못해 살고 있단 말이오.

남수 아버지, 당신을 만난 게 내게는 난리의 시초였어요. 해방되던 이듬해 봄, 아버지가 어떤 청년을 데리고 안마당에 들어섰죠. 청년은 나를 쳐다보며 고개를 조금 숙였고 나는 황급히 부엌으로 피했어요. 괜히 얼굴이 화끈거려 몸 둘 바를 몰랐어요. 키가 훤칠한 청년은 마루에 걸터앉아 굵은 목소리로 말했지요. 해방된 조국이 이래서는 안 된다며 우선 급한 건 친일파를 처단하는 일이라고 거침없이 열변을 토했죠. 부엌에서 문틈으로 훔쳐보던 나는 당신의 언변보다 잘생긴 용모에 가슴이 마구 뛰었어요. 마당가에 복사꽃이 화사하게 핀 봄날, 그렇게 당신은 내 운명 속으로 뚜벅뚜벅 걸어 들어왔어요.

사실 아버지는 전부터 당신 이야기를 이따금 하셨지요. 신학문은 짧지만 구학문이 깊은 성품 바른 청년이라고요. 그러던 아버지가 당신을 사윗감으로 지목한 건 아마 그 사건 이후였을 거예요. 해방 전, 아버지가 읍내에서 왜놈 순사에게 봉변당하는 걸 당신이 나서서 대들다가 지서에 잡혀갔죠. 아버지는 모든 수단을 동원하여 당신을 꺼내줬고요. 그 뒤, 아버지는 내 짝으로 은근히 당신을 마음에 뒀지만 어머니는 한사코 반대했어요. 당신이 잘생겨서 나를 고생시킬 거라며 못생긴 딸의 얼금뱅이 얼굴을 측은하게 바라봤죠. 그래요, 나는 지지리도 못생긴 처녀였어요. 동네에서는 나를 이종순이라는 이름 대신 난쟁이 곰보딱지로 불렀죠. 그런 몰골이니 어머니는 헌헌장부인 당신이 불안했을 거예요. 그런데 이상한 건 내 마음이었어요. 언제부턴가 당신이 아버지를 찾아오는 날을 고대하기 시작했어요.

남수 아버지, 당신이 처음 내게 한 말을 기억하고 있나요? 장마가 막 끝나 불볕더위가 기승을 부리는 한낮이었어요. 당신은, 어르신 계신가요? 하며 마당에 성큼 들어섰죠. 부엌에서 설거지하던 나는 숨을 죽인 채 바깥 동정을 살폈어요. 당신은 마루에 걸터앉아 한동안 뜰 안에 무더기로 핀 상사화를 바라보다가 한마디 했죠. 시원한 냉수나 한 사발 주시오, 나는 그때 벼락을 맞은 것 같았어요. 정신줄을 놓은 사람처럼 어떻게 당신에게 냉수를 건네고 부엌으로 도망쳤는지 지금도 생각이 나지 않네요. 다만 당신이 한 말은 또렷이 기억하고 있어요. 춘원의 소설책을 즐겨 읽는다지요, 앞으로는 읽지 마세요, 일본에 영혼을 판 작자의 글을 읽어 좋을 게 없으니…… 나는 숨소리조차 못 냈지요. 일찍 개화한 아버지 덕에 소학교를 마친 내가 소설책을 즐겨 읽는다는 걸 당신은 알고 있었더군요. 가슴이 마구 뛰었어요. 아, 이 남자가 곰보딱지라고 놀림을 받는 내게 부드러운 목소리로 말을 걸다니. 그날부터 내 귓속에 맴도는 것은 춘원의 소설책을 즐겨 읽는다지요, 라는 당신의 목소리뿐이었어요.

당신과 혼사 이야기가 퍼지면서 동네에선 말이 많았지요. 당신이 처가 재산 욕심에 못생긴 나와 혼인을 한다고 쑥덕거렸죠. 그도 그럴 것이 우리 집은 동네에서 밥술이나 먹는 축에 들었지만 당신 집은 겨우 끼니를 때우는 형편이었으니까요. 그러나 아버지와 당신은 흔들리지 않았어요. 나도 당신이 혼인을 원한다면 가난이나 홀시어머니를 모시는 일이나 어떤 고생도 견뎌낼것 같았죠. 내 인생에서 가장 행복했던 순간이 그때였어요. 꿈도 못 꿔본 잘생긴 당신을 그리며 가슴 설레던 날들이…… 물 긷고, 밥 짓고, 빨래하고, 길쌈하는 것 말고 못생긴 여자가 글을 읽는다는 것을 인정해준 남자. 당신은 세상에서 처음으로 나를 여자로 봐 준 남자였어요. 어머니의 걱정은 귀에 들어오지 않았죠.

아, 그러고 보니 내게도 꽃 같은 시절이 있었네요.

그렇게 우리는 혼인을 했죠. 당신 나이 스물셋, 내 나이 스물. 아버지 빼고는 누구도 축복하지 않은 혼인이었죠. 사모관대 차림으로 초례청 앞에 선 훤칠한 당신과 얼금뱅이 얼굴에 원삼 족두리를 쓰고 연지곤지를 찍은 내 모습을 두고 동네 사람들이 입방아를 찧었지만, 당신은 태산같이 꿈쩍도 안 했지요. 흔들리기는커녕 오히려 내 마음이 상할까 다독거렸지요. 아버지가 나를 아꼈듯이 당신도 나를 아끼겠다며 자상하게 치른 첫날밤 생각을 하면 지금도 콧마루가 시큰하네요. 나는 아직도 당신의 그 마음이 진심이라고 믿고 싶어요. 남수 아버지, 그 마음이 진심이었죠? 눈물이 또 나오네요. 늙어 가죽만 남았는데도 이놈의 눈물은 마르지 않고 자꾸 나오네요.

당신은 나와 삼 년 조금 넘게 살았지만 단 한 번도 내게 거친 말투를 쓰지 않았어요. 친정에서 떼어준 논밭 몇 마지기 농사를 열심히 지었고, 총각 때처럼 자주 친정에 들러 아버지와 시국 얘기를 했죠. 꿈같은 날들이었어요. 혼인한 이듬해 시어머니가 돌아가시고, 뱃속에 든 새 식구가 태어날 때까지는.

남수 아버지, 지금 내 말을 듣고 있나요?

문제는 세상의 일이었어요. 시국은 자고 나면 정당이 몇 개씩 생기고 이런저런 단체가 만들어져 사람들을 마구 끌어들였죠. 사람들은 뭐가 뭔지도 모르면서 이 정당, 저 단체에 가입하는 게 유행이 되었죠. 나라는 하루도 편한 날이 없었지요. 애국지사가 흉탄에 쓰러지는가 하면 곳곳에서 데모가 일어나고 네 편 내 편으로 갈라져 모두가 애국자요 모두가 반역자가 되는 세상이었어요. 당신이 자주 읍내 출입하는 걸 보고 아버지는 공부를 하겠다면 뒷바라지를 해주겠노라 하셨지만, 당신은 공부보다 지금은 나라를 바로 잡는 데 작은 힘이나마 보탤 때라고 단호히 말했지요. 나는 당신이 바람처럼 집을 나갔다가 안개처럼 들어오는 그때부터 점점 불길한 예감이 들기 시작했어요.

당신은 해외에서 돌아온 독립지사들의 무용담을 듣고 세상이 엄청나게 넓다는 것을 느꼈다며 해방이 됐어도 변하지 않는 세상을 답답해했고, 일본 앞잡이 노릇을 하던 사람들이 해방되자마자 하루아침에 독립투사 행세를 한다며 분개했죠. 나는 다정하던 당신의 눈빛이 점점 서슬 푸르게 빛나는 것이 두려웠고 세상을 바꿔야 한다는 말엔 무섭기까지 했어요. 백성이 잘사는 건 누가 나라를 다스리느냐에 따라 달라진다며 백성이 주인 되는 세상이 오면 사람살이가 공평해진다고 할 때는 당신이 낯선 사람 같았어요. 그때 당신의 마음은 아내나 어린 자식보다 평등한 세상을 향해 잔뜩 기울어져 있었어요. 나는 당신이 옹알이하는 어린 남수를 짐짓 바라보다가 읍내로 나갈 때마다 영원히 돌아오지 않을 것만 같았어요. 그런 밤이면 십 리 밖 친정으로 달려갔죠. 걱정하지 마라, 피가 뜨거워서 그러니. 왜정 치하도 아닌데 네 편 내 편이 어디 있겠느냐, 그러니 너는 남편을 믿어라. 그때 친정아버지 말씀이 왜 그리 아득하게 들렸는지요. 그 아득한 거리 저쪽에 당신이 있고 이쪽에 내가 서서 하염없이 서로 부르는 모습이 얼마나 눈앞에 어른거렸는지 몰라요.

시국이 점점 어수선해지고 보도연맹 가입 조치가 내려지면서 당신의 읍내 출입이 뜸하자 이번에는 동네 사람들이 집으로 모이기 시작했죠. 밤마다 건넌방에 모인 사람들은 당신의 이야기에 정신이 팔렸죠. 독립지사들과 일본 앞잡이들 얘기를 할 때는 당신은 마치 독립운동을 하다 금방 돌아온 사람 같았어요. 우익이니 좌익이니 설명하면서 땅의 주인은 농사꾼이라며 토지개혁을 외칠 때는 당신은 이미 시골 동네 청년 서장환이 아니었어요. 술상을 나르며 당신의 이야기를 얼핏 들을 때마다 나는 불안했어요. 내게는 민주주의니 사회주의니 보도연맹이니 하는 뜻 모를 말보다 그 말에 깊이 빠진 당신이 걱정이었으니까요. 우리 집에 사람들이 모인다는 소문에 지서의 순경들이 기웃거리는 것도 마음에 걸렸죠. 당신이 왜정시대나 해방된 지금이나 별반 차이가 없다며 부자도 가난뱅이도 없는 평등한 나라가 제대로 된 국가라고 말할 때는 헛바람이 단단히 들었다고 생각했어요. 세상에 어찌 사람살이가 똑같을 수 있겠어요. 당장 친정집 살림만 해도 우리와 다르고, 동네 몇몇 부자들과 소작인들의 살림을 무슨 재주로 똑같이 만든단 말인지 도통 믿어지지 않았죠.

　남수 아버지, 아직도 그런 세상이 있다고 믿나요?

　그해 여름은 유난히 가물었어요. 흉년 밥그릇인 수렁논을 빼고는 모를 심은 논들이 쩍쩍 갈라져 동네 사람들은 가을 소작료를 걱정했죠. 밤에는 연못을 파서 한 모금의 물이라도 논배미에 대느라 잠을 설쳤고 낮에는 보리타작 품앗이를 하느라 몰려다녔죠. 이제 생각하니 보리 베고 도리깨질하는 당신에게 새참을 나르던 그해 유월 초여름은 내게 참으로 무서운 날이었어요. 그날은 아침부터 무더웠어요. 새참을 들고 보리밭에 갔을 때 당신은 어떤 사람과 이야기를 나누다가 하던 일을 팽개치고 집으로 돌아와 부랴부랴 외출 준비를 했죠. 나는 그때 당신이 한 말을 지금도 또렷하게 기억해요. 남수 엄마, 혹시 무슨 일이 생겨도 날 믿으라는 그 말 한마디를 남겨 놓고 당신은 집을 나갔죠. 어디를 가느냐고 물어보지 못한 나는 온종일 당신이 넘어간 솔고개를 바라봤어요.

유월 해는 어찌 그리 길던지 하루가 일 년 같았어요.

이튿날 이상한 소문이 돌기 시작했지요. 북에서 인민군이 쳐들어와 전쟁이 났다는 거예요. 라디오가 있는 집에서 나온 말이니 빈말은 아닐 텐데…… 그러나 동네 사람들은 그 소문을 대수롭잖게 여겼어요. 오히려 사람들은 전쟁보다 장마가 오기 전에 보리타작을 끝내려고 분주했지요. 전쟁이 터진다는 이야기는 늘 있었으니까요. 초록이 짙어가는 숲에서 뻐꾸기가 목이 쉬게 울어대는 초여름, 나는 집 나간 당신 걱정에 안절부절못했어요.

전쟁이 터졌다는 소문이 나고 하루가 지났던가. 지서에서 나온 순경과 이장이 보도연맹에 가입한 사람들을 급히 면 소재지 지서로 모이라고 통보를 하고 다녔죠. 논을 매던, 보리를 베던, 보리타작을 하던 보도연맹 가입자들은 무슨 영문인지도 모르며 태평하게 면 소재지로 갔지요. 거기서부터 무섭고 처참한 일들이 벌어지기 시작했어요. 제 발로 걸어가 창고에 갇힌 사람들이 하루가 지나도 풀려나지 않자 가족들이 몰려가 항의를 했죠. 그러나 그 사람들은 끝내 풀려나지 않고 어딘가로 끌려갔어요. 그때야 동네 사람들은 희미하게 전쟁의 공포를 느끼기 시작했죠. 그리고…… 끌려간 사람들이 모두 읍내 두티재 골짜기에서 총살을 당했다는 소문이 마을에 퍼졌지요. 눈으로 보지 않았으니 못 믿겠다며 사십 리 밤길을 달려 두티재를 찾은 가족들은 참혹한 주검들을 보고 울며불며 몸부림쳤죠. 청천벽력이 따로 없었죠.

멀쩡하게 걸어 나간 아버지가, 형제가, 남편이, 지게송장이 되어 집에 돌아왔으니 이보다 더 끔찍한 일이 어디 있었겠어요. 백여 호 남짓 사는 동네에 열이 넘는 사람들이 떼죽음을 당했으니 어찌 한두 집만의 슬픔이고 억울함이었겠어요. 마을은 눈물이 바다가 되어 흘러넘쳤고 울음은 복수가 되어 동네를 휩쓸었죠.

나는 지금도 모르겠어요. 그 사람들이 무슨 몹쓸 죄를 지어 끌려가 죽었는지. 제 이름 석 자도 제대로 못 쓰는 농사꾼들 사상이 불온한들 그게 나라를 거덜 내는 일이었는지. 게다가 지난 일은 다 덮어주겠다며 전향을 시키고는 사람들을 끌어다 죽이고 도망쳤으니…… 애초에 사람 죽이는 일만 없었다면 남수 아버지…… 당신도 죽지 않았을 테고 내가 태수 아버지와 엮이지 않았겠지요. 훗날 들은 얘긴데 서북면 지서장은 보도연맹 가입자들을 모아 처치하라는 지시를 받고도 핑계를 대며 미뤄서 그 동네는 난리 통에도 사람이 죽지 않았다고 하더군요.

그때 가족을 잃은 사람들이 어찌했는지 당신도 잘 알 거예요. 그들은 슬픔이 채 가시기도 전에 핏발 선 눈으로 원수를 찾아 나섰죠. 그 원수가 누구였겠어요? 우익 편에 선 사람이나 가족들이었죠. 거기에 나도 끼었어요. 당신의 주검이 없다는 것이 이유였죠. 그때 나는 당신이 어딘가에서 시체로 뒹굴 것만 같아도 울지 못했어요. 그러면서도 살아만 있어 달라고 빌고 또 빌었죠. 그들은 때때로 몰려와서 욕설을 퍼부었어요. 저만 살려고 도망친 놈이다, 너는 서방이 살아서 좋겠다, 어제까지 살갑던 이웃과 일가들마저 제정신이 아니었죠. 그렇게 난리는 시작됐고 당신과 나의 운명은 거기서부터 어긋났어요.

며칠 후, 당신이 나타났죠. 피신하려면 끝까지 피신하지 왜 돌아왔나요? 당신이 차라리 그들과 함께 죽었으면…… 그랬으면 한 번의 슬픔으로 당신과의 인연을 끊었을 텐데. 운명은 질기게도 당신과 내가 끈을 놓지 못하게 했죠. 당신은 좌익 천지가 된 난리 한복판으로 스스로 들어갔어요. 그리고 다음날 청년위원장이 되어 내 앞에서 어린 남수를 번쩍 쳐들어 안았죠. 그때 내 맘이 어땠는지 아시우? 당신이 살아 돌아온 기쁨보다 원수를 갚겠다고 죽일 사람들을 골라내는 일에 앞장설까 두려웠어요. 제발 감투는 쓰지 말라던 내 말을 기억하나요? 혼자 도망갔다고 매질을 하면 매를 맞으란 말도 기억할 테지요. 친정아버지도 말렸지요. 아무리 좋은 세상이 온다고 해도 이건 아니다, 어떻게 사람이 사람을 함부로 죽인단 말이냐, 전쟁이 끝난 것도 아니고, 또한 번 세상이 바뀌면 그때도 원수를 갚는다고 사람들을 죽일 것 아니냐, 어느 세상이고 법이 있기 마련이니 그때 법으로 가리면 되지 어찌 원한으로 사람을 죽이고 살린단 말이냐…… 당신은 끝내 친정아버지 말씀을 듣지 않았어요.

당신은 감투 욕심 때문에 청년위원장 자리를 맡은 게 아니라 무고한 사람들을 살리기 위해서라고 했죠. 그건 당신 생각뿐이었어요. 그때, 피해자 가족들은 모두 제정신이 아니었으니까요. 가족을 잃은 사람들에게는 네 편 내 편을 갈라서 죽이느냐 살리느냐 그게 죄를 가리는 방식이었죠. 보도연맹 가입자들을 끌어다 죽인 당사자들은 이미 도망쳤는데 원수를 갚겠다고 날뛰는 사람들이 누구를 지목했겠어요. 아무것도 모르는 그들의 가족들이었죠. 지옥문이 열렸는데 누가 그 분노와 주검을 막을 수 있었을까요. 우익이니 좌익이니 하는 말이 사람을 죽이는 그렇게 무서운 말인 줄 몰랐어요. 나는 아직도 똑똑히 기억하고 있어요. 학교 운동장에 동네 사람들을 모아 놓고 생과 죽음을 갈라놓던 그 무서운 광경을…… 사람이기를 포기한 사람들은 핏발 선 눈으로 이웃을 매타작하고 죽음으로 내몰았죠. 동네에 사람이 죽어 나가도 울음소리가 없었어요. 공포가 눈물을 집어삼켰으니까요.

　그렇게 무서운 여름이 흘러갔어요. 당신은 평등한 세상을 꿈꾸며 들떠 있었지만 나는 세상이 미쳤다고 여겼지요. 내 가족이 죽었으니 네 가족도 죽어라, 이런 것도 공평한 것인가요? 세상에 공평한 것은 들판의 곡식들이었어요. 동네에 피바람이 불어도 눈물바다가 되어도 벼는 자라서 이삭을 배고 콩은 꼬투리를 맺었죠. 죽일 놈의 원수였든 살려주는 은인이었든 그들도 밥을 먹는 입은 똑같았으니까요. 서로 총질하는 군인들이 없는데도 동네 사람들끼리 적이 되어 죽어나가는 이상한 전쟁, 나는 그때처

럼 깃발이 무서운 적이 없었어요. 태극기가 내려오고 인공기가
올라가고, 인공기가 내려오고 다시 태극기가 올라가고, 그때마
다 죽어가는 사람의 숫자가 늘어났죠. 그 마지막 차례에 남수 아
버지…… 당신이 있었어요.

　더위가 한풀 꺾이고 서늘한 바람이 불면서 끔찍한 일들이 조
금 수그러들었지만 사람들은 말을 잃어버렸죠. 이웃끼리 왕래도
삼갔고 서로 외면을 했어요. 그러나 끼리끼리 은밀히 만나서 불
안한 마음을 달랬죠. 저녁을 지으려고 보리쌀을 삶는데 푼수데
기 팔촌 동서가 찾아와 한마디 던졌어요. 세상이 또 한 번 바뀐
것 같다며 우익 쪽 사내들이 쉬쉬하며 모두 읍내로 갔다고요. 나
는 가슴이 철렁했어요. 당신이 불안해하는 걸 가끔 봤으니까요.
그리고 이틀 뒤 학교 운동장의 인공기가 태극기로 바뀌면서 또
한 번 지옥문이 열렸죠. 같은 동네에서 사는 사람들이 같은 일을
반복했어요. 매질과 죽음과 공포와 눈물이 어쩌면 그렇게 닮았
는지…… 아니, 이번엔 더 많은 사람이 몰려다니며 더 많은 사람
을 끌어다 더 끔찍한 방법으로 매질하고 죽였죠. 혈육에 대한 원
한이 복수의 새끼를 쳤기 때문이었어요.

　다른 게 있다면 어딘가로 사라진 당신의 거처를 토설하라며
내가 매타작을 당하는 것이었어요. 나는 당신이 어디로 도망했
는지 모르지만 금방 잡힐 거라 여겼죠. 세상이 뒤집어졌는데 좁
은 동네에서 당신이 숨을 곳이 어디 있었겠어요. 살기를 포기하

니 매도 아프지 않고 죽음도 두렵지 않습니다. 죽는다고 생각하니 동네 사람들 얼굴이 떠올랐어요. 그중에 당신의 모습이 가장 선명했어요. 아, 나는 천벌을 받는가 보다. 저렇게 잘생기고 똑똑한 남자를 욕심내어 남편으로 맞은 죄를 이제야 갚는구나. 이리 생각하니 억울하지는 않은데 마음에 걸리는 건 세 살배기 어린 남수였어요. 이것도 사주팔자다, 어린 네가…… 죄 많은 어미 아비를 둔 것도, 이런 세상에 태어난 것도 죄라면 죄니 별수 있겠느냐, 며칠 울다가 굶어 죽기밖에 더하겠느냐…… 그런 생각을 하니 비로소 눈물이 쏟아지기 시작합니다.

좌익 패들이 붙잡혀 사라진다는 것은 어딘가로 끌려가서 죽는다는 것이었어요. 산으로 숨었던 사람, 섬으로 도망쳤던 사람, 다른 동네로 피신했던 사람들이 하나 둘 잡혀도 당신은 잡히지 않았어요. 이년, 네 남편 서장환이 도망친 곳을 대라, 어디에 숨었느냐, 혈육의 원수를 갚겠다고 날뛰는 사람들에게 툭하면 불려가서 매를 맺다가 혼절하고 다시 깨어나 매를 맞고…… 그나마 다행인 것은 젖먹이 남수 덕으로 지서에 갇히지는 않았죠. 어떻게 밤낮이 바뀌는지 모르는 날들이 흘러갔어요. 그러다가 살강 간장단지 밑에서 당신이 쓴 쪽지를 발견했죠. 뒷개 바닷가 엎어 놓은 뗏마 속에 숨어 있다는 내용이었어요. 나를 감시하는 눈이 한둘이 아닐 텐데 어느 밤에 댕겨갔을까. 나는 당신이 살았다는 안도보다 덜컥 겁이 나서 가슴이 방망이질했어요. 어떡하나,

이 일을 어떡하나, 세상천지에 누구 하나 의논할 사람이 없습디다. 친정아버지도 잘난 사위 덕에 죽도록 매를 맞아 몸져누웠고 친정집 식구들은 발걸음을 못하게 하지, 온종일 동동거리다 결심을 했죠. 산목숨을 굶겨 죽일 수는 없으니…… 남들 눈을 피해 갯것을 하는 체, 김칫거리를 씻는 체, 바닷가로 가서 뗏마 속으로 주먹밥을 밀어 넣었죠. 도망치는 신세인 당신은 그 좁은 뗏마 속에서도 세상이 곧 바뀔 거라며 기죽지 않았어요. 그러면서 당신은 죄인이 아니라고 했죠. 원수를 갚는다고 날뛰는 사람들을 달래고 무고한 사람을 죽이는 걸 막았는데 내가 왜 죄인이냐고 했죠. 그래요. 어쩌면 당신은 사람을 죽이지 않았으니 죄인이 아닐지도 몰라요. 그러나 그 난리 통에는 우익 아니면 좌익만 있었지 중간은 없었고, 당신은 이미 한쪽에 몸을 담근 사람이니 억울해도 죄인이 될 수밖에 없었어요.

그리고 며칠 후, 당신은 그들에게 잡혔죠. 나는 당신이 끌려가는 것을 일부러 보지 않았어요. 왜 그런지 아시우? 무섭기도 했지만 어린 남수를 살리기 위해서였어요. 내가 죽으면 남수도 죽는다, 내가 살기 위해서는 당신을 버려야 한다는 생각이 들었기 때문이었어요. 눈물을 흘리지 않았느냐고요? 이를 악물고 참았죠. 무슨 수를 써서라도 살아남아야 하는데 그까짓 눈물이 대수였겠어요. 다음 날 당신이 긴고개 골짜기에서 총살당했다는 소식을 들었을 때도 눈물이 나오지 않았어요. 그때는 시체를 어찌

할지 걱정이 앞섰기 때문이었죠. 한 구덩이에서 여럿이 총살당했다는데 동네 사람 누구 하나 시체를 수습하려 나서지 않습디다. 좌익으로 찍힐까 무서워서 쉬쉬하며 서로 눈치만 봤어요. 한 사나흘 지나고 가을비가 내리던 밤에 먼 친척 몇 분이 당신을 거뒀죠. 삼베 몇 자 끊어서 대충 싸매어 지게로 져다가 산에 묻는다고 합디다. 나는 모른 체했어요. 당신과 상관없는 사람처럼 행동했죠.

시체가 한데 섞여서 누군지 찾기가 어렵데요, 남수 아베 엄지발가락이 유독 꾸부러진 줄 내가 알기 때문에 시체들 발가락을 더듬어서 찾았죠, 남수 아베는 끌려가면서도 자기가 죽는다는 생각은 안 한 것 같아요, 날이 차니 제수씨더러 덧옷을 가지고 지서로 오라고 했다네요.

당신을 산에 묻고 온 친척이 한마디 던지고 간 뒤에야 눈물이 쏟아지기 시작합디다. 누가 볼까 겁나서 숨죽여 울었어요. 당신이 죽고 나서도 빨갱이 청년위원장 여편네의 목숨은 바람 앞에 등불이었어요. 툭하면 자치위원회에 불려 나가 고초를 당했어요. 생지옥에서 나를 살린 건 어린 남수였어요. 나는 불려갈 때마다 남수를 업고 갔죠. 눈이 뒤집혔다 해도 어린 것을 보면 동정심이 생겨서 살려주지 않을까 하는 심정으로 악착같이 어린 남수를 달고 댕겼죠. 그 덕인지 몰라도 죽음이 하루하루 연기됐어요.

휴— 육십여 년 동안 가슴에 묻어뒀던 이야기를 하자니 숨이 차네요.

남수 아버지, 뗏마 속에 숨은 당신이 어떻게 발각됐는지 궁금하죠? 혹시 내가 고자질했다고 생각하나요? 내가 말해주리다. 아니, 내가 말하는 것보다 태수 아버지가 직접 하는 게 좋겠네요. 아차, 내가 깜박했네. 남수 아버지, 태수 아버지가 누군지 아시우? 최 부자네 머슴 살던 염치술이에요. 염치술이 아들이 태수고, 걔도 남수처럼 내가 낳은 자식이에요. 이 정도 얘기했으면 무슨 말인지 알겠죠? 서정환이, 당신도 내 서방이었고 염치술이도 내 서방이었단 말이에요. 이런, 내 정신 좀 봐. 당신들은 귀신이라 이승의 일을 꿰뚫고 있을 텐데 그걸 잊고 주절주절 늘어놨네요. 태수 아버지, 남수 아버지를 찾아낸 얘기를 당신이 해보구려. 당신 입으로 그때 얘기를 해보라니까요. 얘기하기 싫은가요? 싫으면 관두구려. 내 입으로 할 테니.

보름이 지나도 남수 아버지, 당신이 바라는 세상은 오지 않았어요. 도망갔던 사람들은 모두 잡혔는데 당신만 잡히지 않았어요. 그 덕분에 나는 고초를 더 당했고요. 그래도 나는 당신이 숨은 곳을 끝내 토설하지 않았어요. 당신을 잡기 위해 혈안이 된 사람들은 동네를 이 잡듯 뒤졌죠. 그리고 마침내 뗏마 속에 숨은 당신을 찾아냈죠. 그 사람이 누군지 아시우? 염치술이에요. 사람들이 몰려다니며 바닷가를 뒤질 때 태수 아버지가 장난 삼아 몽

둥이로 엎어 놓은 뗏마를 두들기며 서장환이 이놈, 거기 숨은 줄
다 안다, 어서 나와라 하니까 당신이 놀라서 뗏마를 홀러덩 뒤집
으며 튀어나왔다고 하더군요. 남수 아버지 그게 사실인가요? 안
됐지만 어쩌겠어요. 이승의 당신 사주팔자가 거기까지였으니.
나와 인연도 거기까지였고요. 그런데 내 사주팔자는 어땠는지
아시우? 산 넘어 산이더라고요. 기구하게도 남편을 찾아내어 죽
음으로 이끈 남자의 마누라로 정해져 있더라고요. 세상만사에
나 같은 팔자가 또 있을까요.

　태수 아버지, 당신이 이승에서 사람 대접받은 게 남수 아버지
를 찾아낸 그날이지요? 자치위원장한테 상도 받고 온갖 공치사
를 듣고…… 뜨내기 옹기장수가 어린 당신을 최 부자네 집에 꼴
머슴으로 던져놓고 사라진 뒤 천덕꾸러기로 자란 당신이 어디서
그런 대접을 받았겠어요. 개차반 염치술이가 천하를 얻은 듯이
날뛰던 모습이 아직도 눈에 선하네요. 당신은 툭하면 나와 남수
를 살린 게 자기라며 유세를 떨었죠. 그래요, 그건 인정해요. 자
치위원회에서 나를 죽이네 살리네 실랑이할 때 당신이 살려주자
고 했다는데 나는 그 이유가 지금도 궁금해요. 동네 사람들이 네
가 부모가 있느냐, 재산이 있느냐, 너 같은 놈에게 누가 딸을 주
겠느냐, 죽은 빨갱이 여편네라고 해도 땅뙈기가 있지 않으냐, 몽
달귀신이 되느니 마누라 삼으라는 말을 듣고 나를 살렸다는데
그게 사실인가요? 아니지요? 당신이 나를 살린 건 남수 아버지

때문이었죠? 동네 사람들이 당신을 개차반이라고 업신여겨도 남수 아버지는 그렇게 대하지 않았지요. 깍듯이 형 대접을 하며 까막눈인 당신에게 언문을 가르치고 가까이 지냈죠. 그건 당신이 잘 알 거예요. 그래서 나를 살린 거죠? 끝내 대답하지 않는군요. 그래요, 당신이 무슨 입이 있어 대답하겠어요. 인제 와서 무슨 이유로 나를 살렸으면 뭐하겠어요. 태수 아버지, 나는 그때나 지금이나 당신이 눈곱만큼도 고맙지 않소.

세상이 세 번이나 바뀌는 난리 통에도 가을이 깊어가니 들판의 곡식이 익어 살아남은 사람들은 나락을 걷으러 들로 나갔죠. 세상에 사람의 목구멍처럼 질기고 염치없는 게 또 있을까요. 할 수 없이 나도 들로 나갔죠. 가으내 매 맞은 독으로 삭신이 아파도 낫질을 했죠. 거드는 사람은 고사하고 품앗이를 하자는 사람도 없습디다. 가장이 죽어 망한 집구석이니 농사가 제대로 될 리가 없었죠. 벼보다 피가 많은 논에서 나락을 거두던 내 심정이 어땠는지 아시우? 죽기를 작정하고 살아남는 것이었어요.

태수 아버지, 당신이 내게 온 날을 기억하고 있나요? 몸도 마음도 진이 다 빠져 송장처럼 누운 밤에 당신이 들이닥쳤죠. 고주망태가 되어 다짜고짜 방으로 들어선 당신이 나를 어찌했는지 잊지 않았겠죠? 내가, 너와 남수를 살렸다, 그러니 은혜를 갚아라, 딱 두 마디를 하구 나를 덮쳤죠. 나는 반항을 못했어요. 아니 반항을 하지 않았죠. 언젠가는 이런 날이 올 줄 알았으니까요.

그때 동네에서는 최 부자네 머슴 염치술이가 빨갱이 여편네 곰
보딱지 남수 어미를 눈독 들인다는 소문이 짜했으니까요. 당신
은 밤새 시퍼렇게 멍든 내 몸을 겁탈했죠. 지금 생각해도 몸서리
가 나네요. 이튿날 옷가지 몇 벌 들고 구렁이 담 넘듯 슬그머니
우리 집에 온 것으로 당신과 나의 끔찍한 인연이 시작됐지요.

　나는 하룻밤 새 빨갱이 마누라에서 개차반 여편네가 됐죠. 동
네 여자들은 나를 징그러운 벌레 취급을 했지요. 그래, 실컷 흉
봐라, 나는 살아야겠다, 어린 남수와 내 목숨을 빼고는 모든 걸
포기한 내게 흉 따위는 겁날 게 없습디다. 사람들이 별의별 소리
를 해도 귀머거리가 되기로 했죠. 그런 내게 당신이 무슨 짓을
한들 뭐가 그리 서러웠겠어요. 당신이 내 몸을 더듬다가 느닷없
이 이년, 지금 죽은 서장환이 생각을 했지, 내가 좋으냐, 죽은 그
놈이 좋으냐, 하며 별짓을 다 해도 벙어리처럼 입을 다물었죠.
태수 아버지, 왜 그리 못살게 굴었나요? 내가 못난 곰보딱지에
빨갱이 여편네였던 걸 몰랐었나요? 죽은 남수 아버지에게 그리
도 꿀리던가요? 술독에 빠져 살림을 치고 투전으로 세월을 보내
며 당신이 내 몸에 한 짓은 씨 뿌리는 거와 매질뿐이었어요. 야
금야금 땅뙈기를 팔아먹고 나중에는 나도 사위니까 서장환이 때
처럼 친정에 가서 논밭을 가져오라고 억지를 부렸죠. 사위 잘 둔
덕에 친정아버지가 골병들어 죽은 뒤 친정이 풍비박산으로 이사
간 줄 뻔히 알면서도 나를 볶아댔죠. 당신은 사람이 아니라 미친

짐승이었어요.

　그런 세월을 어떻게 견딘 줄 아시우? 태수와 태숙이가 생겼기 때문이었어요. 내가 사는 이유가 자식새끼 때문이 아닌가. 남수도 내 새끼고 태수와 태숙이도 내 새끼다, 죄는 어미 아비가 졌지 어린것들에게 무슨 죄가 있겠는가. 그리 생각하며 모진 세월을 견뎠다고요. 참, 그러고 보니 태수 아버지가 개차반이었어도 잘한 게 하나 있었네요. 나를 살린 것도 있지만 남수와 태수를 차별하지 않았지요. 내겐 천하에 몹쓸 인간이었지만 아이들은 끔찍이 여겼죠. 처음엔 그런 당신이 더 징그러웠어요. 내숭을 떠는 줄 알았죠. 그러다가 애들을 아끼는 게 진심이라는 생각이 들었어요. 아, 저 인간이 부모 사랑을 못 받고 자라서 저런가 보다. 본심은 못되지 않았구나. 그리 생각하니 당신이 불쌍해지기 시작합디다. 태수 아버지, 당신과 나의 인연은 거기까지였어요. 미워하던 마음이 측은함으로 바뀔 때 술병으로 당신이 죽으면서 우리의 징그러운 인연은 끝났죠. 당신이 죽었을 때 내 맘이 어땠느냐고요? 슬프지 않습디다. 기쁘지도 않고요. 그래도 당신과 살을 섞고 산 세월이 십여 년이잖아요. 미운 정도 정이라더니…… 어쩌면 당신들은 불쌍한 죄인들이에요. 세월을 잘못 만난 남수 아버지도 그렇고 세상 설움 다 받고 자란 태수 아버지도 그렇고. 세월이 참으로 무던하네요. 내 입에서 당신들을 감싸는 말이 다 나오다니.

이제 자식들 얘기를 해볼까요. 그것들이 어떻게 컸는지.

건너다 보니 절터 아니겠어요. 아비가 있나 살림이 넉넉한가. 어미라고 있어야 동네에선 빨갱이 마누라 아니면 개차반 여편네로 불렸으니 그것들은 오죽했겠어요. 다행히 태수 아버지가 죽고 나니 나를 남수 어미라고 불러줍디다. 아, 내게서 빨갱이와 개차반 딱지가 떨어지는구나. 나는 새로 태어난 것 같았어요. 자식들 앞날을 생각하면 동네 사람들에게 절하고 싶은 심정이었어요. 그러나 아닙디다. 그 빨갱이라는 괴물이 지금까지 나와 자식들을 따라다닐 줄 그땐 몰랐어요. 그 괴물은 숨었다가 시도 때도 없이 나타났거든요. 남수는 빨갱이 새끼라는 낙인을 가슴에 품고 응달 풀처럼 자랐어요. 놀림을 많이 받고 자랐죠. 늘 혼자였고 말수가 없었죠. 그게 제일 마음에 걸렸어요. 과부가 꾸리는 고단한 살림보다 어린 남수의 고통이 더 컸으니까요. 그러나 내가 할 수 있는 게 없더라고요. 어서어서 세월이 흘러 전쟁을 겪은 사람들이 죽어 잊히기만 바랐죠. 애들 공부요? 남수는 공부를 잘했죠. 그러면 뭐합니까. 빨갱이 자식은 출세를 못한다는데. 아니 똑똑한 자식이 겁났어요. 입에 간신히 풀칠하며 겨우 초등학교만 졸업시켰죠. 세 살배기 남수를 둘러업고 끌려댕기던 때가 엊그제 같은데…… 휴— 세월 참 빠르네요. 남수 나이도 육십이 넘었어요. 세월이 사람들 입에서 겉으로는 빨갱이 자식 소리를 지웠지만 상처받은 사람이야 그게 어디 쉽게 지워지나요. 남수는 속으로 아무개 자식이라는 꼬리표를 평생 달고 다녔죠. 그래도 이 어미 마음이 상할까 봐 한 번도 내색을 하지 않았어요. 저도 자식을 낳고 늙어 가는데 아직도 주눅이 들어 살고 있어요.

남수는 늦장가를 들었어요. 근근이 사는 집구석인데 누가 딸을 주려고 했겠어요. 사정이 그러니 며느리 집안이나 성품을 살필 겨를이 없습디다. 남수가 짝을 맞는다는 것만으로도 황송했죠. 며느리는 성질이 드센 편이지만 몸이 튼튼하고 그악스런 데가 있어 살림은 잘해요. 자식도 둘이나 뒀어요. 손자 이름이 민기인데 올해 서른셋이에요. 그 손자 때문에도 며느리한테 내가 숱한 설움을 받았죠. 민기는 남수 아버지, 당신을 빼다 박았어요. 키니, 인물이니, 언변이니…… 공부는 얼마나 잘했는데요. 그러나 그게 화근이었어요. 이 녀석이 좋은 대학을 다니고도 번듯한 직장을 못 구하자 며느리는 옛날 얘기를 꺼내기 시작했죠. 툭하면 죽은 할아버지가 민기 앞길을 막는다고 내게 오금을 박았어요. 그게 뭔 소린지 아시우? 빨갱이 타령이에요. 세월이 흘러 간신히 상처를 봉했는데 며느리가 상처를 후벼팔 줄 짐작이나 했겠어요. 남수 아버지, 당신 죄가 얼마나 큰지 이제 알겠죠?

태수는 다릅디다. 씨도둑질은 못한다는 말이 틀리지 않데요. 아비를 닮아서 그런지 놀림을 받아도 꿈쩍 안 했어요. 오히려 제 형 역성을 들어 포악을 떨었죠. 나는 그게 대견합디다. 험한 세상에 씨 다른 형제끼리 의지하고 살아야지 누굴 믿겠어요. 그 애

도 고생 숱하게 했어요. 일찍 집을 떠나 뒹굴어 댕기면서 세상
거친 일을 다 했죠. 공부는 못했어도 넉살 좋고 얼렁뚱땅하는 데
다 잇속이 여간 밝은 게 아니에요. 지금은 건어물 가게를 하며
땅장사를 해서 큰 부자가 됐어요. 읍내에서 사장님 소리를 들으
며 행세깨나 하며 살고 있어요. 돈도 잘 벌고 쓰기도 잘 써요. 돈
이 양반이고 돈이 인심인 요즘 세상에 돈푼깨나 만지니 주위에
사람도 많고 이런저런 감투도 여러 개 썼나 봐요. 태수도 자식을
둘 뒀어요. 태숙이두 그렁저렁 시집가서 자식 낳고 잘살고 있어
요. 그것들도 벌써 육십이 다 되어가요. 동네 사람들은 나를 두
고 호강 방석을 깔고 있다고 해요. 옛날에 내가 동네 천덕꾸러기
노릇 하며 어린것들을 달고 품팔이 댕기던 생각을 하면 맞는 말
이에요. 그러나 그 호강 방석이 눈물로 솜을 둔 눈물 방석인지
그들이 알기나 할까요.

나는 유월이 오면 지금도 가슴이 울렁거려요.

난리 때보다 세상살이가 좋아졌고 서먹하던 이웃들도 티 없이
지내는데 누가 찾아와서 옛일을 들출 것만 같아요. 남수 아버지,
태수 아버지, 당신들이 있는 곳에도 좌익과 우익이 있나요? 도대
체 좌익은 뭐고 우익은 뭔가요? 그게 뭔데 시시때때로 나타나 사
람을 겁주나요. 빨갱이는 어떻게 생겼나요? 당신처럼 잘생겼나
요? 아니면 무섭게 생겼나요? 살림살이도 궁하지 않지, 자식들
도 나름대로 키웠지, 손자들도 여럿 뒀지, 걱정이 없는데도 좌익

이니 빨갱이 소리만 들으면 큰 죄를 진 것같이 가슴이 철렁해요. 다 지나간 일이라 인제는 괜찮다고 괜찮다고 내 맘을 천만 번 달래도 그게 안 되네요. 왜 그럴까요? 바라는 게 있다면 죽기 전에 내게 몹쓸 짓을 한 사람들에게서 빈말이라도 좋으니 잘못했다는 말 한마디를 꼭 듣고 싶은데 아무도 그 말을 하지 않네요. 난리통에 죽었든지 살아남았든지 죄인이 좀 많았나요. 그런데 그 누구도 지난 세월이 잘못됐다고 인정하지 않네요. 나라도 마찬가지고요. 그냥 세월이 가니 억지로 잊고 또 무서워서 덮어버린 꼴이 됐어요. 한세상 살면서 굽이굽이 맺힌 한을 풀지 못했으니 마음이 이리 답답한 것 같아요.

남수 아버지, 태수 아버지, 내가 왜 죽지 못하는지 아시우? 자리보전한 지가 벌써 칠 년째인데 죽고 싶어도 이젠 죽을 수도 없네요. 엊그제도 태수하고 남수 처가 늙은 내 몸뚱이를 두고 말다툼했어요. 뭣 때문에 그런지 아시우? 내가 죽으면 서로 송장을 차지하려고 그래요. 내가 몸져누우면서부터 생긴 일이에요. 한 많고 보잘것없는 이 몸뚱이 죽으면 화장해 한 줌 재를 바다에 훨훨 뿌리면 좋을 텐데 자식들은 내 생각과 달라요. 내가 죽으면 제 아버지 곁에 잘 모시겠다고 태수가 먼저 나섰죠. 남수는 입을 꾹 닫은 모양이에요. 그러자 남수 처가 어림없다고 언성을 높였어요.

서방님, 경우에 맞는 말을 하세요. 어머니 팔자가 드세어 남편을 둘씩이나 봤다고 해도 엄연히 본남편이 있는데 어찌 둘째남편 곁에 묻힌단 말이에요? 큰아들이 눈 시퍼렇게 뜨고 있는데 동네 사람들이 뭐라고 흉보겠어요. 당연히 민기 할아버지 옆에 모셔야지요. 내가 듣기로 시아버지는 난리 때 지게송장으로 져다가 몰래 묻었다는데 어머니가 돌아가시면 이참에 장례를 번듯하게 치를 거예요, 그러니 그런 말은 두 번 다시 꺼내지 마세요.

아무리 늙고 병들어 누웠기로 정신은 멀쩡한데 그것들은 내가 듣는 줄도 모르고 막말을 합디다. 태수도 가만히 있지 않았어요.

형수님, 형님은 아무 말씀 않는데 왜 형수님이 쌍지팡이 짚고 나섭니까? 인제 와서 어머니 팔자를 들먹이며 본남편이니 둘째 남편이니 그런 말은 왜 하세요? 아버지가 두 번째라고 해도 총각으로 어머니와 사셨는데 어머니가 형님 아버지 곁에 묻히시면 우리 아버지가 너무 불쌍하잖아요. 천지간에 부모 형제 없이 외롭게 살다 죽은 아버지가 무덤마저 홀로 있다고 생각해보세요, 형님네 아버지는 서씨 문중 부모 산소 아래 묻혔잖아요. 형님, 제발 어머니는 우리 아버지 곁에 묻히게 허락해 주세요.

태수가 애원하자 남수 처가 뭐라고 한 줄 아시우? 기가 막히더라고요.

서방님, 우리 시아버지도 총각이었다고요. 지금 총각 타령할 때가 아니라고요. 어머니와 시아버지는 겨우 삼 년을 살다가 사별하고 서방님 아버지하고는 십여 년을 살았잖아요, 그러니 그 원을 풀어드리기 위해서라도 어머니는 당연히 민기 할아버지 곁에 모셔야 한다고요.

나는 남수 처와 태수가 내 몸뚱이 갖고 다투는 속내를 대충 알고 있어요. 태수는 제 체면치레를 하고 싶어서 그러지요. 읍내에서 유세를 떨고 사는데 제 아버지 옆에 어미를 묻지 못하면 체면이 깎인다고 생각할 테지요. 태숙이 년도 은근히 제 오라비 편을 들더라고요. 남수 처는 체면보다는 태수한테 밀리는 게 싫어서 그럴 거예요. 겉으로 표는 내지 않지만 잘사는 태수를 시샘하거든요. 오기를 부리는 것이죠. 남수가 아무 소리 않는 것은 이 어미 때문이에요. 행여나 어미 마음이 상할까봐 입을 다물고 있는 것이죠. 속 깊고 여린 남수가 양 나무 틈에서 에미 때문에 또 고통을 당하고 있어요. 사람이 죽으면 그걸로 끝인데 산 사람들 걱정은 왜 하느냐고들 하지만 나는 그럴 수 없어요. 내가 자식들을 어떻게 키웠는데요. 눈물로 키운 자식들은 내 목숨줄과 다름없다고요.

남수 아버지, 태수 아버지, 이 노릇을 어쩌면 좋아요?

나는 이것들이 옛날 얘기를 끄집어낼까 겁나요. 남수 처 입에서 태수 아버지가 뗏마 속에 숨은 남수 아버지를 찾아낸 얘기가 나올까 무섭고…… 태수 입에서 우리 아버지가 남수와 나를 살렸다는 얘기가 나올까 두렵고…… 그러니 내가 어찌 죽을 수 있겠어요. 내가 한평생 살면서 잘한 게 있다면 씨 다른 자식들 우애 있게 키운 것인데 이젠 그것마저도 사라지게 생겼어요. 어미

218

잘못 만난 죄로 세상에 태어난 그것들이 불쌍해요. 빨갱이 아비를 둔 죄로 숨을 죽이고 자란 남수나, 개차반 아비를 둔 죄로 손가락질 받고 자란 태수나 내게는 다 귀한 자식들이에요. 씨 다른 형제지만 남수와 태수의 우애가 좋은 것이 뭣 때문인지 아시우? 상처를 받은 사람만이 상처를 보듬을 수 있기 때문이에요. 그것들은 상처를 감싸는 법을 어려서부터 배웠어요. 세상의 냉대와 배고픔을 서로 나누며 자랐죠. 그런데 이 어미 때문에 자식들 우애가 끊어지게 생겼어요. 나는 살아서도 죽어서도 그 꼴은 못 봐요. 내가 오늘까지 이 서럽고 질긴 목숨을 연명하고 사는 건 바라만 봐도 눈물이 솟구치는 자식들 때문이에요. 그런데 그런 자식들에게 이 어미가 또 죄를 짓게 됐단 말이에요. 남수 처와 태수가 아무리 고집을 부려도 나는 당신들 곁으로 가지 않을 거예요. 육신이든 혼백이든 당신들 곁으로는 절대 가지 않을 거예요. 그러니 당신들이 그 애들 꿈에라도 나타나 싸움을 말려줘요. 내가 싫다고, 난쟁이 곰보딱지 네 어미가 싫다고 말해줘요. 네 어미가 죽어도 곁에 묻지 말아 달라고 해줘요. 그러지 않으면 자식들이 서로 등을 돌리고 살 거라고요.

남수 아버지, 태수 아버지, 제발 나 좀 도와줘요. 내가 불쌍하지도 않나요? 그러마고 대답 좀 해주세요. 어서.


휴— 뜰 안에 상사화가 활짝 폈네요.

옛날 친정집 안마당에도 상사화가 참 많았는데…… 옛일이 생각나네요. 남수 아버지, 당신이 처음 내게 말을 건 그때도 상사화가 한창 피던 시절이었죠. 어쩌면 당신과 나는 저 상사화 같아요. 이파리 없이 꽃이 피더라도 괜찮으니 사람살이도 죽었다가 다시 피는 상사화 같으면 얼마나 좋을까요.

친정아버지 생각이 나네요. 아버지는 여러 형제 중에 유달리 못생긴 나를 사랑하셨지요. 손님마마를 막지 못해 내 얼굴이 얽었다고 안쓰러워하셨어요. 키가 작고 얼굴이 곰보였어도 총명하다며 아버지는 나를 곁에 두고 한문도 가르치고 옛사람의 행실을 들려주셨죠. 그런 아버지가 난리 통에 돌아가실 때 상복조차 못 입었어요. 죄 많은 자식이죠. 친정집이 타관 땅으로 이사 간 뒤로도 동기간과 왕래를 하지 않았어요. 내가 피했죠. 친정 식구들 앞에 어찌 낯을 들 수 있었겠어요. 태수 아버지에게 구박을 받으며 살고 있다는 소식을 듣고 어머니가 대성통곡을 했다고 하대요. 여자 팔자는 물꼬 돌려놓는 대로 간다, 뒤웅박 팔자가 되기 전에 서장환이를 맘에 두지 말라던 어머니 말씀이 귀에 쟁쟁하네요. 부질없는 일이지만 나랑 비슷한 남자를 만났다면 내 팔자가 어땠을까요? 그저 그렇게 한세상 살았겠죠.

남수 아버지, 당신을 만난 걸 후회하지 않아요. 내가 못생겼다고 꿈마저 없었던 건 아니었으니까요. 태수 아버지를 만난 것도 마찬가지예요. 피할 수 없는 운명이었으니까요. 당신들과 살면서 나는 세상에서 지워진 여자였어요. 이종순이라는 이름마저 예전에 없어졌으니까요. 난쟁이, 곰보딱지, 서장환이 각시, 빨갱이 마누라, 개차반 염치술이 여편네라고 불렸던 어떤 여자가 한 많은 세상을 허위허위 살았을 뿐이에요.

지난 세월을 돌아보니 참으로 아득하고 아득하네요. 한고비를 넘겼다 싶으면 또 한고비가 가로막고…… 이제 마지막 고비인 것 같아요. 나는 죽지 않을 거예요. 이 전쟁이 끝나기 전에는 절대로 죽지 않을 거예요. 내가 지금 이대로 죽으면 자식들이 이 더러운 전쟁을 대물림할 테니까요. 난리가 끝난 줄 알았어요. 그런데 손자 민기 녀석이 그러대요. 전쟁은 끝난 게 아니고 잠시 쉬는 중이라고요. 내 몸에서 전쟁을 빼면 뭐가 남겠어요. 아무것도 없죠. 내 전쟁이 끝나야 자식들도 전쟁에서 벗어날 테니 전쟁이 끝날 때까지 백 년이고 천 년이고 악착같이 살아야겠어요. 그러니 당신들도 나를 기다리지 말고 자식들이나 달래줘요, 네 어미가 죽어도 곁에 묻지 말아 달라고 해주세요. 혼자 묻혀 있어도 외롭지 않다고 말해줘요. 나도 이제는 미움도 설움도 다 내려놓을 거예요. 남수 아버지, 태수 아버지, 당신들이 있는 곳이 지옥인지 극락인지 모르지만 당신들도 미움과 설움을 다 거둬들이고 편히 눈을 감으세요. 나는 전쟁이 완전히 끝나는 날 눈을 감을 거예요.

해
설


비정한 삶을 살아내는 힘


고명철 · 문학평론가

# 1.

비평가로서 큰 기쁨 중 하나는 '좋은 작품'을 만나 그것이 지닌 소설적 전언과 감동을 독자에게 알려주는 전령사의 특권을 누린다는 점이다. 특히 그 작품이 아직 세상에 널리 소개되지 않았을 때 그것의 진가를 독자에게 어떻게 하면 제대로 전달할 수 있을 것인가와 관련한 비평적 긴장감이야말로 비평의 행복이다. 이것은 바꿔 말해 '좋은 작품'을 읽는 독자의 행복인 셈이다.

정낙추의 소설집 『복자는 울지 않았다』가 바로 여기에 해당한다. 이번 소설집 『복자는 울지 않았다』의 출간을 계기로 정낙추는 시인이되 소설가로서 그 스스로 전문 글쓰기의 새로운 지평을 열었다. 『복자는 울지 않았다』의 경우 통상 소설집에 수록된 작품 편수만 놓고 볼 때 상대적으로 다른 소설집에 비해 다소 적은 4편으로 묶여 있는데, 각 소설이 지닌 전언과 감동은 예사롭지 않은 '문제성'을 품고 있다.

## 2.

소설집의 표제작인 「복자는 울지 않았다」에서 정낙추는 우리 시대의 농촌과 농민의 삶이 훼손되고 있는 현실의 자화상을 그려낸다. 사건의 핵심은 "물 좋고 땅이 비옥하기로 소문난 수암골"(9쪽)이 개발업자들에게 땅이 팔려나가더니, 마침내 복자네 집도 복자네 모르게 팔려나간 것과 결부된, 즉 농촌의 삶을 비정하게 황폐화하고 있는 반(反)농촌과 관련한 각종 개발업자와 땅 투기자의 욕망과 관련돼 있다. 사실 복자네 집은 복자네 소유가 아니므로 복자네 의사와 상관없이 집이 팔린 것 자체를 문제삼을 수 없다.

하지만 복자네가 살고 있는 집은 오래전에 집주인이 버린 폐가와 다를 바 없는 것으로, 복자네가 "이십여 년 가까이 자기 집 손질하듯 정성껏 가꾸"(9쪽)어온 삶의 터전이다. 집주인 역시 복자네에게 별다른 불만은커녕 폐가와 다를 바 없는 집을 고쳐 가며 살고 있는 것에 대해 흡족하게 여기고 있었다. 그런데 수암골 이곳저곳의 땅이 개발업자와 땅 투기업자에게 팔려나가면서 결국 복자네 집도 집주인에게 이득을 안겨주는 부동산 물건으로 전락하고 만다. 복자네 집주인이 복자네에게 한마디 의논도 없이 몰래 집을 처분해버린 것이다. 그런데 이 과정에서 복자네의 울분을 사게 한 것은 수암골의 이장이 적극적인 거간꾼 역할을 한 것이다.

여기서 작가 정낙추는 오늘날 농촌 현실의 단면을 예리하게 포착한다. 농촌의 현실 안쪽에서 훼손되는 농촌의 삶을 그들의 목소리로 자기고발하고 있다. 수암골로 대변되는 우리의 농촌은 정작 농사를 지어야 할 농민에게 삶의 터전을 보장해주고 그들로 하여금 농촌의 삶에 자긍심을 갖도록 하는 게 아니라 부동산 개발업자의 경제적 욕망을 충족시켜주는 투기용 대상에 불과하다. 수암골의 이장은 이러한 경제적 욕망에 나포된 개발업자에 기생하여 자신의 경제적 이득을 챙기기에 바쁜, 말 그대로 거간꾼이다.

"세상이 살기 좋아졌다구 해두 농사꾼들에겐 옛날이나 지금이나 변헌 게 별루 읎지. 암, 읎구 말구. 경자유전(耕者有田)이라는 말이 있지만, 그 말두 사실은 농사꾼 홀리는 말이여. 땅은 농사짓는 사람이 소유해라. 말이야 좋지. 이런 문자를 누가 지어냈겠어? 가난해서 배우지 뭇허구 배우지 뭇해서 땅 파먹는 농사꾼들이 지어냈겄어? 아녀, 유식헌 부자들이 지어낸 말이여."

(중략)

"예전보다 요새는 농사꾼들이 땅 장만허기가 더 어려운 세상
이여. 농사꾼들이 땅을 늘리려구 돈 모으는 걸음이 거북이라면
땅값은 토끼 뜀박질이니 땅은 자연히 돈 많은 사람 손으루 넘어
가게 마련이지. 제 땅에서 농사짓기 싫은 농사꾼이 어디 있겠
어. 땅을 사구 싶어두 돈 읎어서 못 사지."

"이 수암골 땅두 절반 이상이 농사짓지 않는 것들이 사논 모
냥이여."

(중략)

"그것들이 땅 살 때는 곡식 때문에 사는 게 아녀. 땅값 오르는
것 때문에 사는 것이지."

(66~67쪽)


수암골 농민들은 자조(自嘲)한다. 농토가 식량을 길러내는 농
토 구실을 담당하지 못하고, 농민이 농민으로서 당당히 농토를
소유하지 못하는 이 어처구니없는 현실 앞에서 속수무책일 수밖
에 없는 자신들의 처지를 개탄한다. 이와 같은 농촌과 농민의 삶
의 파탄은 병국 아버지의 자살로 극명하게 드러난다. 웃샘골 개
발 여파로 병국이네 땅이 팔리면서 그 땅값을 둘러싼 가족들의
갈등이 초래한 병국 아버지의 자살이야말로 서서히 생명을 잃고
있는, 그래서 급기야 도래할 수 있는 우리 시대 농촌의 파국을

묵시록적으로 보여준다. 이러한 음울한 현실 아래 복자의 남편 태근은 "서울 김 사장네도 수암골로 이사를 오지 말고, 골프장도 생기지 말고, 개발도 하지 말고, 가난하지만 옛날처럼 이웃 노인들과 아침 인사 저녁 인사를 하며 살고 싶"(76쪽)지만, 이미 수암골 일상 깊숙이 틈입한 경제적 욕망의 틈새에서 농민으로서 소박한 삶의 욕망을 지닌 그는 자신의 삶의 터전에서 뿌리 뽑힐 어려움에 직면한다.

어쩌면 태근이 김 사장의 처와 몰래 통정(通情)하면서부터 그가 지닌 순박한 농민으로서의 삶의 욕망은 개발업자의 욕망에 크게 훼손되었는지 모를 일이다. 작품의 말미에서 그려지고 있듯, 태근의 머릿속에 아직도 김 사장 처의 욕정 어린 속닥거림이 쉽게 사그라지지 않는 것은, 그렇게 농촌과 농민의 순정한 삶이 급속도로 밀려드는 반(反)농촌의 개발 욕망에 그 본연의 자리를 빼앗기고 있는 것을 단적으로 보여준다.


### 3.

정낙추의 이러한 농촌 현실에 대한 예리한 비판적 시선은 또 다른 작품 「죄인」에서는 분단의 문제를 파헤치는 데서 더욱 심화되고 있다. 「복자는 울지 않았다」가 농촌의 지나간 문제가 아닌 지금 심각히 진행 중인 농촌 파탄의 현재와 곧이어 닥칠 농촌의 묵시록적 파국을 응시하고 있다면, 「죄인」에서 다루고 있는 분단의 상처는 그동안 분단 서사에서 많이 다뤄진 것, 가령 한국전쟁 '이후' 깊게 팬 분단의 상처를 반복·재생산하는 데 있지 않고 분단의 상처와 싸우고 있는 '현재'를 지속되는 전쟁으로 인식하면서 이 전쟁의 진정한 종식을 염원하는 분단 극복의 강렬한 문제의식을 표출한다. 「죄인」에서는 한국전쟁으로 기구한 팔자의 삶을 살게 된 어느 여인의 "육십여 년 동안 가슴에 묻어뒀던 이야기"(208쪽)가 펼쳐진다. 그녀는 "난쟁이, 곰보딱지, 서장환이 각시, 빨갱이 마누라, 개차반 염치술이 여편네라고 불렸던 어떤 여자"(221쪽)로서 외형적으로 추녀이고, 한국전쟁 전후의 좌우 이념 대결 상황에서 프롤레타리아 계급의 해방을 염원하는 서장환의 처로 죽음과 같은 삶을 겨우 연명했다. 그 후에 서장환을 죽게 신고한 개차반 염치술의 처로서 기구한 인생을 살아간다.

말하자면, 이 여자의 일생은 한국전쟁 '당시'뿐만 아니라 '이후' 그리고 '현재'까지 지속되고 있는 좀처럼 치유되지 않는 온갖 상처 그 자체다. 그녀는 "평등한 세상"(198쪽)을 이룩하고자 인공기가 펄럭이는 세상을 욕망한 첫 번째 남편—남수 아버지로 인한 이념적 상처를 숱한 죽음 속에서 모질게 감내했는가 하면, 이러한 남편을 죽음으로 몰게 한 그리하여 태극기의 세상 아래 벌레 같은 삶을 살고 있는 그녀를 폭압적으로 군림시킨 두 번째 남편—태수 아버지와 파란만장한 삶을 살았다. 그녀의 운명은 참으로 곡절 많은 기구한 사연과 골수에 깊게 팬 상처투성이다. 그런데 그녀의 이러한 상처가 더욱 치명적인 것은 한국전쟁을 겪은 그녀 세대에게만 해당되지 않고 세대를 초월하여 그녀의 자식들 세대에까지 고통이 전가되고 있다는 사실이다. 이것은 그녀의 사후에 치러질 장례 절차를 두고 남수네와 태수네가 대립·갈등하는 양상으로 부각된다. 그녀의 시신을 남수 아버지 곁에 두느냐, 태수 아버지 곁에 두느냐에 따른 격렬한 대립이야말로 한국전쟁의 이념적 대립과 갈등으로 빚어진 상처의 치유가 얼마나 힘든 것인지를 단적으로 보여준다.

지난 세월을 돌아보니 참으로 아득하고 아득하네요. 한고비를 넘겼다 싶으면 또 한고비가 가로막고…… 이제 마지막 고비인 것 같아요. 나는 죽지 않을 거예요. 이 전쟁이 끝나기 전에는 절대로 죽지 않을 거예요. 내가 지금 이대로 죽으면 자식들이 이 더러운 전쟁을 대물림할 테니까요. 난리가 끝난 줄 알았어요. 그런데 손자 민기 녀석이 그러대요. 전쟁은 끝난 게 아니고 잠시 쉬는 중이라고요. 내 몸에서 전쟁을 빼면 뭐가 남겠어요. 아무것도 없죠. 내 전쟁이 끝나야 자식들도 전쟁에서 벗어날 테니 전쟁이 끝날 때까지 백 년이고 천 년이고 악착같이 살아야겠어요. 그러니 당신들도 나를 기다리지 말고 자식들이나 달래줘요, 네 어미가 죽어도 곁에 묻지 말아 달라고 해주세요. 혼자 묻혀 있어도 외롭지 않다고 말해줘요. 나도 이제는 미움도 설움도 다 내려놓을 거예요. 남수 아버지, 태수 아버지, 당신들이 있는 곳이 지옥인지 극락인지 모르지만 당신들도 미움과 설움을 다 거둬들이고 편히 눈을 감으세요. 나는 전쟁이 완전히 끝나는 날 눈을 감을 거예요.

(221쪽)

그녀의 독백에서 우리는 자칫 망각하고 있는 엄연한 현실을 상기하게 된다. 우리는 한국전쟁 이후 종전이 아닌 '휴전' 상태에 있으며, 냉정하게 얘기하면, 아직도 전쟁 중이다. 국제정치의 패러다임에서 냉전시대가 종식되었음에도 불구하고 아직도 한반도는 냉전시대가 지속 중이다. 전쟁 체험 세대들이 겪은 전쟁의 고통과 상처는 여전히 치유되지 않은 채 이념적 대립과 갈등은 한반도의 남과 북에서 각자 자신의 체제를 견고히 유지하는 데 주도면밀히 활용되고 있을 따름이다. 여기서 주목해야 할 것은 한국전쟁으로 인해 남과 북의 갈등은 물론, 「죄인」에서 남수네와 태수네의 갈등에서 보이듯, 남남(南南) 갈등이 여전히 진행 중임을 고려할 때 그녀의 전쟁이 끝나지 않았다는 인식은 우리가 망각하거나 애써 외면하고 있는 한국전쟁의 현재적 고통

이 전쟁 체험 세대에게만 국한된 게 결코 아니라는 것을 반증해
준다.


## 4.


그렇다면, 우리는 이러한 암울한 현실 아래 일상에서 늘 처절한
고통을 겪어야만 하는 것일까. 이에 대해 정낙추의 「오빠 생각」
과 「끈」은 그 고통을 치유하기 위해서는 고통의 근원으로 다가
갈 뿐만 아니라 고통과 연관된 삶의 편린들을 함부로 지나치지
말 것을 들려준다. 가령, 「오빠 생각」에서는 '오동나무 집 미친
순호'(84쪽)라고 불린 오빠의 고통과 연루된 피난민집 딸 도화의
삶이 얘기되는데, 도화는 마을 사람들로부터 '화냥년'이란 낙인
이 찍힌 터에 순호와 도화의 사랑은 마을에서 조롱거리일 뿐이
다. 매사 그렇듯이 사람들은 자신에게 낯익은 삶의 방식이 아닌
것을 비정상으로 몰아붙이고 놀림거리로 삼으면서 자신의 비루
한 삶을 위안 받고 싶어 한다.

　비정상으로 간주되는 대상 역시 비루한 삶의 고통 속에서 자
신의 상처투성이 삶을 누군가로부터 위안 받고 싶어 하는 것은
마찬가지인데도 불구하고 사람들은 자신의 비루한 삶의 위안을
위해 타자의 비루함과 고통의 삶을 보듬지 않는다. 바로 이 부분

에서 작가의 인간에 대한 깊은 통찰의 시선을 읽을 수 있다. 순호와 도화는 세계의 상처를 심하게 앓고 있다. "자손이 귀한 집" (85쪽)에서 태어나 유년 시절 아버지의 죽음 이후 또래 친구들이 받는 현대식 학교 교육 대신 고향에서 홀로 전통교육을 받으며 성장한 순호는 세계에 대한 고립감과 외로움이란 삶의 어떤 근원적 결핍의 상처로 신열을 앓고 있는가 하면, 도화는 피난민집 딸로서 "지긋지긋한 가난에서 도망치고 싶어"(107쪽) 하는 극한의 빈곤의 세계에 갇혀 있다. 이러한 세계의 고통으로부터 그들은 모두 벗어나고 싶다. 각자의 비루한 삶으로부터 멀리 떠나고 싶다. 하지만 "세상에 완벽하게 도망치는 사람은 없다."(85쪽) 순호는 도화를 향한 연정을 "아무도 몰래 가슴속에 품고"(111쪽) 사는 삶의 방식을 통해, 그리고 도화는 가난에서 벗어나기 위해 사랑의 형식을 빌어 순호에게 도망을 쳤을 수 있다.

물론, 그들이 지닌 세계의 고통이 이러한 사랑으로 깨끗이 치유되지는 않았다. 왜냐하면 "그들은 불행하게도 순정한 세월을 감당하지 못했"(111~112쪽)기 때문이다. 하지만 중요한 것은 이러한 사랑을 간직한 순호의 죽음이 그 여동생으로 하여금 순호가 감내해야 했던 세계의 고통을 비롯한 도화의 고통을 무엇과도 바꿀 수 없는 '삶의 순정성'의 차원에서 온전히 받아들이도록 하고 있다는 사실이다.

이것은 달리 말해 타자의 삶을 향한 연민의 윤리가 작동하고 있음을 말해준다. 「끈」에서 연민의 윤리는 "호된 시집살이"(119쪽) 속에서 "스물다섯에 홀로된 청상과부"(120쪽)의 고통을 인내하며 평생을 살아온 어머니의 삶의 내력을 이해하는 중요한 열쇠다. 어머니의 삶은 참으로 파란만장하다. 투전판에서 살인죄로 투옥된 남편의 옥사로 인한 남편의 부재, 이후 다른 남자와 새로운 삶을 시작할 수 있었음에도 불구하고 죽은 남편 사이에서 태어난 자식 때문에 자신의 새 인생을 포기할 수밖에 없는 삶, 하지만 그것은 가부장 중심의 사회에서 그녀가 어쩔 수 없는 수동적 삶을 선택한 게 아니라 어디까지나 그녀의 삶을 향한 주체적 선택이다. 그런데 「끈」에서 각별히 눈여겨보아야 할 대목은 이러한 어머니의 고통을 아들이 비로소 연민의 시선을 통해 이해하게 되면서 그와 별거 중인 아내를 향한 연민의 윤리에 기반한 삶에 대한 어떤 성찰의 지점에 이르는 것이다.

그리하여 그는 "사랑과 고통은 한 몸"(189~190쪽)이라는 삶의 진실을 깨닫는다. 어머니의 삶의 내력에서 어머니가 발견해낸 삶의 진실이 쌀독의 '비움과 채움'이란 은유적 통찰에 있는 바, "쌀독만 있다면 채울 때두 있구, 비울 때두 있는디, 나는 쌀독이 읎어서 채우지도, 비우지두 못허구 지금까지 살아왔다."(161~162쪽)는 어머니의 말로부터 그는 아내와의 불화로 인한 서로의 고통이 바로 인생의 과정이며 이 고통을 외면한 채 서로 영원한 타자로서 단절의 삶을 사는 것에 대한 모종의 근원적 성찰에 휩싸

인다. 여기에는 서로에 대한 연민의 윤리가 작동하고 있다는 것을 쉽게 간과할 수 없다.

5.

이처럼 작가 정낙추는, 자신의 이해관계에만 몰두하는 비정한 현대사회에서 타자와의 격렬한 삶의 부딪침 가운데 생긴 삶의 상처와 고통을, 연민의 윤리에 기반한 연대의 계기로 모색한다.

이러한 그의 소설에서 흥미로운 것은 구술성을 중심으로 한 민중적 카니발의 미의식이 이후 정낙추의 소설 세계에서 지속적으로 갈고 다듬어야 할 서사적 매혹이라는 점이다.

「복자는 울지 않았다」와 「끈」의 문제의식이 주는 여운이 강렬하게 환기되는 데에는 민중의 삶의 애환과 분노, 이것을 민중의 삶의 저력으로 승화시키는 민중적 카니발의 미의식이 뒷받침되고 있기 때문이다. 우선, 병국네 문상(問喪) 치르는 내내 화제의 중심인 병국 아버지의 자살을 초래한 개발업자와 부동산 투기, 이를 노골적으로 부추긴 마을 이장의 행태, 그리고 팔린 땅값의 이득을 둘러싼 병국네의 집안 갈등에 대한 마을 사람들의 신랄한 풍자·야유·개탄·허탈·분노의 뒤섞임은, 기실 마을 사람들에게만 해당되는 게 아니라 우리의 농촌 곳곳에서 자행되고 있는 부정한 것에 대한 민중의 저항이다(「복자는 울지 않았다」). 그런가 하면, 삶의 신산스러운 고통으로 점철된 어머니가 마을 사람들을 위한 질펀한 잔치 마당을 마련한 가운데 동네 사람들의 덕담과 웃음소리, 유행가가 한데 어울려 말 그대로 술과 노래와 춤이 어우러진 잔치 분위기 속에서 자신의 삶의 내력을 한바탕 풀어내는 것은 이 땅의 험한 나날을 살아가는 민중 삶의 저력이다(「끈」). 아울러 한국전쟁 무렵 동족상잔의 비극이 낳은 전쟁의 오욕과 상처를 끌어안고 억척스레 살아온 한 여인이 자신의 죽음을 목전에 두고 그 상처를 남긴 두 남편에게 건네는 원한 맺힌 말과 그 한을 풀어내는 말의 진정성은 우리에게 한국전쟁의 현재적 고통을 지속적으로 환기시킬 뿐만 아니라 전쟁의 고통을 치유하는 민중적 진언(眞言)의 몫을 수행하는 것이다(「죄인」).

이번 소설집 『복자는 울지 않았다』의 출간을 계기로 정낙추의 소설 세계는 훨씬 그 품이 넓고 깊어질 것으로 기대한다. 고통받는 민중의 상처를 위무하고, 연민의 윤리에 기반한 고통의 연대를 문제의식으로 삼은 정낙추의 소설은 민중적 카니발과 구술성의 서사가 자연스레 버무려진 한국 소설의 또 다른 몫을 당당히 맡을 수 있을 것이다. 무엇이든지 첫술에 배부를 수 없다. 기왕 정낙추 자신이 소설 쓰기의 새 지평을 열었으니, 이후 후속작에서 『복자는 울지 않았다』의 서사적 특장(特長)보다 갱신된 서사적 상상력을 절실히 기대한다. 정낙추의 소설에는 비정한 삶을 살아내는 힘이 꿈틀거리고 있으므로.

## 작가의 말

어려서 어른들 틈에 끼여 이야기 듣는 걸 아주 좋아했다. 그때마다 아버지는 얘기 좋아하면 끼니가 간데없다고 하면서 사랑방에서 내쫓았다. '옛날에 어떤 사람이 있었는데……'로 시작하여 '잘 살았단다'로 끝나는 옛날 얘기는 충신과 간신, 효자와 불효자, 악인과 선인, 영웅호걸 등 대체로 권선징악으로 끝나는 지극히 교육적인 이야기였다. 뻔한 이야기임에도 그 이야기에 빠져 어린 시절을 보냈다. 지금 생각해 보면 엉성한 이야기에 내 상상을 덧칠하는 재미 때문이었던 것 같다.

이야기는 끊임없이 만들어지고 사라진다. 젊은 시절엔 나도 무수히 이야기들을 만들었으리라. 그러나 그때는 내 주변의 시대 상황과 삶이 이야기라는 생각을 전혀 못했다. 눈앞에 펼쳐진 고단한 일상에 매달려 소중한 이야기를 잊어버리고 살았는지 모른다. 늦었지만 사라진 이야기를 어투와 몸짓까지 생생하게 복원하고 싶다.

다시 이야기에 빠져든 건 늦게 문학을 접하면서다. 말 대신 글자를 통해서 잃어버렸던 이야기를 찾은 셈이다. 모든 이야기는 사람의 삶에서 비롯된다. 세상에 하찮은 삶이 없듯이 이야기도 마찬가지일 것이다. 그러나 대개 사람은 자기의 삶을 이야기로 여기지 않고 특별한 사람들의 삶만 이야기라고 생각한다.

세상은 눈으로 보는 이야기로 넘쳐난다. 보는 이야기는 너무 선명하여 다르게 생각할 겨를도 내면을 성찰할 마음의 여유도 주지 않는다. 눈으로 보는 이야기가 판치다 보니 이야기를 하는 사람도 듣는 사람도 사라져간다. 어린 시절 내게 이야기를 들려주던 입담 좋은 우리 동네 농사꾼들은 다 돌아가시고 어느새 내가 이야기를 할 차례가 됐다. 그런데 둘러보니 내 이야기를 듣는 사람도 드물고 이야기마저 빈약하다. 농사를 지으며 일터에서 주고받은 이런저런 이야기를 얼기설기 엮어봤다. 내가 쓴 이런 이야기가 소설이라는 이름을 빌려도 흉이 되지 않았으면 좋겠다.

책을 묶는 데 많은 분의 도움을 받았다. 아낌없는 조언과 채근을 한 이정록 시인을 비롯하여 격려를 해준 충남작가회의 후배들께 빚을 많이 졌다. 평을 달아주신 고명철 선생님과 삶창 식구들에게도 고마운 인사를 전한다.

2014년 10월 태안에서

정낙추